grafit

Dieses Buch ist ein Roman. Handlungen und Personen sind frei erfunden. Ähnlichkeiten mit lebenden oder toten Personen sind nicht gewollt und rein zufällig.

Bibliografische Information der Deutschen Nationalbibliothek
Die Deutsche Nationalbibliothek verzeichnet diese Publikation in der Deutschen Nationalbibliografie; detaillierte bibliografische Daten sind im Internet über http://dnb.d-nb.de abrufbar.

MIX
Papier aus verantwortungsvollen Quellen
FSC® C083411
FSC
www.fsc.org

Cäcilienstraße 48, D-50667 Köln
Internet: http://www.grafit.de
E-Mail: info@grafit.de

Umschlaggestaltung: Nele Schütz Design unter Verwendung von shutterstock/Shchus (Treppenhaus), Malivan_Iuliia (Mann, Körper), Richard Peterson (Kopf), Shutterstock/KN (Fahrrad)
Gestaltung Innenteil: César Satz & Grafik GmbH, Köln
Lektorat: Nadine Buranaseda, Bonn
Druck und Bindearbeiten: CPI – Clausen & Bosse, Leck
ISBN 978-3-89425-675-3
1. Auflage 2020

Martin Calsow

Kill Katzelmacher!

Kriminalroman

grafit

Martin Calsow wuchs am Rande des Teutoburger Waldes auf. Nach einem Studium der Soziologie und einem Zeitungsvolontariat arbeitete er bei verschiedenen deutschen TV-Sendern. Bei Grafit erscheint auch seine Krimireihe um den LKA-Polizisten Max Quercher.

Jenen gewidmet,
die nach 1945 in Deutschland geblieben sind

Das, was in den Völkern an gutem Blut unserer Art vorhanden ist, werden wir uns holen, indem wir ihnen, wenn notwendig, die Kinder rauben und sie bei uns großziehen. Ob bei dem Bau eines Panzergrabens zehntausend russische Weiber an Entkräftung umfallen oder nicht, interessiert mich nur insoweit, als der Panzergraben für Deutschland fertig wird. Wir werden niemals roh und herzlos sein, wo es nicht sein muss; das ist klar.

Heinrich Himmler, Posener Rede 1943

Prolog

Böhmen, Mai 1945

Bei Bauschowitz schlich er an das Ufer der Eger. Bis jetzt war die Eisenbahnbrücke, die Dresden mit Prag verband, intakt. Aber er wusste, dass dies bald nicht mehr der Fall sein würde. Die Nazis würden sie in den nächsten Tagen sprengen, aus schierer Angst, dass die heranstürmende Rote Armee noch schneller in das deutsche Kernland vorstoßen und sich für all das Blut rächen könnte, das in ihrer Heimat vergossen wurde.

Er stapfte durch das hohe Gras, sackte tief in den Morast, den der Regen der letzten Tage verursacht hatte, zog sich heraus und kroch auf allen vieren über den schlammigen Untergrund, bis jeder Fleck seiner Haut und seiner zerrissenen Kleidung von Dreck überzogen war. Er tröstete sich damit, dass die kalten Temperaturen keine nennenswerten Mückenschwärme hervorgebracht hatten. Erschöpft gönnte sich Katzel inmitten des Schlamms eine Atempause. Er drehte sich auf den Rücken und sah hinauf in den Regen, der vom Himmel fiel, die Erdbrocken in seinem Gesicht auflöste und sie in Rinnsalen über Wange und Hals zurück zum Boden fließen ließ. Er schien ein Teil dieses Stück Landes voller Blut und Dreck zu werden.

Die Messer, die er im Gürtel trug, drückten gegen seinen dürren Rücken. Fünf Jahre hatte er überlebt. Jeden Tag hatte er den Tod vor Augen gehabt, hatte mit ihm verhandelt und immer gewonnen. Jeden neuen Tag für sich gewonnen. Er war frei. Niemand richtete den Lauf eines deutschen Karabiners oder einer schwarzen 08-Pistole gegen seine Schläfe. Er war endlich auf sich selbst gestellt. Er bestimmte sein Leben. Nun musste er seine Familie finden, die nicht weit von hier im Lager leben musste. War er zu spät gekommen? Hatten sie seinen Sohn, die Tochter, die Frau, seine Eltern schon getötet? Er ließ den Gedanken nicht zu, wollte das Grauen nicht annehmen und schüttelte sich.

Er hatte den kleinen Kahn vom Hochufer aus gesehen. Er schien flussaufwärts losgerissen zu sein, schlingerte zwischen zwei ins Wasser gefallenen Weidenästen, war bis zur Hälfte mit Regenwasser gefüllt. Krieg und Flucht bedeutete auch, einfache, effektive Wege zur Fortbewegung zu finden.

Zwei Meter vor dem Kahn entdeckte er sie, zuckte zusammen, langte sofort an seinen Rücken und umfasste eines der Messer.

Zitternd und wimmernd hockten sie eng aneinandergelehnt am Stamm der Weide, blickten ihn mit schreckensweiten Augen an, die in tiefen Höhlen versteckt waren. Beide trugen viel zu große Filzmäntel mit Markierungen auf Höhe der Brust. Markierungen, die er kannte. Die über Leben und Tod bestimmen konnten. Der Junge hatte eine frische Narbe an der linken Kopfhälfte. Selbst in dem diffusen Regenlicht schimmerte sie rot. Was hatte man den Kindern angetan? Er schüttelte sich unwillkürlich und nahm die Hand vom Messer.

Langsam und vorsichtig tastete er sich nach vorn und redete leise beschwichtigend auf das Mädchen und den Jungen ein. Ihr Wimmern wurde lauter, je näher er kam. Er legte den Zeigefinger auf die aufgesprungenen und schorfigen Lippen, langte unter seinen dreckigen Mantel und zog langsam aus einem Sack darunter ein Stück trockenes Brot und den letzten Rest einer Hartwurst. Auf der rechten Handfläche hielt er sie den Kindern hin.

»Schaut, was der Katzel für euch hat«, murmelte er, wiederholte den Satz, ohne sie anzusehen, und verharrte in der unbequemen Position.

Das Mädchen, vielleicht zwei Jahre älter als der Junge, wagte sich als Erstes zu ihm. Im Entengang watschelte es vorsichtig auf ihn zu, ließ plötzlich die Hand vorschnellen, griff sich das Brot und die Wurst in einer Bewegung, ehe es sich nach hinten fallen ließ. Das war außerordentlich geschickt für solch ein kleines Mädchen und er musste lächeln. Hastig teilte es die Beute mit seinem Bruder, der sich den Mund vollstopfte und kaute und schluckte und erneut etwas hineinschob. Dabei sah er ihn an wie ein vorsichtiges Tier. Das war nicht gut. Er hatte in den letzten Jahren der Hölle zu oft gesehen, wie Menschen, die nahezu verhungert waren, beim ersten Bissen scheinbar zu leuchten begannen. Doch kurz darauf hatte meist der geschwächte Körper rebelliert.

»Ich muss ins Lager. Da sind meine Kinder«, flüsterte er den Kindern zu, die still aßen. »Sie heißen ...«

Ein Kopfschütteln des Mädchens unterbrach ihn. Es deutete auf das Schilffeld wenige Schritte entfernt. Etwas raschelte. Wie ein Schlangenmensch bog er sich, breitete die Arme aus und bedeckte mit seinem großen Körper die Kinder, die nun unter ihm kauerten.

Es waren zwei Rehe, die sich den Weg zum Fluss bahnten, um zu saufen. Geduldig wartete er, bis die Tiere fertig waren und langsam in das Schilf zurücktrotteten, ehe er die beiden von sich befreite.

»Ist das Lager frei?«, flüsterte er.

»Ja, doch überall draußen sind Soldaten. Wir warten auf die Russen«, erwiderte das Mädchen distanziert.

»Das ist klug«, sagte er leise.

»Der Krieg ist nicht vorbei?«

Er schüttelte den Kopf. »Aber bald. Der Katzelmacher nimmt euch mit. Wir gehen ins Lager, ihr helft mir suchen. Und dann gehen wir alle zurück«, bestimmte er, ohne einen blassen Schimmer, wie er darauf kommen konnte, diese Kinder unter seine Fittiche zu nehmen.

»Wo ist das?«, fragte das Mädchen.

»Wo ist was?«

»Na, zurück.«

»Zu deiner Familie natürlich«, entgegnete er ratlos, bis er

die Tränen bemerkte, die dem Jungen über die schmutzigen Wangen liefen.

Er verstand, ohne zu fragen.

»Wir nehmen das Boot«, sagte er, wissend, dass das nicht die Antwort war, die sich das Mädchen erhofft hatte.

Jetzt erst fiel ihm der Ausschlag am Hals und am Ansatz der Schulter auf. Es erhob sich, wollte auf ihn zugehen und brach wieder in die Knie.

Katzel sprang nach vorn, um es zu stützen, griff nach dem Kopf des Mädchens und spürte, dass er förmlich glühte.

Er kannte das. Hatte es Hunderte Male gesehen. Es hatte das Fieber. Typhus. Es war zu schwach. Zu schwach für eine Reise. Vorsichtig bettete er das Kind auf den Boden vor dem Baumstamm, kroch sachte auf den Jungen zu, der von Flecken vorerst nicht betroffen war.

»Bleib hier, rühr dich nicht. Ich gehe ins Lager. Ich werde wiederkommen. Mit meiner Familie. Wir werden euch heimbringen. Du darfst keine Angst haben.«

Der Junge blickte ihn mit ernsten Augen an, als hätte er in seinem kurzen Leben schon viele Lügen gehört, und nickte dennoch.

Er legte sich zurück zu seiner Schwester, deren Kopf nach rechts gesunken war und am Stamm lehnte.

Katzel lief gebückt an einem sandigen Uferweg die letzten Meter zum Lager, immer auf der Hut, um keinen deutschen Soldaten zu begegnen.

Kurz vor dem Tor verharrte er. In einem Halbbogen waren drei Worte mit schwarzer Farbe auf weißen Kalk über den Eingang gemalt worden. Er konnte nicht lesen. Doch diesen Satz hatte er schon einmal gesehen. Vier Autobusse mit dem roten Kreuz an der Seite standen auf der Straße. Nirgendwo waren Männer der SS, war Wachpersonal zu sehen. Nur Männer in weißen Kitteln und Zivilisten, die hektisch zwischen den Bussen und Baracken hin und her eilten. Der Regen wurde stärker, die Menschen duckten sich, stellten sich unter einen Wachturm und blickten besorgt in den Himmel. Einzig ein Mann blieb scheinbar unberührt vor einem Bus stehen und wies Kinder in das Innere. Er hielt einen Regenschirm in der einen Hand, in der anderen einen Messzähler. Katzel trat mit all seinem verzweifelten Mut auf ihn zu und sprach ihn an.

»Guten Tag, der Herr. Ich suche meine Familie.«

Der Mann drehte sich um, sah in das ausgemergelte, harte Gesicht und erschrak.

»Sie müssen ins Lager gehen, auf der linken Seite ist die Registratur. Dort wird man Ihnen helfen. Bestimmt.«

Er sprach mit einem Schweizer Akzent. Die Stimme war jedoch warm und klang nach Vertrauen. Also folgte er dem Rat und rannte die wenigen Schritte hinunter, vorbei an der langen Reihe von Kindern, die aus dem Lager kamen.

Tatsächlich fand er die Registratur. Ein junger Mann, augenscheinlich ein ehemaliger Häftling, half ihm. Und er fand seine Familie. Sein Sohn hatte noch vor zwei Tagen gelebt. Die anderen waren in der Woche zuvor an Flecktyphus gestorben.

Er ging hinaus auf den Exerzierplatz des Lagers Theresienstadt. Es war der 6. Mai 1945. Katzel wollte weinen, aber er konnte es nicht. So, wie er nie lesen und schreiben gelernt hatte, so war ihm auch das Weinen fremd. Es war irgendwo in seiner Seele versteckt. Stattdessen verschränkte er die Arme, beugte sich vor und wiegte den Oberkörper im kalten Maimorgen, ließ den Regen prasseln, der nun wie eine Dusche auf ihn niederging, und hielt es aus. So wie er es immer ausgehalten hatte. Jemand wollte ihn zur Seite drängen, weil eine Kolonne von Menschen das Lager über den Platz verlassen sollte. Blitzschnell zog er eines der Messer und hielt es dem verschreckten Mann an den Hals. Erst als der wieder atmen konnte, ließ er von ihm ab und schlurfte aus dem Lager.

Der Regen hatte aufgehört, als er den Kahn aus den Ästen befreite und ihn, bis zur Brust im Wasser stehend, hinauf

auf den Fluss schob. Der Junge weinte still, saß am Bug und kaute auf dem restlichen Stück Brot, das seine Schwester nicht mehr gegessen hatte. Katzelmacher steuerte mühsam mit einem langen Ast in der Strömung. Er blickte nicht einmal zurück, dorthin, wo das Mädchen unter den Ästen lag, die er von der Weide abgebrochen hatte. Er würde nach München zurückkehren müssen. Irgendwo dort war der Oberst. Das hatte er gesagt. Er würde kommen. Mit dem Jungen.

1

München, 1948

Hier oben war ihre Welt. Das ovale, karge Zimmer, direkt unter dem Dach. Hierher kam kein Mörder. Hier war er. Er passte auf Salomea auf. Sie lag in seinem Bett, genoss seine Wärme, die er hinterlassen hatte, zog die nach Mottenpulver riechende Bettdecke übers Gesicht und hörte den Geräuschen zu, die er im Nebenzimmer produzierte.

Das Überziehen der braunen Hose, das Knöpfen der Jacke. Jetzt setzte er sein Käppi auf. Jetzt schnallte er sein Koppel um, nahm wie jeden Morgen seinen Colt aus dem Holster, spannte und sicherte, ehe er die Waffe zurücksteckte. Diese Uniform war besonders. Das hatte sie beim ersten Zusammentreffen gleich gedacht. Die Helme seiner Männer zierten zwei breite gelbe Streifen, vorn prangte in einem Kreis ein großes blaues C, von einem roten Blitz zerschnitten. Noch auffälliger war das knallgelbe Halstuch. Hätte es sich um Engländer gehandelt, hätte man ihnen Snobismus vorgeworfen. So aber erschien das Outfit lässig.

Das Aufklappen des Zippos. Das kochende Wasser für den Kaffee.

Sie hörte draußen auf dem Katzenkopfpflaster das Rumpeln des Jeeps. Seine Schritte kamen näher. Er blieb im Türrahmen stehen. Sie schaute auf, ein wenig vom Morgenlicht geblendet.

»Salomea, in der Küche steht frischer Kaffee. Steh auf. Es wird helfen.«

Da stand Marcus Feinstein, First Lieutenant der US Army »und Münchner Boxstadtjugendmeister im Weltergewicht von 1935«, wie er gern hinzufügte.

Er gehörte zu den United States Constabulary, einer Spezialeinheit, die von den Deutschen ehrfurchtsvoll »Blitzpolizei« genannt wurde. Die »Gelbbetuchten« kümmerten sich um drei Dinge: Sie setzten die Gesetze der Besatzungsmacht durch, übernahmen die Verbrechensbekämpfung und sollten die neuen Polizeikräfte ausbilden, die nicht nazibelastet waren.

Er war schlicht schön. Blaue Augen, blonde Locken, die schwer zurückgestutzt waren. Breites Kreuz, die auf Taille geschnittene Jacke betonte die sportliche Figur noch mehr. Er hatte sich einen Clark-Gable-Bart stehen lassen, der bei jedem anderen lächerlich gewirkt hätte. Marcus stand es. Die Nazis hätten an diesem arischen Typ ihre Freude gehabt. Nur, Marcus war Jude und die Nazis Vergangenheit – zumindest besiegt.

Im Bett musste er einiges lernen, aber sie hatten ja ein paar Tage Zeit, bis er ihr die Papiere besorgt haben würde. Ihre Papiere für Palästina. Ihr Weg in die Sonne.

Seine Kontakte bei den Engländern hatten ihm verraten, dass jeden Tag mit dem Abzug der britischen Mandatstruppen aus dem Nahen Osten zu rechnen war. Dann war Palästina endlich Israel. Montag, in fünf Tagen also, ging ein Schiff aus Rotterdam nach Tel Aviv. Das würde sie nehmen. Wenn die Papiere kamen.

Der Fahrer schnippte die Zigarette in den Park, wo die ersten Schwarzhändler des Tages so taten, als seien sie normale Spaziergänger, die lediglich zur Erholung auf und ab gingen. Tatsächlich machte sie der Jeep nervös. Feinstein wohnte in der Maria-Theresia-Straße in Bogenhausen. Sie war die westliche Grenze des größten Schwarzmarkts Münchens und in wenigen Minuten würde hier der Teufel los sein.

»Guten Morgen, Jay«, rief Feinstein und der Private machte Anstalten, militärisch zu grüßen.

Feinstein winkte ab. Sie setzten zurück, wendeten, fuhren mit Vollgas auf den Friedensengel zu und mit quietschenden Reifen hinunter zur Isar über die Luitpoldbrücke ins Zentrum. Je weiter sie sich der Altstadt näherten, desto weniger Häuser waren halbwegs unbeschädigt. Das war nach wie vor so. Er genoss es nicht mehr, wie er es beim Einmarsch vor drei Jahren getan hatte. Diese Stadt hatte ihn 1936 wie verdorbenes Essen ausgekotzt. Doch er war zurückgekommen. Hatte schon am dritten Tag jenen Beamten gefunden, der seinen Eltern die Ausreise verweigert und sie zum Transport angemeldet hatte. Der Mann hatte wie der einst »geliebte Führer« den Schnauzbart kurz unter der Nase getragen. Nach einer Viertelstunde Behandlung mit Feinsteins Colt war weder vom Bart noch vom Rest des Gesichts etwas zu erkennen gewesen. Feinstein hatte genug getötet, aber zu wenig Rache genommen. Drei Jahre später war er immer noch hier, obwohl er längst wieder in New York hätte sein können.

Sie hatten ihn ausgetrickst, ganz schlicht. Er hatte seine Papiere in der Hand gehabt, den Transport nach Bremerhaven und die Passage mit dem Truppentransporter zurück in die USA organisiert. Anschließend hatte er jedoch eine Zigarette zu viel im Hof der Kaserne geraucht und war seinem Captain Clifton, Chef der Münchner Einheit der Constabulary Police, aufgefallen. Der hatte ihn erst freundlich, dann für einen Moment zu freundlich, angelächelt, weil ihm wohl in diesem Augenblick eine Idee in den Kopf geschossen war.

»Du bist mein Mann, Feinstein«, hatte er ihm mit einer Hand auf der Schulter gesagt und ihn mit hoch in sein Büro genommen.

Dort hatte ihm der langsam sprechende und umso schneller denkende Captain Clifton aus Kentucky eine neue Aufgabe zugeteilt.

»Die Nazis liebten es zentral. Damit bekamen wenige sehr viel Macht, verstehst du?«

Feinstein hatte genickt. In zwei Stunden ging sein Zug. Sollte er den verpassen, müsste er erneut Wochen warten.

»Du hast in New York das Prinzip der Police Departments kennengelernt. Hübsch dezentral. Bring es den Krauts bei.

Keine zentrale Gestapo mehr, keine Folterkeller. Ermittlungsarbeit ohne Lager. Du bist der Mann dafür. Ist 'ne Beförderung drin.«

»Hm, wer hat das denn bislang gemacht?«, fragte Feinstein vorsichtig.

»Lieutenant Murray.«

»Und wo ist der jetzt hin versetzt worden?«

Clifton grinste. »Dem haben Schieber vom Schwarzmarkt eine Kugel verpasst und ihn in die Isar geworfen. Doch wir haben sie geschnappt. Zwei wurden bereits gehängt.«

»Das ist ja ein Trost.«

»Nicht wahr? Gut, du hast den Job. Morgen stelle ich dich dem Polizeipräsidenten vor. Kein echter Nazi, aber ein Kommunist, also schön aufpassen.«

Am Abend hatte Feinstein in einem Drecksloch, das eine Bar sein sollte und in dem eine Band grauenhaft laute Beatmusik spielte, einem Kameraden zugebrüllt, dass sich sein Sarge ins Knie ficken könne. Der Typ war ein enger Freund des Chefs. Das hatte er jedoch zu spät bemerkt.

Am nächsten Morgen hatte er völlig verkatert zum ersten Mal an einem alten Schreibtisch im Gebäude an der Ettstraße in der Münchner Innenstadt gesessen und sich in deutsche Polizeiarbeit hineingefressen.

Sie sollten »Botschafter der Demokratie« sein. Das hatte General Harmon von ihnen gefordert. Sie sollten bestrebt sein, Vorurteile gegenüber Besatzern durch betont gerechtes und gesetzestreues Auftreten abzubauen. Feinstein musste darüber immer den Kopf schütteln. Diese Deutschen hatten fast seine gesamte Familie ausgelöscht und er war hier, um ihnen Zivilisation beizubringen. Das funktionierte nicht immer.

Waren seine Untergebenen anfangs noch devot und eilfertig mit allerlei Tätigkeiten, zeigten sich Feinsteins deutsche Mitarbeiter zunehmend selbstbewusster, nicht einmal drei Jahre nach ihrer größten Niederlage. Je mehr sie sich heimlich seinen Anweisungen widersetzten, sie vorsichtig torpedierten, hinter seinem Rücken über ihn lachten, desto mehr herrschte er sie an, zwang sie zu sinnlosen Aufgaben. Bald hasste er sie. Manchmal hatte er das tiefe Verlangen nach willkürlicher Gewalt, nach einer sinnlosen körperlichen Schikane. Er konnte es allerdings unterdrücken. In spätestens einem Jahr würde er nach New York zurückkehren und dieses Trümmerfeld sich selbst überlassen.

München hatte dreiundsiebzig Luftangriffe erlebt. Mehr als sechstausend Menschen waren gestorben. Die historische Altstadt war zu neunzig Prozent zerstört, die gesamte Stadt zu fünfzig Prozent. Durch Tod, Evakuierung und Flucht aus der Stadt war die Bevölkerungszahl auf die Hälfte zusammengeschrumpft. Doch nun, drei Jahre später, strömten neue Gruppen in die Stadt, in der schon wieder alle Straßen freigeräumt waren. In der das Wasser aus dem Hahn floss und Menschen mit tausendfünfhundert Kalorien pro Tag auskommen mussten.

Der Jeep donnerte vorbei an großen Gruppen Steine klopfender, werfender und wegschaffender Menschen in zerschlissenen Mänteln und Hemden. Menschen, die wie Ameisen versuchten, ihre einst so prächtige Residenzstadt wiederaufzubauen. Loren wurden von alten Männern mit staubdreckigen Mützen bewegt, Kinder sprangen über Trümmerhügel, wurden in scharfem Ton von Müttern gemaßregelt, die sich den Schweiß in einem Moment der Pause wegwischten.

Sie mussten einem Lkw ausweichen, der rückwärts aus einer Hofeinfahrt fuhr. Frauen schrien.

»Die Weiber haben in diesem Land diesen harten Ton drauf. Sie verstehen das ja, Sir«, versuchte sich der Fahrer in Konversation, als einige Frauen kreischend am Jeep vorbeiliefen, der stehen geblieben war.

Feinstein sah in die Richtung, aus der die Frauen kamen,

erkannte die Fundamente des einstigen Braunen Hauses, wo mehrere Männer zusammenstanden und wild gestikulierten. Er stieg aus, bedeutete dem Fahrer, seine MP vom Rücksitz mitzunehmen, und lief auf die Menge zu.

Jemand schien aus den Trümmern eines Bekleidungsgeschäfts eine seltsam anmutende Schaufensterpuppe gezogen zu haben, hatte ihr den rechten Arm nach oben gedreht, als sollte sie den Hitlergruß entrichten, und sie auf das Restfundament gestellt. Er kam näher, Menschen stöhnten, hielten sich die Hände vor die Münder. Er drängte Kinder und Männer beiseite, die erst entrüstet waren, dann jedoch beim Anblick seiner Uniform sofort zurückwichen.

Die Sonne schob sich über die Trümmer der Ruinen vom Karolinenplatz, ihre Strahlen wanderten wie Scheinwerfer über die Schaufensterpuppe, die mit starren Augen zur Glyptothek blickte. Als er davorstand, begriff Marcus Feinstein, warum seine ehemaligen Landsleute so aufgeregt waren. Die Puppe war bekleidet. Jemand hatte etwas über sie gezogen, etwas, das selbst Menschen, die einen sechsjährigen Krieg überlebt hatten, das Grauen ins Gesicht schrieb.

Achthundert Meter entfernt vom Königsplatz landete eine Taube, die vom Gerüst des Liebfrauendoms hinuntergesegelt war, auf dem Fensterbrett vor einem Büro der Münchner Stadtpolizei, wackelte mit dem Kopf, gurrte und wurde von einem jungen Mann mit einem geschickten Griff gefangen. Eine schnelle Bewegung mit der Hand und der Taube war das kleine Genick gebrochen. Kein schöner Morgen für das Tier, aber ein lukratives Nebengeschäft für den Mann. Sein Zimmernachbar nahm davon keine Notiz.

»Das ist mein Schreibtisch. Das ist mein Bleistift. Das sind meine Stempel.«

Steinmüller legte die Hände auf den Tisch und schloss die Augen. Die Finger zuckten unwillkürlich. In der linken Schublade des altersschwachen Tischs befand sich die Dose. Er sah sie vor sich. Weiße Schrift auf blauem Grund. Geschwungen. *Pervitin.* Ein Kran der Army wurde mit quietschenden Ketten zu einer Ruine am Promenadeplatz gezogen. Das Geräusch von Metall auf Steinen, das Zermahlen von kleinen Brocken, der Dieselgestank und die Rufe der Männer, die das Monstrum bewegten, hatten Steinmüller erstarren lassen. Wie ein Drache hatte sich der Kran unterhalb seines Büros durch die enge Gasse gezwängt, war stehen geblieben, war vor- und rückwärtsgefahren.

Er erblickte den T34 durch den Schlitz im Bunker. Rauszulaufen bedeutete den Tod. Drinnen lagen zwei Männer in ihrem Blut. Eben noch hatte er sie zusammen mit dem Arzt behandelt. Dann war der Mediziner mit blutiger Schürze in Panik hinausgestürzt und, rückwärts von einer Kugel getroffen, mit zerplatztem Kopf zurück in den Eingang gefallen. Die Ketten schoben das Metallmonster über den Graben, über den Draht. Wie ein zorniger Gott richtete der Panzer das Kanonenrohr in den Himmel, um Sekunden später wie ein Hammer auf den Amboss auf den Bunker zu fallen. Alles knirschte, zerbarst und staubte. Die Decke senkte sich, Brocken aus Steinen und Holz fielen herab, erschlugen die Patienten, durchstießen ihre Leiber. Der Panzer drehte sich auf der Stelle. Er hatte so etwas aus der Ferne schon einmal mitansehen müssen. Es würde nur noch Herzschläge dauern, bis der Panzer die Oberfläche des Bunkers zerdrückte, ihn lebendig begraben würde.

»Steinmüller, pack mer's. Der Isidor will uns alle sehen.« Anian Birmoster stand in der Tür, Reste des Taubenbluts an den Händen.

Steinmüller nickte und schluckte die zwei *Pervitin*-Tabletten auf dem Weg zum Büro im zweiten Stock.

»Was machst mit deinen Rationen, verkaufst die? Du bist

eine schmale Ziege«, frotzelte Birmoster. Lebensmittelrationen waren nach wie vor das tägliche Thema in einer Stadt, in der vor wenigen Monaten Hunderte schlicht verhungert waren. Birmosters Eltern hatten einen Hof im Bayerischen Oberland bewirtschaftet. Er wurde versorgt und war auch deswegen ein beliebter Kollege.

Sie kannten sich vom ersten Tag an, waren im Januar 1946 gemeinsam als Stadtpolizisten eingestellt worden, Steinmüller wegen seiner medizinischen Vorbildung, Birmoster wegen seiner Zeit als Feldjäger und seiner Fähigkeit, Bierkellerschlägereien binnen zehn Minuten mit vier Mann und ihren Schlagstöcken zu beenden.

Noch immer hatten die Amerikaner ihnen keine Waffen zugeteilt. Noch immer misstrauten die Besatzer den deutschen Polizisten. Die Situation war absurd. Vor und während des Kriegs, selbst in den schlimmsten Bombennächten, hatte es eine intakte Kripo mit geschultem Personal gegeben. Gut, einige von ihnen waren zu »besonderen Tätigkeiten« an die Front beordert worden. Doch einige lebten wieder in der Stadt, wären sofort einsatzfähig gewesen. Nur wollten die Amis ebenjene Experten nicht mehr. Steinmüller hätte das nie im Kollegenkreis gesagt, konnte die Amis aber verstehen. Er hatte diese Experten an der Front erlebt. Also griff man auf Anfänger wie Steinmüller zurück, was Birmoster zu diversen Spötteleien veranlasste.

›Isidor‹, wie sie Feinstein heimlich nannten, wie sie Juden gern in den Jahren von 1933 bis 1945 genannt hatten, hatte sie in den großen Konferenzraum einbestellt. Neben ihm stand Franz Xaver Pitzer, ein ehemaliger Kunstschreiner, Sozialdemokrat und Polizeipräsident Münchens.

Die Fenster waren weit geöffnet. Der Frühlingswind wehte herein, Blätter auf den Tischen wirbelten umher. Jemand lief eilfertig zu den Fenstern, wurde jedoch mit einem Ruf von Feinstein brüsk zurückgewiesen.

Steinmüller saß in der hintersten Reihe und spürte, wie

das *Pervitin* in seine Adern schoss und ihn munter machte. Er atmete tief ein und aus und suchte nach einer Zigarette in seiner Uniform. Birmoster hielt ihm eine angerauchte Kippe hin, die Steinmüller dankbar nahm und anzündete.

»Heute Morgen wurde an der Brienner Straße, Ecke Arcisstraße etwas aufgefunden, was dort nicht hingehört.« Feinstein machte eine nachlässige Handbewegung.

Ein Mann in einem weißen Kittel erhob sich von einem Stuhl, eilte in einen Nebenraum und kehrte mit einer Puppe zurück, die auf ein Radgestell montiert war. Elf Augenpaare, eben noch müde und wenig erwartungsvoll, starrten mit immer stärker werdendem Entsetzen auf die Figur, die der Assistent in die Mitte des Raums zwischen die Stuhlreihen geschoben hatte. Einige wichen zurück. Andere hoben interessiert die Köpfe.

»Das, meine Herren, ist eine Schaufensterpuppe. Sie trägt an einigen Stellen«, Feinstein machte eine Kunstpause, um sich eine Zigarette anzünden, »menschliche Haut.« Er zog an seiner Camel, blies den Rauch aus, ließ die Männer vor ihm murmeln und fluchen, ehe er fortfuhr. »Männlich, wie mir der Rechtsmediziner versicherte.« Er deutete auf die Hautteile im Intimbereich.

Die Herren stöhnten leise auf.

Pitzer schüttelte den Kopf. Schwarzmarkt, Schiebereien, zuweilen ein Mord aus Habgier – das war an der Tagesordnung. München hatte selten so viele brutale Morde zu ertragen wie nach dem Krieg. Aber so etwas in seiner Stadt? Steinmüller bemerkte, wie der Mediziner angestrengt aus dem Fenster sah, hinaus zu den blühenden Platanen im Innenhof.

»Schauen Sie sich die Haut genau an«, forderte Feinstein die Kollegen auf, trat auf sie zu, drückte sie in Richtung Puppe. »Es gibt kein Gesicht. Teile des linken Arms, das rechte Bein, wenig Brust und ein Stück Unterleibshaut. Das war's.«

Es dauerte bloß Augenblicke, bis selbst der letzte Mann im

Raum wusste, dass Feinstein bei dieser Bestialität einen einzigen Gedanken haben konnte: Das war eines jener Grauen, die man gerüchteweise aus den KZs gehört hatte. Damit konnte Feinstein, Jude, Ami und Befreier von Dachau, nur glauben, dass es einer von jenen Schergen aus den Lagern dort getan haben musste.

Langsam kehrte betretene Stille ein. Hier die Deutschen, dort Feinstein, der auch einmal Münchner gewesen war. Der auf die eigenen Leute geschossen hatte. Der sie nach wie vor hasste.

»Was fällt Ihnen auf?«

Stille. Keiner wagte, etwas zu sagen.

»Wenn jemand von euch glaubt, dass ich einer der Bestien in dieser Stadt wieder das Morden erlaube, täuscht ihr euch. Hier wird niemandem mehr die Haut abgezogen, um sie zu Lampenschirmen zu verarbeiten.« Feinstein wurde lauter. »Also, der Herr aus der Rechtsmedizin hat mir gesagt, dass ein solches Abtrennen der Haut nur schwer zu bewerkstelligen ist. Wir haben es also mit einem Spezialisten zu tun. Aber wer ist ein Spezialist im Abtrennen menschlicher Häute? Und wo ist der Rest?«

Jetzt musste es jedem klar sein: Feinstein hatte im Kopf bereits die möglichen Tätergruppen definiert.

»Ich will den Täter. Mir ist es egal, ob Sie an Schwarzmarktgrößen dran sind, ob Sie Unzucht mit US-Army-Soldaten verfolgen wollen. Wer so etwas tut, hat es gern getan. So etwas macht man nicht aus Rache. Ich will diese Nazischeiße nicht mehr.« Die letzten Worte hatte er fast geschrien.

Es war still. Windböen ließen die Puppe ein wenig ins Schaukeln geraten. Sie drohte fast umzukippen.

Steinmüller hatte sich erhoben, war zwischen den Stuhlreihen nach vorn gekommen und hatte sich die Haut näher angesehen. »Die genaue Lage ist etwa zwanzig Zentimeter über dem linken Ellbogen auf der Innenseite des Oberarms. Die Tätowierung ist ungefähr sieben Millimeter groß und besteht lediglich aus ein oder zwei Zeichen, und zwar der Bezeichnung der Blutgruppe A, B, null oder AB. Die Rhesusformel ist nicht angegeben, da der Rhesusfaktor erst kurz zuvor entdeckt worden ist und unsere ... Forschung darüber in den Anfängen gesteckt hat.«

Gemurmel.

Steinmüller wollte sich setzen, als Feinstein ihn anherrschte. »Was haben Sie gesagt? Was wollen Sie mir sagen?«

Steinmüller zuckte mit den Schultern. »Ihre Theorie bedarf mehr Fakten.«

»Wieso?« Feinstein ging bedrohlich auf Steinmüller zu, blieb mit in den Seiten gestemmten Armen vor ihm stehen.

»Das ist die Haut eines SS-Soldaten!«

»Sie sind ja ein ganz schlaues Kerlchen«, gab Feinstein zurück und sah den schmalen Mann, der vor ihm stand, aufreizend lange an.

Der erwiderte seinen Blick nicht, schaute nach vorn und wiederholte seine These. »Das ist die Haut eines ...«

»Ich habe Sie schon verstanden. Wie ist Ihr Name?«

»Steinmüller. Harald Steinmüller.«

»Hat man bei Ihnen in der Wehrmacht nicht gelernt, den Vorgesetzten anzusehen?«, giftete Feinstein ihn an.

Jemand räusperte sich auffallend. Es schien der Polizeipräsident zu sein.

»Wollen wir über Benimmregeln sprechen oder über den Fall?«, fragte Steinmüller leise.

Das war weit entfernt von dem, was sich ein Deutscher einem amerikanischen Besatzungssoldaten gegenüber herausnehmen sollte. Feinsteins Wut kochte fast über. Das bemerkte Steinmüller mit einem stillen Hochgefühl. Der Ami schien jedoch klug genug zu sein, sich in dieser Situation keiner Machtprobe mit einem Deutschen zu stellen.

»Gut, was würde denn der Herr Steinmüller als Erstes machen, wenn er den Fall lösen müsste?«

Nach wie vor blickte Steinmüller ihn nicht an. Einige Kollegen begannen zu grinsen.

»Ich würde erst einmal wissen wollen, ob der Mensch, dem diese Haut entfernt wurde, noch gelebt hat.«

»Gut. Weiter.« Feinstein hatte ihn.

»Ich würde mich fragen, ob es ein Akt der Rache oder der puren Lust gewesen sein könnte.«

Der Polizeipräsident wollte intervenieren, doch Feinstein hob die Hand. Er schien sich nicht sicher zu sein, ob vor ihm ein Querulant oder ein verstecktes Talent saß.

»Wissen Sie, meine Herren, seit drei Jahren hat sich das Verhalten der besiegten Deutschen in dieser Stadt stetig verändert. Waren Sie und Ihre Landsleute anfangs unterwürfig, nahezu hündisch gewesen, kommt langsam, aber sicher wieder die deutsche Arroganz, die Herrenmenschenattitüde hoch, immer dann, wenn es nicht existenzgefährdend ist.«

Allgemeines Räuspern. Feinstein, so kam es Steinmüller vor, wollte keinen Fall aufklären. Er wollte demütigen.

»Ich denke gerade an eine Geschichte, die mir ein Freund im Offizierskorps erzählt hat«, fuhr Feinstein fort. »Der war in einem Vorauskommando gewesen, das die Villa eines ehemaligen KZ-Kommandanten durchsucht hatte. Auf seinem Schreibtisch hatten sie merkwürdig aussehende Lampen untersucht. Ein Sanitäter hatte ihnen erklärt, dass die Schirme aus Häuten von KZ-Insassen gemacht worden waren.«

Betretenes Schweigen.

Jetzt blickte Steinmüller auf. »Vorgesetzter Feinstein, Sie wollen doch sicher wissen, ob es ein perverser Deutscher gewesen ist, nicht wahr?«

Steinmüllers Sitznachbar zog laut hörbar die Luft durch die Zähne. Steinmüller wusste es. Das war ein Schritt zu weit, fanden bestimmt auch die Kollegen, die es immer gern sahen, wenn den verdammten Amis mal einer Bescheid gab.

Ehe Feinstein etwas erwidern konnte, wurde die Tür zum Saal aufgerissen. Sein Fahrer lief mit zwei groß gewachsenen US-Soldaten der Militärpolizei herein und winkte ihm zu. Er wandte sich von Steinmüller ab und folgte dem Trio nach draußen.

»Was ist los?«

Sein Fahrer wollte schon sprechen, wurde jedoch von dem ranghöheren Unteroffizier der Militärpolizei unterbrochen. »Wir haben eine weitere … also Reste … gefunden.«

»Private, was für Reste?« Feinstein war noch immer voller Wut über diesen renitenten Deutschen.

Die Militärpolizisten hatten einen deutschen Dolmetscher dabei, der übersetzte.

»Haut. Menschen haben sie am Prinzregentenplatz gefunden, nicht weit vom Theater entfernt.«

Feinstein wurde ungeduldig. Dieser Dolmetscher wirkte auf ihn wie eine verschreckte Ratte. Er flüsterte, sodass Feinstein ihn kaum verstand.

»Sie hatte …«

»Lauter, verdammt! Ich verstehe kein Wort«, herrschte Feinstein ihn an.

»… eine silberne Totenkopfspange auf der Rückenhaut befestigt.«

Feinstein hatte das unangenehme Gefühl, dass alle deutschen Polizisten, die hinter ihm im Raum saßen, ihn still auslachten.

2

Im Jahr 1895 erwarb laut Münchner Grundsteuerkataster der Ingenieur Clemens Freiherr von Bechtolsheim von der Stadt ein 3.940 Quadratmeter großes Grundstück an der Maria-Theresia-Straße 27, in bester Bogenhausener Lage gegenüber den Maximiliansanlagen, zum Preis von 136.381 Mark. Die Villa war am 10. Mai 1898 bezugsfertig. Die Baukosten betrugen 112.500 Mark. Der Ingenieur hatte mit seinem Patent für einen Rahmabscheider ein Vermögen gemacht. Elf Tage vor Fertigstellung der Villa hatte er die Gräfin Fugger zu Kirchberg und Weißenhorn geheiratet. 1930 starb er. Drei Jahre später kamen die Nazis an die Macht.

Als diese von einigen eifrigen Damen und Herren der feinen Münchner Gesellschaft hoffähig gemacht wurden, kauften sich prominente Vertreter der neuen Macht in der Nachbarschaft ein. Nebenan wohnte Martin Bormann, Hitlers Paladin, nicht weit entfernt lebte, zumindest offiziell, Eva Braun.

Die Villa Bechtolsheim hatte einen raffinierten Grundriss: Im Hochparterre gingen alle Räume von einer achteckigen Zentralhalle aus. Hier residierte nun nach dem Krieg ein amerikanischer General mit seiner Familie. Und im Obergeschoss, wo sich die Dienstbotenzimmer und die Schlafräume der ursprünglichen Besitzer befunden hatten, lebten Salomea und Marcus.

Das Turmzimmer, in dem Salomea den Tag verbrachte, bot einem Baumhaus gleich einen wunderbaren Blick hinaus in den Park und in die Wipfel der Buchen. Aber das eigentliche Wunder war ein kleines Detail, fand Salomea. Sie, die in ihrer alten Heimat Wien sehr wohl Luxus gekannt hatte, erfreute sich an einer im Boden verschließbaren Öffnung, durch die ein sogenanntes Tischleindeckdich heraufgezogen werden konnte. Der Hausmeister, der mit seiner Frau im Keller wohnte, schickte ihr so das Essen nach oben, ohne dass sie das Haus verlassen musste.

Vor fast genau acht Jahren hatte sie, nach einer Odyssee von Wien über Prag nach Paris, an einem Morgen in ihrem Verschlag, hoch oben über der Rue de Faubourg Saint-Honoré, den Einmarsch der deutschen Soldaten gehört. Das Dröhnen der Lkw-Motoren mit ihren angehängten Geschützen, das Klappern der Pferdehufe auf dem Kopfsteinpflaster. Das Knirschen der Panzerketten. Die Rufe, das Schreien. Alle siegestrunken. Vier Jahre hatte sie anschließend in dem Verschlag vegetiert, umgeben von Hunderten Büchern, die ihre Schutzheilige hier oben deponiert hatte. Eine reiche Französin, deren Mann mit den Deutschen kollaboriert hatte. Ohne ihn zu informieren, hatte sie Salomea versteckt, ihr Essen und Schutz gegeben.

Zwei Wochen nach der Befreiung hatten Anhänger der Resistance sie und ihren Mann durch die Straßen getrieben, ihr die Haare geschoren und den Mann in die Seine geworfen. Er war ertrunken. Sie hatte sich das Leben genommen, oben auf dem Dachboden, wo Salomea überlebt hatte. Man hatte sie erst Wochen später gefunden. Da war Salomea bereits in Deutschland angekommen. Mit einem amerikanischen Militärrabbi war sie von Paris nach Frankfurt weitergereist, ehe sie in München gestrandet war, weil Wien von den Russen dominiert wurde. Dort hatte sie Feinstein getroffen.

In Wien hatte sie das Flanieren geliebt, konnte stundenlang spazieren gehen, hatte so in den Anfängen ihres Psychologiestudiums und des heranwachsenden Faschismus in den Parks der Stadt einen klaren Kopf gekriegt. Doch das wäre in Paris für vier Jahre, zwei Wochen und drei Tage Selbstmord gewesen. Also hatte sie gelernt, Geduld zu haben, nie laut auf dem Holzboden aufzutreten, ein Buch nach dem anderen zu studieren und den Tag in Gedankenscheiben zu schneiden. So hatte sie überlebt. So tat sie es jetzt. Salomea las. Salomea lief leise. Salomea zerschnitt den Tag. Bis sie glaubte, wahnsinnig zu werden.

Nur in der Nacht ging es ihr besser. Das war ihre Zeit. Zweimal war sie versucht gewesen, hinaus in den Park zu gehen, einen Baum anzufassen, loszulaufen und keine Wand zu haben, die den Lauf bremste. Aber schon im Treppenhaus war die Angst hochgekrochen und hatte sie auf der Stelle zurückkehren lassen.

Wie konnte sie, die den Wahnsinn dieser Deutschen überlebt hatte, noch in ihrer Mitte leben? Marcus war es, der sie auf eine Idee gebracht hatte.

»Nutze dein Talent. So viele da draußen sind verstört, wollen sich töten, haben Schlimmes gesehen und erlebt. Hilf ihnen.«

Sie hatte widersprochen, gestritten, geschwiegen. Allein die Vorstellung, jemand käme hinauf in ihr Versteck, ließ sie erstarren. Dann jedoch brachte Marcus ihren ersten Patienten vom Schwarzmarkt mit. Der lag bloß eine Straße weiter. Hier handelten alle mit allem, um zu überleben. Taschenuhren gegen Zigaretten, Wurst gegen Mäntel. Es waren viele überlebende Juden dabei, die der Krieg hierhergeschwemmt hatte, die wie Salomea auf ihre Ausreise nach Palästina warteten oder einfach ein Leben suchten, von dem sie wussten, dass es untergegangen war, im Hass der Mitmenschen und der Trümmer der Stadt.

Mehr als zwölftausend jüdische Bürger hatten vor 1933 in München gelebt. Im April 1945 hatten Marcus' Kameraden noch vierundachtzig Überlebende vorgefunden. Dann kamen sie wieder, zusammen mit jenen, die keine Heimat mehr hatten, die nach wie vor Verfolgung und Tod fürchten mussten. Menschen wie Abraham.

In der Möhlstraße hatte Marcus bei einer Razzia den jungen Mann, nur wenige Jahre jünger als Salomea, aufgegriffen, als er mit blutigen Knien auf der Straße gelegen hatte und von einem deutschen Polizisten hatte weggeführt werden sollen. Der Mann hatte den Jungen angeschrien und hochgerissen. Marcus war dazwischengegangen und hatte ihn, ohne zu fragen, hinauf zu Salomea gebracht. Sie hatte Abraham mit dem amerikanischen Sanitätsmaterial die Wunden am Knie versorgt und Marcus irgendwann weggeschickt. Seitdem kam Abraham zweimal in der Woche. Anfangs schwieg und aß er, die Arme um das Essen gelegt, als wollte ihm jemand etwas nehmen. Später, langsam, sehr langsam, hatte er zu sprechen begonnen. Er hatte ein Lager überlebt. Salomea fragte, doch Abraham antwortete nicht, er erzählte. Das Grauen goss sich in beider Köpfe zu Stanzen von Buchstaben, Sätzen und Skizzen. Es wurde geordnet.

»Es ist geordnet, aber nicht in Ordnung«, hatte sie Marcus einmal erklärt. »So wie wir befreit, aber nicht frei sind.«

Er hatte mit den Schultern gezuckt, was sie erst aufbrachte, schließlich akzeptierte, weil er nicht ahnen konnte und wollte, was den beiden passiert war.

Feinstein hatte große Pakete mit *Hershey*-Schokolade in der Speisekammer deponiert. Salomea drückte Abraham eine Tafel in die Hand, ehe der die Holztreppe hinunterstieg. Diese eine Stunde bei ihr war sein Leuchten und sein Horror zugleich. Hier war er geschützt. Der Preis war das Öffnen seiner eigenen Hölle.

Sie sah aus dem Treppenfenster hinaus in den Hof, wo ein scheinbar missgelaunter Marcus Feinstein an Abraham vorbeilief, ihn müde grüßte, bald mit einem Paket Lebensmitteln im Flur stand und mit einem Mann sprach. Auf Wunsch Salomeas tauschte Feinstein immer mit dem Hausmeister zwei Pfund Kaffee gegen eine Flasche Riesling, den der Alte über den Krieg in seinem Keller versteckt hatte. Der Riesling erfüllte einen Zweck, diente einem Ritual, das er zwar eingeführt, doch von Salomea ausgebaut worden war.

»Wieso Weißwein? Bier täte es auch, oder?«, fragte er beim Betreten der Wohnung.

Sie hatte den Tisch allein an die Wand geschoben und so

Platz wie in einem Tanzsaal geschaffen. »Das war so bei den Herrschaften vor dem Krieg. Die tranken Champagner oder eben Weißwein und kein Bier. Bier ist für den Pöbel.« Sie lachte.

Nach jeder ihrer Sitzungen mit Abraham musste sie sich bewegen. Da sie nicht vor die Tür ging, musste es etwas anderes sein.

»Time forrr zeee …«

»Himmel, Salomea, dein Akzent ist grauenhaft.«

»Sag es«, forderte sie ihn auf.

»The Lindy Hop!«

Wenige Tage nachdem er Salomea aufgenommen hatte, hatte sie den Plattenspieler gefunden und lernte eine Musik kennen, die sie nie zuvor gehört hatte: Swing. Aus Harlem. Feinstein hatte sie aus New York mitgebracht. Dort war er als junger Polizist in den Klubs nördlich des Central Park eingesetzt worden und hatte diese Musik in sich aufgenommen. Vor allem hatte er jedoch dort tanzen gelernt. Es war der Lindy Hop, der da seit den Dreißigern ein Standardtanz war. Der wandelte sich in den Jitterbug. Salomea war begeistert gewesen. Nie hatte sie ihre Hüfte so lasziv geschwungen, ihre Beine und Füße so schnell beim Tanzen bewegt. Sie trug ein einfaches anschmiegsames Baumwollkleid mit blauen und weißen Punkten und hatte ihre geflickten Tanzschuhe angezogen.

Feinstein stellte die Lebensmittel ab, wusch sich die Hände in einer Keramikschüssel und zog seine Uniformjacke aus. Nach diesem Tag war ihm nicht nach Tanzen. Aber er wusste, dass Salomea niemals einen Widerspruch dulden würde.

Er suchte am Radio nach dem amerikanischen Armeesender und hörte Nat King Cole von einem *Paper Moon* singen. Feinstein blickte Salomea müde an, breitete dennoch die Arme aus und gemeinsam schwangen sie über das Fischgrätparkett.

Sie hatte wie immer die Augen geschlossen, wiegte den Kopf, während er die Hand um ihre Hüfte legte und sie sanft drehte. Ihr aufgegangener Saum schwang leicht unter ihren Bewegungen. Leise summte er in ihr Ohr. Sie lächelte. Nach wenigen Minuten entließ er sie. Zufrieden tanzte sie ein paar Schritte allein, während Feinstein den Riesling öffnete und in zwei Metallbecher goss.

»Meinst du, dass nächste Woche meine Papiere bei euch angekommen sind, Marcus?«

Er zuckte mit den Schultern. »Ich denke schon. Es muss eben seinen militärisch bürokratischen Gang gehen. Die Tommys haben es von ihrem Sitz in Bad Oeynhausen nach Wiesbaden zu meinen Leuten geschickt. Anschließend nach München. Sind die Papiere erst mal bei den US-Behörden, wird es vermutlich schnell gehen.«

»Warum?«, fragte sie genervt. »Eure Bürokratie ist nicht besser.«

»Das war der Deal mit Clifton. Ich verlängere meine Dienstzeit und er unterstützt mich bei deinen Einreiseformalitäten nach Palästina. Gestern habe ich in Wiesbaden angerufen. Da hat man mir gesagt, die Unterlagen seien bereits verschickt worden. Also, nächste Woche bist du auf dem Weg. Und ich werde dich, wie ich es dir versprochen habe, nach Marseille begleiten.«

Sie küsste ihn lange und voller Wollust. Dann erst legte sie eine neue Platte auf.

Duke Ellingtons *Caravan* schien sie förmlich explodieren zu lassen. Das war ihr Swing, das war ihr so geliebter Lindy Hop. Er schwang sie in die Luft, sodass sie fast mit dem Kopf an die Decke stieß. Verschwitzt und erschöpft tanzten sie langsam ins Schlafzimmer und fielen lachend ins Bett.

Sie drückte ihn auf das Laken, zog langsam die Strümpfe aus, die deutliche Löcher aufwiesen, drehte sich sanft zu den Klängen von Fred Astaires *Puttin' on the Ritz* und öffnete ihren BH. Ihre weißen Brüste wippten im Takt. Feinstein musste schon aus gesundheitlichen Gründen die Hose loswerden, während sie nackt immer wieder im Bett über ihn hinwegtanzte, fast das Gleichgewicht verlor, sich über ihn beugte, ihre Brüste wie Früchte an einem Baum schüttelte und die Augen gespielt überrascht auf seine Erektion richtete, ehe sie sich wie eine Königin daraufsetzte und Feinstein die Müdigkeit wegvögelte.

Sie schaffte es tatsächlich, dass er für Augenblicke den Horror des Tages vergaß. Das hatte seine Gründe. Niemals zuvor hatte eine Frau mit einem Schluck Riesling im Mund seinen Schwanz bespielt. Die Kälte, die Zunge, die Dreistigkeit, das Frivole. Sie konnte nicht aufhören. Doch eines war immer klar: Sie bestimmte die Musik. Sie bestimmte die Geschwindigkeit.

Die Sonne verschwand hinter den Baumwipfeln der Maximiliansanlagen, als sie mit geschlossenen Augen rauchend im Bett lagen.

»Was war schlimm heute?«, fragte sie leise.

Feinstein zog den Rauch tief in seine Lungen, drehte sich zum Fenster, das einen Spalt geöffnet war, und blies den Rauch hinaus. Ein Rotkehlchen saß unterhalb auf einer halb zerstörten Regenrinne und sang sein Lied zur Nacht.

»Schlimm? Es war der Irrsinn. Das passt nicht hierher«, wiegelte er ab.

Sie umfasste sein schlaffes Glied und drückte zu.

Er zuckte zusammen und musste husten. »Gehört das zu deinen Kunststücken oder ist das Folter?«, fragte er, gleichzeitig lachend und hustend.

»Sprich, Ami«, forderte sie.

Er küsste sie. »Salomea, das sind Dienstgeheimnisse, die kann ich einer Frau mit unklarem Geisteszustand nicht mitteilen. Wir sollen den Deutschen ein Vorbild sein … Aua!«

»Los!«

»In der Zeit zwischen heute Morgen und heute Nachmittag

sind zwei menschliche Häute im Münchner Stadtgebiet gefunden worden.«

»Oh!«, sagte sie.

»Oh? Du sagst ›oh‹?«

Salomea richtete sich auf, goss sich ein wenig Wein in den Becher und trank.

»Es sind die Häute von SS-Soldaten. Wir haben Blutgruppennummern am Arm identifizieren können. Mehr nicht. Weder wissen wir, wer sie sind, noch, woher sie stammen oder warum sie sterben mussten. Doch es ist eine Riesensauerei ...«

Sie nickte.

»Ich will nicht die Genugtuung über den Tod dieser verhassten Menschen aufkommen lassen, will sachlich bleiben, verstehst du?«

»Sind es Racheakte?«, fragte sie.

Er wiegte den Kopf. »Das ist alles neu. Ich habe in New York nur ein halbes Jahr im Morddezernat gearbeitet. Im Münchner Präsidium sitzen entweder entlassene Soldaten mit scheinbar sauberer Vergangenheit, Kommunisten oder versteckte Nazis. Da traue ich keinem. Wenn diese Fälle zunehmen, habe ich ein Problem. Die Krauts sind nach wie vor davon überzeugt, dass wir Juden uns an ihnen rächen. So wie die Irren aus Palästina.«

»Israel, Marcus. Es heißt Israel.«

Ja, also die, die in Nürnberg vor zwei Jahren das Brot in einem Kriegsgefangenenlager vergiftet haben.«

»Ach? Das wusste ich gar nicht, das höre ich zum ersten Mal«, wunderte sich Salomea.

»Ja, das Kälbchen weiß nicht immer, was sich hinter dem Mond zuträgt.« Er lachte.

Sie biss in seinen Arm.

»Aua! Also, Vergiften ist das eine. Aber Menschen die Haut abziehen, das ist nicht mehr schön und passt nicht ins aktuelle Bild, das wir als US-Besatzungsordnung haben wollen.«

»Ach ja, jene, die uns eben noch ins Gas geschickt haben, sind jetzt unsere Freunde«, bemerkte Salomea bitter.

Feinstein stöhnte. Ihm war die Politik seines Präsidenten auch nicht lieb. Die Russen drehten in Berlin jedoch den Hahn auf. Das war der neue Feind, hatten ihm seine Freunde vom OSS, dem US-Militärgeheimdienst, schon vor zwei Jahren erzählt.

Sie zuckten zusammen, als sie das Quietschen eines Jeeps hörten. Kurz darauf erklang das Stampfen von Stiefeln auf der Holztreppe und Salomea murmelte leise: »Klopfen an der Tür in drei ... zwei ... eins ...«

Es klopfte mehrfach.

Jay stand vor der Tür. Etwas fiel zu Boden. Sein Fahrer hatte die unangenehme Angewohnheit, seinen Kaugummi an den Türrahmen zu kleben. Sie starrten auf den weißen Klops, der zu ihren Füßen lag.

»Was ist so dringend?«, fragte Feinstein säuerlich.

»Der Boss will Sie im Casino sehen – sofort!«

Jay sah verstohlen an Feinstein vorbei hinein in die Wohnung, wo Salomea, auf dem Bauch liegend, eine Zigarette rauchte.

»Warte unten im Jeep. Ich bin in fünf Minuten fertig.«

Das Casino befand sich im ehemaligen Haus der Kunst an der Prinzregentenstraße. Im Gegensatz zu den meisten anderen repräsentativen Bauten der Nazis war dieses Monstrum aus Granit nahezu unbeschädigt aus dem Krieg hervorgegangen. Es lag am südlichen Ende des Englischen Gartens. Zwanzig Säulen säumten den Eingang der Südfassade, vor dem der Fahrer den Jeep neben vielen anderen Fahrzeugen einordnete. Feinstein durchquerte eine gigantische Halle, bog am Ende nach rechts in einen langen Flur und erreichte das Casino. Lautes Lachen, Gläserklirren waren zu vernehmen. Sein Vorgesetzter Captain Clifton entdeckte ihn und winkte ihn zu seinem Tisch.

Bei der Eröffnung 1937 als Haus der Deutschen Kunst waren weniger die Exponate der Nazis begehrt gewesen als vielmehr die Bar, die an das zentrale Restaurant mit Gartenterrasse anschloss. Das hatten auch die Amis erkannt. Feinstein hatte das schon nicht mehr miterlebt. Er war von seinen Eltern 1936 in die USA zu seiner Tante Regina Schiff, einer Bankierswitwe, geschickt worden.

Der Raum bestach neben einem überdimensionierten kristallenen Lüster vor einer lang gezogenen holzvertäfelten Bar mit unzähligen Flaschen vor allem durch die deckenhohen Wandmalereien. Auf leuchtend goldfarbenem Untergrund, akkurat angeordneten Mosaiksteinchen, war die Herkunft der einst hier ausgeschenkten Weine und Spirituosen durch Landkarten und Szenen dargestellt. Feinstein konnte von seinem Sitz aus eine Szene im Rheingau betrachten. Es war der übliche Nazikitsch in mittelalterlichem Gewand: kräftige blonde Männer und ebensolche Frauen im Weinberg, reich geschmückte Pferdefuhrwerke und weinselige Adelspaare. Von den deutschen Weinregionen spannte sich der Bogen über Europas Weinländer und die Britischen Inseln, wo Whisky und Gin daheim waren, bis in die Karibik mit ihrem Rum und Tabak. Diese Malerei der Nazis hatte Weltläufigkeit demonstrieren sollen. Inzwischen war sie nur eine komische Erinnerung an ein untergegangenes Reich.

»Marcus, mein Lieber, was trinkst du?«

»Ein Bier bitte«, antwortete Feinstein und blickte in die Runde.

Clifton stellte die Herren vor, die eben noch lachend über eine Person, die Feinstein nicht kannte, geredet hatten.

»Das ist Lieutenant Colonel Berkshire, Leiter USARI.«

Es gab im Militär weltweit die lästige Art, alles in Abkürzungen zu gießen. USARI stand für United States Army Russian Institute, eine Einrichtung, die offiziell Russlandforschungen für die Armee zusammentrug, inoffiziell den einstigen Alliierten als Feind betrachtete.

»Das ist Major Moyse«, fuhr Clifton fort. »Er arbeitet mit den Deutschen in Wiesbaden zusammen, war vorher beim OSS. Du kennst ihn, glaube ich.«

Feinstein nickte dem jungen Mann zu. In der Tat kannte er Moyse. Sie verband eine lose Bekanntschaft, seit dem Zeitpunkt, als die Alliierten in Sizilien gelandet waren. Moyse hatte damals dringend deutsche Übersetzer benötigt, als nach der Landung plötzlich viele deutsche Kriegsgefangene zu verhören gewesen waren. Feinstein war für zwei Monate nach Palermo abberufen worden, hatte Verhöre übernommen und mit Moyse die Protokolle analysiert, ehe sich ihre Wege am Ende des Kriegs getrennt hatten. Der Major stammte aus einer reichen Ostküstenfamilie, und sein Vater hatte für Präsident Wilson als Diplomat in Wien und München gearbeitet.

»Und hier kommt Doktor Jansen mit unseren Getränken. Herr Jansen, dafür haben wir die Ordonnanz.« Clifton lachte und deutete auf einen schwarzen Soldaten im weißen Livree.

Feinstein beäugte Jansen, der fließend Amerikanisch sprach, aber mit hörbar deutschem Akzent. Nach wie vor war Feinstein distanziert, wenn ein Deutscher mit am Tisch saß. Er traute den Krauts nicht über den Weg, mochten sie sich noch so sehr anstrengen, als gelehrige Neudemokraten zu erscheinen.

Clifton schien das zu spüren. Der betont gemütliche Südstaatler lachte wieder. »Unser junger Freund von der Münchner Polizei mag Sie nicht, Jansen. Sie sind ihm nicht geheuer. Tragen Sie auch brav Ihr Entlastungszeugnis bei sich?«

Jansen grinste. »Vom Major höchstpersönlich unterzeichnet. Schreibe bald ein Buch: *Meine Jahre im Widerstand*.«

Dröhnendes Gelächter am Tisch. Feinstein stimmte nicht mit ein.

Clifton lehnte sich zu ihm herüber und flüsterte: »Keine Sorge, Marcus, wir schicken den Kraut gleich nach Hause.«

Feinstein nickte, starrte Jansen durchdringend an, der den Blick nicht erwiderte und schlicht wegsah. Wenn Vorgesetzte zuvorkommend waren, hatte das immer eine negative Konsequenz. Das war die Lehre aus dem Krieg. Vorgesetzte waren nie einfach bloß nett, sondern nur dann, wenn sie etwas Unangenehmes wollten. Ansonsten blieben sie unter sich und wollten mit dem operativen Pöbel, zu dem Feinstein gehörte, nichts zu tun haben. Erst recht diese Herren, die allesamt an der Militärakademie in West Point ausgebildet worden waren und sich, mit Ausnahme von Clifton, außerdem von den teuren Ostküstenuniversitäten kannten, die Juden nicht für gesellschaftsfähig hielten.

»Du hast ja heute einen bizarren Fall erhalten. Endlich mal etwas Abwechslung zu den üblichen Morden im Schwarzmarktmilieu«, wechselte Clifton geschickt das Thema und versuchte sich im Ton der Polizei, was ihm deutlich misslang.

»Was ist passiert? Wir in Oberammergau kriegen ja gar nichts mit, das ist ja Heidiland dahinten im Tal«, beklagte sich Moyse, ehe Feinstein antworten konnte. In dem Ort an der Grenze zu Österreich hatte die US Army ihr Russian Institute, offiziell das Detachment R, aufgebaut. Dort wurden alle Informationen über und aus Russland zusammengestellt, die man bei Befragungen von deutschen Kriegsgefangenen erhalten konnte. Zudem sollten Agenten in der russischen Sprache ausgebildet worden sein, hatte Feinstein einmal hinter vorgehaltener Hand von einem Offizierskameraden erzählt bekommen.

»Marcus hat zwei gehäutete SS-Soldaten auf dem Tisch, genauer nur die Häute.«

Moyse sah Feinstein erstaunt an. »Was ist da passiert?«

»Am Morgen haben wir in der Nähe des Königsplatzes Teile menschlicher Haut aufgefunden, am Oberarm eine Blutgruppentätowierung, wie wir sie von der SS kennen. Später wurden weitere Hautteile von einer zweiten oder derselben Person im Bereich des Prinzregententheaters sichergestellt. Genaueres wissen wir noch nicht.«

»Was ist deine Vermutung, Marcus?«, fragte Clifton.

Feinstein zuckte mit den Schultern. »Solange wir nichts über die Identität des oder der Toten wissen, ist das schwer zu beurteilen. Es muss kein Lustmörder sein, der sich an SS-Soldaten vergreift.«

Allgemeines Gelächter. SS-Soldaten als Lustobjekte für Perverse. Das klang zu gut.

Feinstein ließ sich nicht beirren. »Vielleicht stammen die Häute von einer einzigen Tat, die Leichenteile wurden jedoch an verschiedenen Plätzen abgelegt.«

»Mir ging es eher um den möglichen Täterkreis«, unterbrach ihn Clifton, jetzt ganz Vorgesetzter.

»Du meinst, ob es ein Racheakt war? Gut möglich. Die SS hat ja eine Menge Freunde in diesem Land, aber auch wegen ihrer Vergangenheit eine Menge Feinde. Da kann es sein, dass jemand alte Rechnungen begleicht.«

Moyse schüttelte den Kopf. »Und Sie sind sicher, dass die Tätowierungen zu SS-Soldaten gehören?«

»Können Sie einmal den Ärmel hochkrempeln, Jansen? Dann hätte ich Anschauungsmaterial«, stichelte Feinstein in Richtung des Deutschen, der tatsächlich begann, seinen Hemdsärmel hochzukrempeln, bis ihn Moyse mit einem Kopfschütteln davon abhielt.

Jansen erhob sich daraufhin, nickte allen zu und wünschte einen schönen Abend. »Mister Feinstein, ich kann bloß hoffen, dass Sie den Täter bald finden. Solch eine Angst in einem Land des Aufbruchs will ja niemand haben, nicht wahr?«, sagte er schnell.

Feinstein lachte spöttisch, verursachte dadurch allerdings bei den anderen peinliches Schweigen.

»Feinstein, das ist alles etwas komplizierter«, setzte der Ranghöchste, Berkshire, das Gespräch fort, als sie zu viert waren. »Ich merke schon, Sie sind zu unseren Deutschen noch immer distanziert, wenn nicht gar feindselig …«

Feinstein wollte widersprechen, aber der ältere Herr mit dem Schnauzbart hob die Hand.

»Das ist angesichts Ihrer Familiengeschichte verständlich. Wir alle«, Berkshire schwang sein Glas mit dem Scotch einmal in die Runde, »glauben, dass wir immer auf die Deutschen werden achtgeben müssen. Wir haben«, er trank und machte eine Pause, in der er sich umdrehte, als wäre das Casino kein sicherer Ort, »einen Feind verloren und einen neuen Feind dazugewonnen. Ich würde nicht so weit gehen wie mein Freund Patton, der einst so schön gesagt hat: ›Wir haben den falschen Hund getreten. Der im Osten hat die Flöhe.‹«

Erneutes Gelächter.

»Bevor du weiter Trübsal bläst, klären wir dich auf, warum du heute hier und nicht bei deiner Freundin aus Wien in Bogenhausen bist.«

Clifton wusste von Salomea. Feinstein hatte es ihm erzählt, um schneller an Ausreisedokumente nach Israel zu gelangen. Doch es war unnötig von ihm, fand Feinstein, das in dieser Runde zu erzählen. Der Abend nahm keinen guten Verlauf.

»Sie haben ein Fräulein bei sich im Haus?«, fragte der Major prompt.

Berkshire war offenkundig weniger an den Amouren Feinsteins interessiert. »Feinstein, hören Sie zu, Sie sind derzeit so etwas wie der heimliche Chef bei der Münchner Polizei. Für uns als Besatzungsmacht wird da jedoch bald die Zeit abgelaufen sein. Wir werden die Deutschen langsam, aber sicher wieder in die Welt der Zivilisation entlassen. Wir möchten ungern, dass die Krautfresser erneut nach einem Diktator schreien, nur weil wir sie falsch anfassen. Egal ob ein brauner oder ein roter.«

»Du müsstest uns ein wenig unter die Arme greifen«, ergänzte Clifton.

Feinstein verstand nicht. Noch hatten sie Zugriff auf alles und jeden. Wie sollte er da helfen?

»Uns macht der Russe in Berlin zu schaffen«, sagte Berkshire. »Es läuft von Tag zu Tag auf eine Konfrontation hinaus. Wenn der Russe will, kann er uns mit herkömmlichen Mitteln in einen neuen Krieg auf europäischem Boden weit bis nach Frankreich treiben. Unsere Atombomben haben wir exklusiv, das ist allerdings nur eine Frage der Zeit. In einem Jahr sind die so weit und zünden eine eigene Bombe. Woher ich das weiß? Von deutschen Kriegsgefangenen. Wir müssen für den Tag der Konfrontation vorbereitet sein.«

Feinstein nickte. Er ahnte nach wie vor nicht, worauf es hinauslief.

»Wir müssen die Deutschen auf unserer Seite wissen«, fuhr Berkshire mit seinem Vortrag fort. »Wenn der Russe uns angreift, brauchen wir unter Umständen viele deutsche Veteranen, die sich mit uns zusammen gegen den Iwan stellen. Die waren über drei Jahre bei denen im Land, haben alles gesehen und gelernt. Die haben Kampferfahrung, kennen jeden General. Das ist zwar alles hypothetisch, aber wir brauchen da jeden Mann. Es wäre hilfreich, wenn Sie uns von Ihren Dezernaten Listen mit möglichen Kandidaten zusammenstellen könnten, die uns im Ernstfall helfen werden. Sichere Aspiranten sozusagen. Bislang sind die handzahm, das ist für uns von Vorteil. Sie fürchten noch immer Vergeltung – zu Recht. Wir werden ja damit fortfahren, die oberste Riege zu verurteilen. Doch wir brauchen weiter unten in den mittleren Rängen nicht ebenfalls Unruhe. Also, meinen Sie, Sie können uns solche Listen besorgen? Es soll nicht Ihr Schaden sein.«

»Ist das ein Dienstbefehl?«, fragte Feinstein leise. Natürlich kannte er die Antwort.

Clifton mischte sich ein. »Komm, Marcus. Das ist natürlich keine Anweisung, die wir irgendwo lesen wollen. So ein Schreiben wäre dem Iwan gerade recht. Über kurz oder lang sind unsere Systeme zu unterschiedlich. Also, bist du dabei?«

»Was wollt ihr konkret?«, erkundigte sich Feinstein.

»Eine Liste aller Männer, die an der Ostfront waren, die fähig sind, mit uns neben der polizeilichen Arbeit, sagen wir, im weitesten Sinne, geheimdienstliche Arbeiten auszuführen«, antwortete Clifton.

Feinstein nickte. »Bis wann?«

»Idealerweise bis Mitte Juni, Marcus. Wir würden einige von denen gern in der Heimat ausbilden.«

Feinstein nickte erneut. Das war nicht ungewöhnlich, Spaß machte es ihm dagegen nicht. Er war Polizist, also Militärpolizist. Sein Chef wollte es so, also machte er es.

»Okay, was ist der Vorteil für mich, den du erwähnt hast?«

»Es würde dir und deinem Fräulein in der Perspektive helfen.«

»Welche Perspektive?«, fragte Feinstein und griff nach den Nüssen, die in einer Schale auf dem Tisch standen.

»Es wird für sie bald ein Leben in Palästina ...«

Feinstein unterbrach ihn. »Israel!«

»Noch nicht! Also, wenn die junge Dame unbedingt dorthin will, werden wir das selbstverständlich unterstützen«, erklärte Clifton.

Feinstein nickte. Ein Moment der Stille legte sich über den Tisch. Er verstand, dass die Runde ihn als rangniedrigsten Offizier nicht mehr bei sich haben wollte.

»Ich begleite dich nach draußen«, rief Clifton und erhob sich.

Feinstein und Clifton lehnten an den Säulen und schauten auf die Reihe von Jeeps und Limousinen. Die Fahrer standen in Pulks zusammen, rauchten und schwätzten. Manchmal drang Lachen hinauf zum Säulengang. Feinstein musste daran denken, dass nur wenige Meter von ihm Jahre zuvor noch Adolf Hitler gestanden hatte.

»Marcus, hör zu, ich weiß, dass dir die neue Linie missfallen muss.«

»Ich meine, wir beide haben gegen die Krauts gekämpft. Und das sollen bald Alliierte sein?«, fragte Feinstein und stieß den Rauch hörbar aus. »Man kann mit ihnen vielleicht arbeiten, aber muss es gleich ein feuchtfröhlicher Abend im Casino sein? Ich traue diesen Mistkerlen nicht.«

Clifton nickte. »Verstanden. Doch die Krauts haben nach wie vor Angst vor Vergeltung. Wenn wir ihre Herzen nicht gewinnen, werden sie immer mit einer Faust in der Tasche herumlaufen. Wohin das führt, haben wir nach Versailles gesehen. Die kommen wieder mit einem Diktator, diesmal vielleicht einem roten. Das kann nicht in unserem Interesse sein. Also, Marcus, worauf ich hinauswill, dieser Häutungsfall, den du da seit heute bearbeitest, das muss geräuschlos laufen. Wir brauchen keine toten deutschen Veteranen …«

»Veteranen?« Feinstein sah ihn entgeistert an. »Mein Freund Jack aus Upstate, dem sie am Omaha Beach mit einer Salve aus dem MG 1942 die Beine weggeschossen haben, der ist ein Veteran. Mein Kumpel Terry, dem ein SS-Soldat die Augen ausstechen wollte und eines schon am Messer hatte, ehe ich ihm mit dem Kolben den Schädel gespaltet habe, der ist ein Veteran. Diese Dreckshunde haben diesen Titel nicht verdient. Das sind Killer!«

Feinstein hatte nicht bemerkt, wie er die letzten Worte gerufen hatte. Die Fahrer drehten sich um und blickten zu ihnen hoch.

»Marcus, das verstehe ich. Wir können jedoch seltsame Racheaktionen gegen Deutsche nicht gebrauchen. Nicht jetzt. Es wäre uns lieb, wenn du dir einen jungen deutschen Polizisten zur Seite nimmst und diesen Fall mit ihm aufklärst, und zwar schnell.«

»An wen hast du da gedacht?«, fragte Feinstein.

»Nun, dieser Steinmüller, der wurde vom Präsidenten empfohlen. Der ist politisch zuverlässig und sehr ehrgeizig.«

Feinstein konnte es nicht glauben. Sie wollten ihm auch noch in die direkte Arbeit hineinpfuschen. Warum war seinen Chefs dieser Fall so verdammt wichtig?

Clifton zündete sich eine weitere Zigarette an. »Ich komme aus dem Süden, weißt du ja.«

Feinstein nickte.

»Na ja, und dort sind Neger nicht so gut gelitten, nicht wahr?«

Was wollte sein Boss von ihm?

»Wir hatten da vor dem Krieg in der Nähe unserer Farm zwei tote Mädchen, also weiße Mädchen ... Es war kurz vor dem Jahrestag der Kapitulation des Südens. Und sofort wurden die Neger von den meisten in unserer Kleinstadt als mögliche Mörder ausgemacht. Mein Vater war der Bürgermeister. Und er wusste, wenn der Mob einmal tobt, brennen die das Viertel der Neger ab. Also, was hat er gemacht?«

Marcus Feinstein hatte mit fünfzehn Jahren Englisch gelernt. Seine Tante Regina in New York hatte daran wesentlichen Anteil gehabt. Doch noch immer, fast vierzehn Jahre unter Amerikanern, war ihm der Südstaatenslang, die langsame Melodie, die fast lieblich dümmliche Ausdrucksweise fremd.

»Was hat er gemacht?«, fragte Clifton erneut.

»Keine Ahnung.«

»Er ist Richtung Osten mit seinem alten Ford T zum Dixie Highway gefahren, kam wieder und hatte einen Hobo, einen Penner, dabei. Der war völlig blau. Den hat er dem Sheriff übergeben. Und der hat ihn als Tatverdächtigen eingesperrt und ihn schwer bewachen lassen.«

»Er war nicht der Mörder?«, fragte Feinstein.

Clifton schüttelte den Kopf. »Nein, es war ein anderer Mann. Der Sheriff hatte genug Zeit weiterzuermitteln. Als er den echten Täter hatte, kam der Hobo frei, hat von meinem Vater sogar ein Zugticket gekriegt.«

»Clifton, darf ich fragen, welche Hautfarbe der angebliche Mörder hatte?«

Der grinste. »Schwarz, doch das war egal. Hätte ebenso weiß sein können.«

»Das wollen wir hier nicht haben, oder, Boss?«

Cliftons Augen verengten sich. Kein gutes Zeichen. »First Lieutenant Feinstein, sei vorsichtig. Du gehst auf dünnem Eis. Morgen Abend will ich ein Protokoll des Falls und erste Ergebnisse sehen. Finde den Mörder!«

Sein Chef schnippte seine Zigarette weg und verschwand im Gebäude. Feinstein winkte seinem Fahrer, der die Szene beobachtet hatte.

»Jay, du kannst in die Kaserne fahren. Ich gehe zu Fuß. Wir sehen uns morgen früh.«

»Sir, mit allem Respekt, aber die Krauts …«

Feinstein nickte, verschwand auf dem Gehweg der Prinzregentenstraße und war schon über den Eisbach hinweg, während Jay den Jeep Richtung Innenstadt lenkte.

Wenig später sah Feinstein im Mondlicht das Gold des Friedensengels leuchten. Als er die Luitpoldbrücke überquerte, hatte er das Gefühl, ihm folgte jemand. Er drehte sich um, blickte jedoch nur in das Dunkel der Nacht. Über die Widenmayerstraße hörte er Lkws donnern. Er wollte zu Salomea, also nahm er die Abkürzung durch die Maximiliansanlagen. Kaum hatte er eine der großen Buchenriesen passiert, die nicht den harten Wintern und den damit verbundenen wilden Abholzungen zum Opfer gefallen waren, entdeckte er die Frau.

»Sie werden sterben!«, schrie sie.

Dann war alles plötzlich grell.

3

Auf der anderen Seite der Stadt tobte der letzte Krieg. Es wurde getötet, gelacht und gesoffen. Mittendrin saß ein stiller Mann, der immer wieder von seinen zunehmend betrunkenen Kameraden angestoßen wurde und sich lächelnd dem Trinken verweigerte.

Harald Steinmüller trank nicht in Gesellschaft. Schon bei den ersten Treffen der alten Wehrmachtskameraden hatte er das leise und dennoch bestimmt erklärt. »Ich bin mit dem Saufen im Krieg in eine unerträgliche Situation geraten. Das wird mir nie mehr passieren.«

Mehr hatte er nicht sagen müssen. Die anderen hatten es an seinem Gesichtsausdruck abgelesen. Jeder von ihnen kannte das, litt darunter. Jeder hatte Tod und Zerstörung gebracht und erlebt. Jeder versuchte, so gut es ging, diese Dämonen in Schach zu halten. Die meisten soffen. Steinmüller hörte klassische Musik.

Sie ertrugen ihn in ihrer Mitte, weil sie von seinen Jahren im Krieg wussten und damit in seiner Gegenwart über den Horror sprechen konnten. Als er aus der Gefangenschaft gekommen war, hatte ihn ein alter Kamerad auf der gerade von Trümmern befreiten Rosenheimer Straße wiedererkannt und eingeladen. War er anfangs von dem großspurigen Auftreten der alten Kameraden abgestoßen, merkte er bald, wie sehr er ihre Gegenwart für sein fragiles Seelenleben brauchte. Alle zwei Wochen tauchte er in seine Vergangenheit ein. Denn das neue Zivilleben war ihm immer noch suspekt, zu friedlich. Es war ein Gefühl wie damals als Kind, wenn er etwas Verbotenes getan hatte und mit seinen ahnungslosen Eltern am Tisch saß, weil nur er das Wissen um das Vergehen im Kopf hatte. Er war wie alle Wehrmachtler, wenn auch ein anderer. Er saß aufrecht und lächelte hier und da kurz, gab Birmoster etwas dröhnend zum Besten.

Er verlor sich in solchen Gedanken, bis ihn erneut einer seiner Sitznachbarn anstieß und aufforderte, sich ans Klavier zu setzen, um ein Soldatenlied anzustimmen. Er tat das widerwillig, glaubte jedoch, eine Gegenleistung erbringen zu müssen, um weiterhin inmitten der schwitzenden und saufenden Männer mit ihren mühsam weiß gehaltenen Hemden, den fadenscheinigen Hosen mit den Gummihosenträgern und den abgelaufenen Schuhen sitzen und für einige Momente so etwas wie Normalität spüren zu dürfen.

In den letzten Monaten hatte er die Kameraden genau beobachtet: Da waren die Lautsprecher, für die der Krieg ein gigantischer Kameradenspielplatz gewesen zu sein schien. Viel saufen, Frauen, Ehre, Zusammenhalt und ein wenig Schießerei und Gewalt. Für Steinmüller waren das diejenigen, die meist logen oder schlicht nicht die Wahrheit erzählen konnten.

Dann waren da die Trübsinnigen, denen bei *Ich hatt' einen Kameraden* sofort die Tränen in den Augen standen. Jene, denen Glieder fehlten, die im Rollstuhl saßen. Und es gab die Leutseligen, die so taten, als sei es ihr Naturell gewesen, den Tod zu bringen. ›Landsknechte‹, so nannten sie sich. Doch es gab auch die Beobachter, die Vorsichtigen. Die immer ein wenig erzählten und sich dennoch zurückhielten. Zu sehr für Steinmüllers Geschmack. Es waren die, deren Augen kalt wurden, deren Blicke ruhig, aber hart waren, wenn sie von ihren ›Einsätzen‹ berichteten. Jeder wusste von ihnen. Steinmüller hatte Angst vor ihnen. Sie kannten das Todbringen nicht als Pflicht, sie kannten es als Vergnügen.

In der Gaststätte in Neuhausen war an diesem Abend allein das Klavier nicht gut gestimmt. Er hatte genug gespielt, blieb jedoch auf dem Klavierhocker sitzen und schaute sich um. In einer Ecke unterhalb eines Kruzifixes und eines Wolpertingers sah er Birmoster auf einen Mann einreden, der nicht so richtig in die Szenerie hineinpasste. Hier waren nur Männer, die Fronterfahrung hatten. Keine Parteifunktionäre oder gar

Leute aus den Lagern. Drei Jahre nach dem Krieg gingen sich diese Gruppen nach wie vor aus dem Weg. Steinmüller wollte sich gerade von seinem Platz am Klavier erheben, als der Mann aufstand, auf Birmosters Schulter klopfte und auf Steinmüller zuging.

»Darf ich?«, fragte er, als er neben Steinmüller stehen blieb, und deutete auf einen Stuhl.

»Bitte ...«

»Ich bin Otto, Otto Wanger.«

Steinmüller schüttelte seine Hand, bemerkte, dass seinem Gegenüber zwei Finger fehlten.

»Haben Sie genug Soldatenlieder gespielt?«, fragte Wanger.

Steinmüller nickte und griff nach seinem Glas Wasser.

»Wann haben Sie das letzte Mal etwas Klassisches gespielt?«, wollte er wissen.

»Das war im Krieg«, rief Steinmüller gegen das Gegröle der Kameraden an. Er wollte hier nicht über seine geliebte Musik, sein Refugium, sprechen.

»Kommen Sie, wir rauchen eine Zigarre zusammen.« Wanger zog sie aus seiner Jackentasche, hielt sie verschwörerisch in der Hand und stand auf.

Steinmüller folgte ihm, auch weil dieser Otto Wanger eine natürliche Autorität besaß.

Sie setzten sich in eine Ecke, weit hinten in der Wirtschaft, wo die Herren zum Pinkeln und Kotzen gingen.

»Wo gedient?«, fragte Wanger.

»Dreihundertzwanzigstes Infanterieregiment. Oranienburger Kessel. Vor Leningrad. Und Sie?«

»Fallschirmjäger. Im Stab bei General Student.«

Sie schwiegen. Jeder konnte in etwa ahnen, wo und wie der andere den Krieg überstanden hatte. Dann begannen sie, über die Jahre der Kriegserfolge zu plaudern, beschrieben die Wege ihrer Regimenter, wie sie erst nach vorn stürmten, um demütig, geschlagen und dreckig heimzukehren. Immer die gleiche Geschichte, dachte Steinmüller, nur ein wenig irritiert über den Gleichmut, den dieser Wanger ausstrahlte. Als sei das alles normal gewesen. Das war für ihn anders. Er konnte die Jahre noch immer nicht fassen.

»Harald ist kein besonders bayerischer Name. Wie sind Sie denn zu dem gekommen?«, fragte Wanger eine Spur zu leutselig.

»Mein Vater stammte aus Hamburg, ist als Junge zur See gefahren, ehe er nach München kam. Sein Vater hieß so. Also gab er mir den Namen.«

»War nicht leicht in einer bayerischen Schule.«

»Das war das geringste Problem.«

Wanger lächelte, während er mit erstaunlichem Geschick seine Zigarre anzündete. »Denk ich mir.« Er paffte zweimal, eher er weiterfragte, ohne ihn anzusehen. »Birmoster sagt, Sie seien bei den Amis angestellt?«

»Ich arbeite bei der Münchner Kripo. Mein Chef ist ein Ami.«

Wanger nickte und hustete leicht. »Ja, der Feinstein. Kennt jeder hier. Hartnäckiger Kerl. Aber isoliert in der eigenen Truppe.«

Steinmüller war sich nicht sicher, was Wanger wollte. Normalerweise folgte irgendein Kommentar über Feinsteins Herkunft. ›Drecksjude‹ oder Ähnliches. Das blieb aus.

Stattdessen paffte Wanger und blickte hinüber zu den anderen Männern, deren Sprachfähigkeit langsam abnahm. »Unsere Leute werden gerade massakriert.«

»Unsere Leute? SSler?«

Es gab zwischen Wehrmachtssoldaten zuweilen eine tiefe Abneigung der SS gegenüber. Nicht immer, doch man musste nur ein wenig die Augenbrauen hochziehen und sehen, wie das Gegenüber reagierte, um zu wissen, wo er stand.

»Deutsche.«

Steinmüller wiegte den Kopf. »Deutsche Opfer habe ich

den ganzen Tag. Es ist ja die Frage, ob die Täter sie getötet haben, weil sie Deutsche oder SSler waren. Weiß man nicht.«

Wanger lachte sarkastisch. »Setzt sich dieser Feinstein wirklich ein, um die Täter zu finden? Ich meine, das kann schnell in eine selbst für die Besatzer schwierige Situation führen.«

»Ja, glaube ich schon. Ich muss Ihnen nicht sagen, wie bescheiden unsere Mittel sind. Häutungen sind allerdings selbst den Amis nicht egal.«

»Schau, Harald. Alles erfahrene Soldaten. Perfekt ausgebildet, wie in keiner Armee dieser Welt.«

»Ja?«

»Keiner will, dass die sich daran erinnern, wie man kämpft. Das sollten Ihre Leute wissen. Sie ebenfalls. Denn jetzt arbeiten Sie für die Besatzer. Aber wie lange sind die noch am Drücker? Der Amerikaner an sich ist ja sehr an Geld interessiert. Und jeder Tag kostet sie genau dieses Geld. Irgendwann sind die weg. Wir sind dann noch da. Wir …« Er machte eine Pause, klopfte die Asche ab und tupfte die Zigarre aus, die er zur Hälfte geraucht hatte, ohne Steinmüller anzubieten, einen Zug zu nehmen. »Wir und der Russe. Das solltet ihr immer wissen. Der Feind sitzt im Osten!«

Ein junger Kerl trat aus der Birmoster-Ecke zu ihnen, beugte sich zu Wanger hinunter und flüsterte ihm ins Ohr. Der nickte und erhob sich langsam.

»Steinmüller, Sie gehen einen schweren Weg.«

»Ach?«

Wanger lachte und klopfte ihm auf die Schulter. »Fangen Sie das Biest für uns. Wir wollen alle ruhig schlafen, nicht wahr? Haben wir uns verdient, oder, mein Junge?«

Wanger und der junge Mann lachten laut und verließen dennoch kurz darauf mit ernsten Gesichtern die Gastwirtschaft, ohne sich von den Betrunkenen zu verabschieden.

Um Mitternacht setzten sich Steinmüller und Birmoster auf ihre Fahrräder und radelten durch die Münchner Innenstadt nach Hause. Nach wie vor war Steinmüller fasziniert, dass nur drei Jahre nach dem Krieg schon jede Straße frei von den schweren Schäden war, dass wenigstens die Fassaden vorgaukelten, die Normalität wäre zurückgekehrt. Birmoster fuhr mit ihm durch die Lindwurmstraße, wo die Nutten standen und die GIs mit ihren Jeeps vorbeifuhren.

In einem Park, nicht weit vom Bahnhof entfernt, poussierte im faden Licht ihrer Fahrradlampen ein schwarzer GI mit einer jungen Frau.

Birmoster fuhr auf das Paar zu, sprang vom Rad und schlug dem Soldaten direkt ins Gesicht. Der fiel, völlig überrascht, zu Boden. Noch dreimal drosch Birmoster auf den Mann ein, bis der das Bewusstsein verlor.

Steinmüller wartete schweigend neben seinem Rad. Die Frau kreischte. Birmoster fuhr die Hand zum Schlag aus.

Mit einer schnellen Bewegung hielt ihn Steinmüller fest. »Es ist genug.«

Keine Straßenlaterne leuchtete. Drei Menschen standen im Dunkeln. Einer mit Wut, einer mit Angst und einer mit Verachtung.

Wenig später erreichten sie ihre Wohnung in Englschalking, trugen ihre Räder in den Flur und stiegen schweigend zu ihren Kammern empor.

Birmoster verschwand gleich auf der Toilette im Flur, Steinmüller nahm auf dem einzigen Stuhl in seinem Zimmer Platz und drehte am Radio.

Diese verdammten Wilden spielten Jazz. Radio München war eine einzige Jazzabspielstation. Das Radio, das er gegen vier Stangen Zigaretten eingetauscht hatte, hatte seine Macken, setzte immer wieder aus und manchmal musste er den Sender erneut suchen.

Auf keinen Fall wollte er den Beginn verpassen, der so zart und bewegend, so ausufernd und doch nicht kitschig und pathetisch daherkam: ein Horn in der Ferne, langsam einsetzende Streicher. Sein Ohr kroch förmlich in das Radio. Er vergaß seine Zigarette zwischen den Fingern, bemerkte nicht, wie die Asche auf den Holzboden fiel. Dann das Anschwellen, die Bläsersätze, einem Flug über Felder und Wiesen, über Berge und Meere gleich. Sein Kopf schwang hin und her.

»Herrschaftszeiten, mach den Lärm aus. Ich will schlafen!« Birmoster war aus seinem Zimmer herübergekommen und stellte das Radio einfach aus.

Steinmüller sah ihn ausdruckslos an.

Birmoster war sauer. Sehr. Das zumindest glaubte Steinmüller in dessen Gesicht lesen zu können.

»Ich brauche auch mal Ruhe«, schimpfte der. »Hast mir mein Vergnügen mit der Bordsteinschwalbe genommen. Gib jetzt eine Ruh.«

Seit einem Jahr wohnten sie bei einer Kriegerwitwe in Englschalking zur Untermiete, radelten mit dem Fahrrad zum Dienst und versuchten, so etwas wie eine Zweckfreundschaft aufzubauen. Birmoster kam aus dem Bayerischen Oberland, war laut und liebte Blasmusik. Steinmüller war ein Kind der Stadt, in München-Giesing groß geworden und hatte, obwohl von daheim gar kein Geld zur Verfügung stand, schon immer klassische Musik geliebt. Seine Mutter hatte nach dem Tod des Vaters drei Tätigkeiten angenommen, damit ihr einziges Kind Harald Klavierunterricht erhielt.

»Ist gut, Biri. Ich werde schlafen«, beschwichtigte Steinmüller seinen Zimmernachbarn.

»Kannst nicht schlafen?«

Steinmüller starrte auf das Radio, auf die Anzeige mit den vielen Stationen, Städte Europas, die er nie besucht hatte, aber von denen er hören konnte.

»*... und einiges, was ich niemand verrate ...*«

»Was meinst?«, fragte Birmoster säuerlich.

»Nichts, Biri. Das ist aus einem Gedicht. Von einem von uns. Günter Eich …«

»Ja mei, Poesie war nie meine Sache. Hab immer schlecht auswendig lernen können. Was liest denn da?« Er betrachtete die Bücher, die Steinmüller aufgeschlagen auf dem kleinen Holztisch liegen hatte. Birmoster blickte auf den Buchdeckel. »*Anatomie eins*? Willst Medizin noch studieren?«

Steinmüller sah auf den Tisch und schwieg.

»Aha, und die Akten. Warst beim Willibald unten? Ts, ts. Der krumme Hund, der humpelnde.«

Er durfte nichts darauf erwidern, sonst würde Birmoster länger bleiben wollen. »Schlaf gut, Biri.«

»Mach nicht mehr so lange. Kommst doch wieder mit zum Kameradschaftsabend?«

»Ja, freilich. Sind ja immer alle da, nicht wahr?«

»Bloß der Ferdi ned. Den haben die Amis letzte Woche geholt, haben sie heute erzählt. Aber sonst sind wir alle da. Bring das nächste Mal eine Flasche mit und sei gesprächiger. Man schämt sich mit dir ja. Ausgerechnet den Wanger so vor den Kopf zu stoßen.« Biri lachte und schlurfte aus dem Zimmer.

Nun saß er reglos am Tisch und hörte zu, wie Birmoster den Weg in sein Zimmer fand, furzte, gähnte und sich in sein Bett warf. Zweimal wälzte er sich hin und her. Dann schlief er schnarchend. Steinmüller hatte den Sekundenzeiger seiner Uhr im Blick. Das beruhigte ihn. Dem Vergehen der Zeit zuzuschauen, war schön. Jede Sekunde bedeutete weniger Leben.

Seine Vermieterin schlief. Das beruhigte ihn ebenfalls. Ihr Mann war in Russland geblieben. Irgendwo in einem Gefangenenlager hinter dem Ural, hatte sie ihm gesagt. Verhungert. Sie beide wussten jedoch, dass es auch anders sein konnte. Sein Leib zwei Spatenstiche tief unter einem Kreuz aus Birken oder von einer Panzerkette zermalmt. Manchmal klopfte sie. Dann stand er auf, ging schweigend zu ihr, legte sich in das warme Bett und legte seinen dürren Arm auf ihre Hüfte. Zu mehr waren sie nicht fähig. Gegenseitige Wärme, das reichte ihnen schon. Und ein Dach über dem Kopf.

»Es gibt keine Männer. Nur Frauen und Krüppel«, hatte sie einmal in die Nacht geflüstert.

Und er hatte gewusst, was sie meinte.

Vier Millionen deutsche Männer waren gefallen, zwei noch in Gefangenschaft. Wer heimgekommen war, hatte Verletzungen davongetragen, seelische wie körperliche. Und daheim waren die Frauen in der Überzahl. Wer einen Mann hatte, wollte ihn nicht verlieren, mochte er auch wortkarg sein oder sie schlagen. Besser als keinen.

Wie sehr hatte er sich an der Front nach Wochen im Schlamm und Dreck und bedeckt mit Ungeziefer über ein Stück Kernseife gefreut. Jetzt hatte er einen eigenen Raum. Einen Tisch. Einen Stuhl. Ein Bett. Einen Gaskocher. Einen Koffer. Drei Hemden. Einen Anzug. Seife. Mehr brauchte es nicht.

Das Haus war für eine Familie gedacht gewesen. Es stand am Stadtrand, war in der Vorkriegszeit vom Ehemann selbst konstruiert und mithilfe von Freunden gebaut worden. Der Sohn der Hausbesitzerin war im April 45 auf einem Feldweg von einem amerikanischen Tieflieger zerfetzt worden – vor den Augen der Mutter. Der Krieg war vorbei und sie war allein. Auch deswegen nahm sie zwei Männer auf, die bei der Polizei arbeiteten. So konnte man bei ihr nicht noch eine Familie einquartieren. Die Herren schliefen. Das Haus war nicht mehr leer, doch sie nach wie vor einsam.

Er erhob sich, kniete vor seinem Bett und zog zwei Kartons hervor. Vier Akten hatte er sich aus dem Archiv geholt. Vom Willibald, der Archivratte. Er war das Faktotum im Präsidium. Bereits Steinmüllers Vater hatte Willibald gekannt. Beide waren im Ersten Weltkrieg in Frankreich an der Westfront gewesen.

Willibalds Bein war dageblieben. Willibald würde ebenso in einem neuen System gebraucht werden. Wer konnte vor einem Mann mit einer Prothese Angst haben? Außerdem kannte er das Archiv wie kein anderer.

»Und wer wie der Willibald weiß, was einst passiert ist, weiß, was in der Zukunft wichtig ist.«

Das hatte er Steinmüller bei einem Schnaps unten im Keller zwischen den Regalen erklärt, als er sich seinen Stumpf mit Melkfett eingerieben hatte. Er sprach immer in der dritten Person von sich, als sei er sich selbst fremd, fand Steinmüller.

»Das«, er hatte auf die vielen Regalordner gezeigt, »das sind alles Willibalds kleine Kristallkugeln. Hier sieht der Willibald in die Zukunft.«

Er war ein sonderbarer Mensch, der die Fragen, die man ihm stellte, erst zweimal wiederholte, bis er eine Antwort hervormurmelte.

Steinmüller war nach Feierabend zu ihm gekommen, hatte eine Tafel Amischokolade mitgebracht und sich zu ihm an den Tisch gesetzt. »Willibald, in München werden Menschen gehäutet.«

Der Alte nickte. »Ja, schon immer.«

»Was?«

»Ja, zum Beispiel hat im Juli 1600 vor dem Rathaus eine Hinrichtung stattgefunden. Eine komplette Familie ist getötet worden. Die waren unschuldig. Aber was zählt das? Damals und heute?«

»Mag sein. Nur ist das fast vierhundert Jahre her. Gab es in jüngster Zeit mal etwas? Verdächtige? Wir haben da gerade einen, vielleicht zwei Fälle …«

Der Archivar blickte ihn mit einem Grinsen an und nickte. »Hat der Willibald schon gehört.«

Das war klar. Obwohl er quasi im Keller lebte, hatte Willibald Augen und Ohren in den Stockwerken über ihm.

»Der ›Jud‹, also der feine Herr Feinstein, war noch nicht

hier unten und hat noch keinen geschickt. So sind sie eben. Will wahrscheinlich wie im Western durch die Stadt reiten.« Er lachte meckernd.

Steinmüller würde immer etwas von Willibald Protzner kriegen, weil er eben der Sohn vom Sitten-Sigi war. Und so war es auch dieses Mal. Er war hinter dem alten humpelnden Mann hergelaufen, der mit einem Riegel Schokolade im Mund schmatzend davon berichtete, dass »der Willibald hier die ganzen Bombennächte verbracht« habe.

Er stieg stöhnend auf eine kleine Trittleiter, strich mit den Fingern über die Ordner und zog eine Akte nach der anderen heraus.

»Lies die, dann kommst wieder zum Willibald. Wenn du dann noch kommen willst«, hatte er mit seinem meckernden Lachen gesagt, eher er ihn aus dem Keller nach oben geschoben hatte. Das Letzte, was Steinmüller von ihm gehört hatte, war das Quietschen der Prothese.

Zwei Akten lagen auf dem Tisch. Sie betrafen Straftaten vor dem Krieg, die in irgendeiner Weise auf eine Obsession deuteten und sich klar von den üblichen Mordgründen wie Habgier und Vertuschung abgrenzten. Dazu hatte sich Steinmüller medizinische Bücher aus der Universitätsbibliothek besorgt. Er wollte mehr über das Häuten erfahren.

»Wer? Wann? Wo? Wie? Warum?«

Das hatte ihm Siegfried Steinmüller erklärt. Der Sigi von der Sitte, den sie nach wie vor alle im Präsidium kannten. Der aus dem Krieg zurückgekehrt war, beschädigt und für immer verändert. Sein Vater. Sein Notizbuch. Es lag ebenfalls auf dem Tisch, auf dem Deckel hatte er in Sütterlin *Erkenntnisse* geschrieben. Das war seine Art. Wenig Worte. Der alte Herr hatte es ihm einst nach dem Klavierunterricht hingelegt und diktiert.

»Wende nie die Faust an. Sonst hast du verloren und der Verdächtige gewonnen.«

»Mögliche Täter gibt es genug. Aber es gibt nur einen, der die Tat wirklich begangen hat.«

»Sieh hin. Hör hin.«

»Was ist es wirklich?«

Nie hatte er sich vorstellen können, wie sein Vater in den Polizeidienst zu gehen. Fern von seiner geliebten Musik, inmitten dumpfer Männerbünde, die er ablehnte und die in ihrer intellektuellen Überschaubarkeit kaum ein ernsthaftes Gespräch zuließen. Und dann war da die tägliche Beschäftigung mit der dunklen Seite. Nie gab es Erfreuliches. Nie Applaus. Allein Tod und Verderben. 1934, er war gerade mit der Hitlerjugend nach Nürnberg gefahren, hatten sie den Vater aus dem Dienst genommen. Siegfried Steinmüller war ein Nazi der ersten Stunde gewesen. Seine Trauer aus dem Krieg war Anfang der Dreißigerjahre erst Wut und schließlich Stolz gewichen. Humpelnd war er mit seinen neuen Freunden der SA marschiert. Das ging gut, bis das Jahr 1934 gekommen war. Schläger der SS hatten seinen Vater an einem Morgen im Juli von daheim abgeholt und waren mit ihm raus nach Unterhaching gefahren, hatten ihn erschossen und unter der neuen Autobahn vergraben, die nach Salzburg führen sollte. Die Leiche musste noch da sein. Wer hätte sie bergen sollen? Gerade jetzt, wo jede intakte Straße wichtig war. Also fuhren jeden Tag Menschen über seinen Vater, den Nazi.

Doch es hatte auch etwas Gutes. Er konnte vor drei Jahren den Amis glaubhaft machen, dass der Alte ein Nazigegner gewesen wäre und deshalb von ihnen getötet worden war. Das hatte ihm die Arbeit bei der Polizei in München verschafft.

Er zog eine Flasche Schnaps unter der Matratze hervor, schenkte ihn in ein Wasserglas ein und begann, die Akten zu studieren. Er hatte dabei einen festen Rhythmus. Bei jeder dritten Akte ein Glas.

Brennen, Feuer fließt die Kehle hinunter. Macht wach. Allein trinken.

An der Ostfront hatte er gelernt, mit weniger als vier Stunden Schlaf auszukommen. Essen, wenn es etwas gab, Schlaf, wann immer möglich. Die Grundsätze eines Soldaten verschwanden nicht mehr, selbst nicht in zivilen Zeiten. Er schrieb mit einem Bleistift, der seinen Daumen bald verkrampfen ließ, die wichtigsten Fragen und ersten Erkenntnisse auf.

Was? Haut, menschliche Haut. Aber nur Teile.

Er malte ein großes Fragezeichen hinter diesen Satz.

Warum nur Teile?

Wann? Gestern, 5.5.1948. Ist das ein wichtiges Datum? Die Kapitulation jährt sich drei Tage später. Datum und Ereignisse überprüfen!

Er malte das Ausrufezeichen groß aus.

Wer? Ein Mann.

Das hatte der Rechtsmediziner erklärt. Die Genitalienhaut und die Dicke der aufgefundenen Hautstücke sprachen dafür.

Wo? Brienner Straße, Ecke Arcisstraße und Prinzregentenplatz.

Gut. Ein Glas Schnaps. Weiter war er nicht. Alles, was er aufgeschrieben hatte, war ihm schon heute bekannt gewesen. Also, die Akten.

Der Morgen brach bereits an, als er zur letzten griff. Alles in allem war die Ausbeute mager. Hier und da Beschuldigungen von Bürgern, Menschenfleisch in zwielichtigen Kneipen serviert bekommen zu haben. Meist stellte sich nach kurzer Ermittlung heraus, dass es lediglich Fleisch von Hunden oder Katzen gewesen war. Die Fälle betrafen mehrheitlich die Zeit der großen Inflation vor dem Krieg. Manchmal hatten sich Studenten aus der medizinischen Fakultät den Spaß erlaubt, Präparate mit nach Hause zu nehmen, um die Familie zu erschrecken. Der einzige nennenswerte Fall hatte sich 1919 in Germering ereignet, wie Steinmüller einem Protokoll entnahm. Ein Weltkriegsveteran hatte sich unter Einfluss von Morphium selbst erhebliche Teile der eigenen Haut abgetrennt.

Steinmüllers Kopf schmerzte. Er musste schlafen.

Die grüne Mappe hatte einen weißen Aufkleber. *Zigeunerfam. Pämp* stand in Sütterlinschrift darauf. Die Buchstaben verschwammen, denn seine Augen brannten. Ein letzter Anlauf, motivierte er sich.

Es war eine Ansammlung von Beschuldigungen und wenig ergiebigen Ermittlungen eines Falls aus dem Jahr 1932. Eine Familie mit dem Namen Pämp, nördlich von München ansässig, war dort für das Abdecken von Tieren zuständig gewesen, also für das Zerlegen von Kadavern. Der Beruf, das wusste Steinmüller noch von seinem Vater, war nicht besonders beliebt. Nicht nur die üblen Gerüche, sondern auch das immerwährende Risiko von möglichen Krankheiten gaben diesem Berufsstand etwas Verruchtes, Gefährliches. Das galt umso mehr, als sich in früheren Zeiten aus dieser Gruppe meist die Henker und Scharfrichter der Region rekrutiert hatten.

Dem Protokoll zufolge beschwerte sich ein Gerber aus Taufkirchen, er habe eine falsche Lieferung vom Abdecker erhalten. Es hätte sich um Menschenhaut gehandelt. Das Beweisstück konnte von der Polizeistreife nicht mehr ermittelt werden. Ein Verhör des Familienmitglieds Gabriel Pämp wurde ergebnislos abgebrochen. Zwei Monate später fand man in einem Fass auf dem Gelände der Familie den Oberschenkelknochen eines Menschen. Hier konnte ebenfalls kein Tatzusammenhang hergestellt werden. Es folgte eine letzte Aktennotiz. Diesmal hatte der Stempel erstmals ein Hakenkreuz als Emblem.

Am 29. September 1933 wurde die Großfamilie Pämp ins Konzentrationslager Dachau verbracht.

Er griff nach einem Fläschchen Kölnisch Wasser, sein einziger Luxus neben zwei Seifen, öffnete den Verschluss und goss sich zwei Tropfen in die Handinnenfläche. Beim Verschießen fiel ein letzter Tropfen auf die Innenseite der Akte. Für einen kurzen Augenblick konnte er einzelne Wörter lesen. *Zeuge ... auf Anforderung ... verbracht ... Kenntnisse ...* Dann verschwand alles. Er hielt den Deckel der Akte gegen seine Schreibtischlampe, konnte aber nichts mehr erkennen. In schierer Verzweiflung strich er vorsichtig mit dem Bleistift über die Pappe. Jetzt las er: *Zeuge Gabriel P. wurde auf Anforderung des HSF Hoven aufgrund seiner hervorragenden dermatologischen und präparatorischen Kenntnisse in das AL Buchenwald verbracht.*

Das war eine Spur!

4

»Tante Regina, das ist nicht witzig.« Feinstein steckte seine Waffe zurück ins Holster. »Und wo hast du die Taschenlampe her?«

»Vom Portier des Bayerischen Hofs. Ach, deine Freundin da oben, die kaum ein Wort Englisch spricht, hat mir erzählt, dass du unten an der Prinzregentenstraße herumstreichst. Also dachte ich mir, ich hole dich ab. Und nenne mich bitte nicht in der Öffentlichkeit ›Tante‹. Ich bin ja nicht hundert! Schlimm genug, dass du meine Ankunft verpasst hast.«

Feinstein schüttelte den Kopf. Er hatte vergessen, dass sich seine Tante Regina aus New York für den heutigen Tag angekündigt hatte. Diese Häutergeschichte hatte ihn völlig in Beschlag genommen, was ihm in diesem Moment schrecklich peinlich war.

»Gehen wir ein wenig an der Isar spazieren. Meine Güte, ich war seit über dreißig Jahren nicht mehr hier. Ihr habt die Stadt ja ganz schön zusammengeschossen.«

Die Maximiliansanlagen hatten im Krieg und danach schwer gelitten. Der letzte Winter war schlimm gewesen. Obwohl es strikt verboten war, hatten die Münchner Bäume gefällt, um Brennholz zu bekommen. Außerdem war der Park der Treffpunkt all jener Händler, die nicht drüben im Schwarzmarkt der Möhlstraße ihre Geschäfte machen wollten. Dort verschoben zwielichtige Gestalten Morphin und Penizillin, beides begehrte Medikamente. Es hielt sich das Gerücht, dass deutsche Angestellte in Lazaretten der Amerikaner den Urin der Soldaten sammelten, das Penizillin herausfilterten und weiterverkauften.

Regina hakte sich bei Feinstein unter und drückte ihn vorwärts.

»Tante, es ist nicht ratsam zu dieser Uhrzeit …«

»Wie sollst du sagen?« Sie hieb ihm sanft auf den Arm.

»Regina, schönste Frau Manhattans, hier ist es nicht sicher. Lass uns hoch zu mir gehen.«

Sie sah ihn im faden Licht einer Straßenlampe an. »Da oben sitzt eine traurige und vor allem blasse Gestalt, die das Haus nicht verlässt. Diese Salomea schlägt dem fröhlichsten Menschen aufs Gemüt. Man könnte meinen, sie würde noch immer in einer Dachkammer in Paris wohnen.«

»Regina, versuche dich doch einmal in Salomea hineinzuversetzen. Du könntest ihr helfen.«

»Was soll ich da oben? Wir gehen. Ich habe schon in New York von diesem legendären verruchten Schwarzmarkt gehört. Ich will ihn sehen. Jetzt. Später kann ich mir ein Taxi nehmen. Ich bin im Bayerischen Hof untergebracht. Auf zum Schwarzmarkt!«

Er war todmüde, wollte nachdenken und sich an Salomea schmiegen. Aber da war Regina. Die Frau, die ihn vor der Gaskammer gerettet hatte. Der Nachteil an einer jüdischen Tante war, dass sie sich wie alle jüdischen Tanten auf das monumentale Aufbauen eines permanent schlechten Gewissens verstanden.

»Weißt du noch, wie ich dich aufgenommen habe, 1936! Du warst so jung und schön. Schau dich nun an. Alt bist du geworden. Geben sie dir nichts zu essen? Wir müssen etwas essen. Unbedingt. Keine Widerrede. Dann kannst du deinem Nachtgespenst in Bogenhausen ja ein kleines Paket zusammenstellen. Sie geht tatsächlich gar nicht vor die Tür? Riecht sie komisch?«

»Nein, tut sie nicht.«

»Weißt du, unser Vetter Marvin aus Upstate, der roch immer etwas käsig. Vielleicht riechen wir Juden einfach …«

»Regina, bitte!«

Feinstein hatte schon vergessen, wie schnell, hart und verletzend der Ton der New Yorker sein konnte. Regina sprach zwar Deutsch, tat dies jedoch nur, wenn sie in Gegenwart von Amerikanern über jemanden lästern wollte.

Sie blieben auf der Ecke Siebertstraße zur Möhlstraße stehen.

»Erkläre es mir. Was ist das für ein Chaos?«, fragte Regina und zeigte auf kleine Buden und Lokale, die so gar nicht in die Villengegend passten.

Er stöhnte. »Im Parterre der Häuser und in den Vorgärten siehst du kleinere Geschäfte. Da gibt es Bars, Cafés, jüdische Speiselokale.«

»Das ist erlaubt?«, wollte Regina wissen.

»Wer soll es denn verbieten?«, antwortete Feinstein kurz angebunden.

»Na, die deutsche Verwaltung.«

»Genau, die verbieten drei Jahre nach dem Krieg ausgerechnet den Opfern, Geschäfte zu machen. Ich glaube nicht.«

»Aber das ist doch ein einziges Getto«, rief Regina. Sie wirkte bestürzt über die Verschandelung ihres ehemaligen Luxusviertels.

»Sie haben jedes Recht dazu, finde ich.«

»Ein Recht auf Chaos?«, erwiderte Regina spitz. »Das sind Wilde aus dem Osten, aus dem Schtetl. Die sind nirgendwo beliebt, nicht hier und nicht in Brooklyn. Das weißt du, Marcus.«

»Wir gehen gleich ins Astoria. Das hat noch geöffnet. Da drüben in der Villa ist jetzt ein Hotel, das Bristol, untergebracht. Die Baracken werden nicht nur von Juden aus Osteuropa geführt, sondern auch von Griechen, Ungarn und Tschechen.«

»Das macht es nicht besser!«

»Na ja, alle, die der Krieg hierhergespült hat, versuchen zu überleben. Es sind sogenannte DPs, Displaced Persons. Einige von ihnen können nicht zurück in ihre Heimatländer, weil die Russen sie nicht mehr hineinlassen oder weil sie dort verfolgt werden, andere wie Salomea warten auf ihre Ausreise nach Israel.«

»Was will sie denn dort? Da ist bloß Sand und Dreck. Kein normaler Mensch will dahin. Einzig fanatische Irre. Sie soll uns in die USA begleiten. Wir finden für sie schon etwas. Sie ist doch Psychologin, hast du mir geschrieben.«

»Sie will in ein Land ohne Hass gegen Juden ziehen. Ihre Papiere kommen am Montag.«

»Viel Glück«, kommentierte Regina trocken.

»Ich werde sie nach Marseille begleiten. Es ist ein Deal, den ich mit meinen Chefs gemacht habe. Ich bleibe und sie geben ihr die Papiere für Palästina.«

»Du gehst da auf keinen Fall hin!«, rief Regina erbost.

»Tante ...«

»Na?«

»Regina, das ist alles ein wenig schwierig.«

Er musste das Thema wechseln, wollte er nicht auf der Straße mit der meinungsstarken Tante aus New York streiten.

»Jedenfalls kannst du hier alles kriegen. Orangen, Kognak, Zigaretten. Du musst halt etwas zum Tauschen haben. Die Deutschen verscherbeln ihr Tafelsilber.«

»Höre ich da Genugtuung heraus?«, fragte Regina.

Feinstein schüttelte den Kopf und fuhr mit seiner Erklärung fort. »Man muss sich das so vorstellen, dass in diesen Holzbaracken überall in Winkeln, Ecken und doppelten Böden die Tauschware deponiert wird. Und den Platz, den man selbst nicht braucht, vermietet man an andere Händler, die mit Diamanten oder Schmuck, Uhren und Rasierseife handeln.«

»Ich habe Hunger.« So viel Landesinformation war Regina offenbar zu viel.

»Du hast gefragt, ich habe erklärt.«

»Sicher, Marcus. Ich habe Armut gesehen. Ich habe Reichtum gesehen. Mir gefällt Reichtum besser.«

»Warte, Regina, ich schreibe mit.«

Er wies sie zu einem Haus, ging voran und hielt ihr die Tür auf. Die Rauchschwaden Dutzender Zigaretten ließen keinen klaren Blick ins Innere zu. Der Wirt stand hinter einer improvisierten Theke und spülte Gläser. Kaum sahen die Menschen in der Bar Feinsteins Uniform der US-Streitkräfte, wandten sie sich ab. Einige erhoben sich auffällig unauffällig und verschwanden in Hinterzimmern.

Feinstein lächelte. »Kommt die Katze nach Hause, fliehen die Mäuse«, murmelte er in Reginas Richtung, die sich an einen der freien Tische gesetzt hatte und sich interessiert umschaute. Dieser Raum war einst die Empfangshalle eines reichen Haushalts gewesen.

»Man könnte glauben, du hast eine tiefe Freude am Elend der Menschen«, stichelte sie mit ernstem Unterton.

»Die Deutschen, die hier herumsitzen, haben meine Familie ausgemerzt. Ich bin neben dir der letzte Überlebende …«

Sie sprachen beide Englisch, um ihre Gedanken für sich zu haben. Feinstein musste nichts fürchten. Er war der Besatzer. Da saßen entweder Opfer oder Täter. Dazwischen gab es nichts.

»Hass macht hässlich«, entgegnete Regina.

»Was willst du mir sagen? Hat man bei euch in New York das Grauen der Nazis schon als unmodern abgetan? Bitte die nächste Broadwayshow?«

Sie lächelte maliziös. »Gut, mein lieber Neffe. Mein Land hat dich 36 aufgenommen, hat dich beschützt. Du hast ihm gedient. Die Rechnung ist beglichen. Du hast keinen Auftrag mehr. Mach deine Polizeiarbeit. Aber bereite dich auf ein Leben in den USA vor. Das ist deine Heimat. Hier will dich niemand. Doch wenn du zu uns kommst, schlucke deinen Hass herunter. Kein Mensch in New York will schlecht gelaunte Juden sehen und hören. Wir sind ein Land der Zukunft!«

Vier Männer saßen an einem Tisch und beäugten sichtlich misstrauisch den jungen Ami mit der eleganten Dame. Allein ihre Kleidung stand im krassen Gegensatz zu derjenigen der anwesenden Deutschen. Feinsteins Uniform saß akkurat, die

Schuhe waren trotz des Drecks auf den Straßen blank. Vor allem seine New Yorker Tante stach heraus. Regina hatte ein figurbetontes Etuikleid der Extraklasse gewählt. Vielleicht nicht die neueste amerikanische Mode, es hatte die typischen breiten Schulterpolster der Vierzigerjahre, endete eng geschnitten knapp unter dem Knie. Darunter trug sie eine feine Nylonstrumpfhose und schwarze Stiefeletten mit einem raffinierten Absatz. Von Kopf bis Fuß gab es eine solche Dame im zerstörten München an diesem Abend kein zweites Mal.

Zwei Frauen gesellten sich zu den Männern und sprachen sie auf Polnisch an. Es schienen Juden zu sein wie sie. Nur waren Feinstein und seine Tante als Amerikaner privilegiert, während jene Menschen mit ihren harten, ausgemergelten Gesichtern dieses Glück nicht hatten. Sie waren nach wie vor Opfer im Land der Täter.

Feinstein zündete sich eine Zigarette an, die ihm seine Tante aus der Hand nahm, um sie selbst zu rauchen.

»Kommst du noch in diesem Jahr zurück nach New York?«, fragte Regina, während Feinstein das Zippo wieder aufspringen ließ und die kleine Flamme für einen kurzen Moment sein Gesicht erleuchtete.

»Sie will nicht. Sie ...«

»Dein Gespenst da oben?«

»Das ist Salomea, Regina. Sie heißt Salomea. Sie hat verdammte vier Jahre in einer Dachkammer in Paris überlebt. Ich, also ...«

»Du liebst sie?«

Er zog an der Zigarette, ließ sich Zeit mit der Antwort. »Ja, wenn ich nach diesem verdammten Krieg etwas will, dann so etwas wie Liebe. Irgendetwas, das nicht grausam ist.«

Regina schwieg. Liebe war nicht ihr Spezialgebiet. Die zwei Männer, die sie geliebt hatte, waren tot. Was soll schon Gutes mit Liebe kommen?, dachte sie sicher.

»Komm, ich erzähle dir, warum ich eigentlich hier bin.« Mit einer schnellen Geste wandte sie sich über den Tisch. Sie griff nach seinem Oberarm und sah ihn kokett an. »Übrigens, du siehst wirklich aus wie einer dieser Arier, den sich die Deutschen gewünscht haben. Himmel, meine Freundinnen in New York werden über dich herfallen. Du musst im Herbst zum Debütantinnenball im Saint Pierre auf der Fifth Avenue mitkommen.«

Er grinste. Tante Regina mit dem unverbrüchlichen Sinn für das Positive und Laszive.

»Also, ich habe auf einer Party von Claudio Arrau, du weißt schon, der chilenische Pianist, ganz großer Mann bei uns, einen jungen Musiker getroffen. Rubin heißt er. Leonard, alle reden ihn nur mit Lennie an. Seine Eltern helfen ihm kein Stück und so habe ich ihn während des Kriegs ein wenig finanziell unterstützt. Jetzt kommt er nach Deutschland. Rubinstein und Stern wollen nicht. Aber er kommt. Er ist zwei Jahre älter als du. Großartiger Mann. Und sehr attraktiv. Er wird am 9. Mai im Prinzregententheater mit dem ...«

Die Tür wurde aufgerissen.

»Sie wollen uns alle töten«, brüllte ein junger Mann. »Sie wollen ...«

Automatisch griff Feinstein nach seiner Waffe. »Was ist los?«, rief er auf Deutsch.

Der Mann deutete nach draußen. »Ein Mann und eine Frau, sie stehen ...« Weiter kam er nicht. Hemmungslos begann er zu weinen.

Feinstein bat seine Tante, sitzen zu bleiben, und rannte mit gezogener Waffe hinaus, wo bereits Menschen schrien und wild gestikulierten. Er bahnte sich einen Weg durch eine Gruppe von Menschen, ehe er instinktiv stoppte. Auf dem Platz vor der Bar standen zwei Personen, ein Mann auf einem Bein, offensichtlich ein Kriegsinvalide, und eine Frau. Ihre Hände waren miteinander verbunden und sie flehten um Hilfe. Es war ein absurdes Bild. Feinstein wollte zu dem Paar laufen, bevor ein Pole ihn laut rufend festhielt.

Feinstein verstand ihn nicht. »Was ist?«

»*Mina, da … Mina. Tam mezczyzna, mina!*« Er deutete auf das Bein des Mannes.

Unter dem verbliebenen Bein lag etwas, Feinstein hatte es Hunderte Male im Krieg gesehen. Der verzweifelte Mann stand auf einer Mine. Blut tropfte aus seinem Hosenbein. Er hatte den Mechanismus ausgelöst. Humpelte er zur Seite, würde die Mine ihn und die Frau in Fetzen reißen.

Der Mann trug einen langen Ledermantel, eine zerrissene Hose und einen Schuh, der ihm sichtbar zu groß war. Die wenigen Haare waren ihm in Strähnen ins Gesicht gefallen. Er blutete an der Stirn und an den Händen. Die Frau war vielleicht Anfang dreißig, hatte blondes Haar und war dicklich, was ungewöhnlich schien, weil Deutsche derzeit selten an Übergewicht litten. Auch sie stand in einer Lache aus Blut. Sie schrie, wollte sich losreißen, zerrte an den Knoten des Seils, war jedoch nicht in der Lage sich zu befreien.

»Die wollen uns die Haut abschneiden! Es sind die Juden, die verdammten Juden!«, rief sie.

Feinstein unterdrückte den Impuls, zu dem Paar aufzuschließen, und drängte stattdessen die immer größer werdende Menge zurück. Er hob den Arm mit seiner Waffe, um die Dringlichkeit seiner Aufforderung zu unterstreichen. Aus der Ferne hörte er die Sirene der amerikanischen Militärpolizei. Jemand musste sie informiert haben. Aber es würde dauern, bis sie hier war.

Er war jetzt der einzige Angehörige der Streitkräfte. Zwei Frauen schauten ihn an, flüsterten leise. Er verstand sie, verstand, dass sie ihn einen Feigling nannten. Doch das hatte er in den vergangenen Schlachten und Kämpfen gelernt: Minen entschärfen war etwas für Spezialisten und er hatte nicht vor, drei Jahre nach dem Krieg in mehreren Teilen in die USA zurückzukehren.

Immer mehr Leute zeigten auf ihn, riefen ihm zu, dass er etwas machen solle. Plötzlich stand Tante Regina neben ihm und berührte ihn sachte am Arm.

»Sei kein Held«, flüsterte sie ihm ins Ohr und er nickte.

»So schützt ihr uns also?«, kreischte ihn eine alte Dame mit einem Vorkriegshut an. Sie hatte noch ihre Schürze um die Hüften gebunden und war aus einem der benachbarten Häuser herausgeeilt.

»Gute Frau, gehen Sie bitte wieder in Ihre Wohnung. Es kann jederzeit explodieren, bitte!«, bat Feinstein die Alte freundlich. Die ignorierte ihn und spuckte hinter seinem Rücken aus.

»Ich bin kein Nazi!«, rief der Mann auf der Mine laut.

Menschen, die auf der anderen Seite des Platzes standen, deuteten auf seinen Rücken. Feinstein rannte zu ihnen. Auf dem Rücken trug der Einbeinige ein weißes Tuch. Im schummrigen Licht der Laternen konnte Feinstein die zwei Runen der SS ausmachen. Als der Mann den Kopf drehte, konnte er erkennen, warum er blutete. Jemand hatte ihm ein Hakenkreuz auf die Stirn geritzt. Der Mann fing zu weinen an. Die Frau neben ihm hatte keine Kraft mehr und sank langsam an seiner Schulter zu Boden. Sie würde ihn mitreißen.

Mit einem Sprung war Feinstein bei Regina, riss sie nach hinten, zog sie mit aller Kraft hinter ein parkendes Auto und warf sich über sie. Er schloss die Augen.

Als er nach der Explosion die Augen öffnete, sah er wenige Zentimeter von sich entfernt die linke Hälfte eines Kopfes. Es war der Kopf der Frau.

5

Steinmüller pfiff mit großer Freude. Er hatte zufrieden wie ein Baby vier Stunden geschlafen. Er war nun mit Wissen ausgestattet, das nur er besaß. Wenn in einer Behörde wie der Münchner Polizei in diesem Nachkriegschaos etwas wichtig war, dann Herrschaftswissen. Das galt für alle Lebensbereiche. Wo gibt es etwas zu essen? Wer hat eine Wohnung? Wie bekomme ich etwas getauscht, ohne übers Ohr gehauen zu werden? Wann fahren wieder regelmäßig Züge raus aufs Land? Harald Steinmüller wusste nun, wer in dieser Stadt vor dem Krieg in der Lage gewesen war, einem Menschen die Haut in ganzen Teilen abzutrennen.

Je näher er der Innenstadt kam, desto stärker ragten die Ruinen in sein Blickfeld. Die Bomber hatten die Isar als Wegweiser zu den Fabriken im Norden genommen und unterwegs ihre Last abgeworfen. Deswegen war das reiche Bogenhausen erheblich getroffen worden. Der Geruch aus den Ruinen, der in den ersten Wochen und Monaten nach dem Krieg über der Stadt gehangen hatte, war in den letzten drei Jahren verschwunden. Es hatte nach Schimmel, nach Metall und Staub gerochen, ein Gestank des Verderbens. Die alten Gerüche kamen zurück, hier roch es nach Fleisch, dort nach Reinigungsmitteln.

Er bog in die Ismaninger Straße ein, hörte hinter sich das bekannte Rumpeln der Straßenbahn und wich mit wackelndem Lenker, an dem die Aktentasche hing, nach rechts aus. Angeblich nannten die Münchner die Linie ›Palästinabahn‹, weil sie am Schwarzmarkt vorbeiführte, der von den Juden aus Osteuropa dominiert wurde. Steinmüller glaubte, dass sich die Journalisten das ausgedacht hatten, um Stoff für ihre Schauergeschichten zu erhalten. Er hatte nichts zu tauschen. Armut hatte er bereits vor dem Krieg gekannt, mit ständigem Mangel war er aufgewachsen. Im Krieg war es nur schlimmer geworden.

Er stellte fest, wie die Amis nach und nach gegenüber seinen Landsleuten anders auftraten. Von Feindschaft war kaum noch eine Spur, Distanz schon, aber auch die wich allmählich einer fast aufdringlichen Freundlichkeit. Klar, man suchte und verurteilte weiterhin die Nazigrößen. Doch mit jedem Monat wurden die Besatzer weniger ruppig und gehässig. Aus Kaugummi werfenden GIs wurden flirtende junge Männer. Wenn Steinmüller eine Begabung seines Vaters geerbt hatte, war es das Talent, gut zu beobachten. Er spürte Veränderungen bei Menschen, lange bevor andere sie ahnen konnten.

Der Tod des Vaters hatte ihn eng mit seiner Mutter verbunden, die wiederum schwermütig geworden war. Jede ihrer Stimmungen hatte er am Morgen erfasst, ehe er zur Schule hatte gehen müssen. Selbst an der Ostfront hatte er mehr Angst um sie als um sein eigenes Leben gehabt.

Auf Höhe der Gaststätte Bogenhauser Hof wechselte er in die Hompeschstraße, fuhr in die Möhlstraße und musste an der Ecke zur Höchlstraße an einer Absperrung stehen bleiben, weil ein Polizeibeamter ihn aufhielt.

»Servus, Kollege«, sprach er den Schutzmann im Ledermantel an und zeigte seinen Dienstausweis.

»Ach, der Steinmüller Harry. Na, hier kommt's jetzt ned durch«, wies ihn der junge Mann ab.

Steinmüller kannte ihn aus der Kantine, bloß sein Name fiel ihm nicht ein. »Was ist passiert?«

Der Wachtmeister trat auf ihn zu, blickte verschwörerisch nach links und rechts und wies einen Jungen zurecht, der sich hinter die Absperrung begeben wollte, bevor er zu einer Erklärung ansetzte. »Die dreckigen Juden. Haben einen von uns auf eine Mine gesetzt. Der ist mit seiner Frau explodiert, der arme Hund. Und weißt, wer dabei gewesen ist?«

Steinmüller verneinte, verstand jedoch sofort, dass der Polizist einen Racheakt durch Juden andeutete. Mit Mühe unterdrückte er seine Erregung.

»Euer Judenchef, der Feinstein war da. Der hat natürlich nicht geholfen. Hat sich hinter einem Auto versteckt, mit seiner Geliebten, so eine ältere Hexe, eine Amibraut. Der Feigling, der elendige. Die Frau vom Unsrigen, die war mit einem Strick an ihn gebunden, konnte nicht weglaufen. Ein Veteran von der Ostfront ist noch hin und hat versucht ...«

»Und?«

Der Wachtmeister schüttelte den Kopf.

»Warum soll das ein Racheakt gewesen sein?«, fragte Steinmüller.

Der Polizist bedeutete ihm, nicht so laut zu sein. Aber ein Junge, der dem Gespräch schon länger gelauscht hatte, schaltete sich ein.

»Der Mann hat ein Schild getragen. Mit SS-Runen. Hab ich selber gesehen, gestern Abend.«

»Kennst du den Mann? Und wie heißt du?«, wollte Steinmüller wissen.

Der Junge hatte dunkles verschwitztes Haar, das an der linken Seite komplett abrasiert war, das Gesicht war mit etlichen Pickeln übersät. Er blickte sie misstrauisch an und deutete mit der Hand hinter die Männer, die sich sofort umdrehten, bis sie merkten, dass der Junge sie abgelenkt hatte. Kaum sahen sie wieder in seine Richtung, war er verschwunden. In diesen Zeiten wollte keiner unnötig auffallen. Das wussten bereits die Kinder.

Steinmüller hörte die Glocken von St. Georg und verabschiedete sich mit einem knappen Gruß, ehe er hinunter zur Isar radelte. Der Fall wurde größer, immer mehr Zeugen würden sich melden und der Wert seines Wissens unter Umständen schnell geringer.

Vom Isarhochufer hinab über die Prinzregentenstraße, vorbei beim PX-Shop der Amis, durch den Hofgarten, wo das völlig zerstörte alte Armeemuseum vor sich hin rottete. Die Seitenflügel waren verschwunden, der Mittelteil eine einzige

Ruine. Auch die Residenz hatte mächtig gelitten. Steinmüller hatte vor dem Krieg nächtelang Zeitungen ausgefahren, um an einem Abend im Cuvilliéstheater eine Mozart-Oper hören zu können.

An der Ettstraße hob er sein Fahrrad auf die Schulter und trug es in den Keller. Als Erstes wollte er zum Willibald ins Archiv, um nach weiteren Akten zu fragen.

Fünf Jahre Kriegseinsatz hatten in ihm Sinne geschärft, die Zivilisten nicht besaßen. Er hatte gelernt, bei kleinsten Regungen auf seinen Bauch zu hören. Kurz vor der Tür zum Archiv störte ihn etwas. Jemand war hier, er roch einen Menschen. Er stellte sich an die Wand und lauschte in die Stille des Kellers. Für einen winzigen Moment vernahm er ein leises Atmen, irgendwo am Ende des Flurs. Noch einmal Atmen, ein Einziehen von Luft. Da wollte jemand loslaufen.

Steinmüller stieß sich von der Wand ab und hastete los. Er glaubte, jemanden rennen zu hören, das typische metallische Klacken einer Beinprothese. War das der Willibald? Steinmüller rief seinen Namen, erhielt keine Antwort, stattdessen entfernte sich das Klacken. Es war dunkel und feucht und Steinmüller kannte sich nicht gut aus. Als er vor einer Brandmauer stand, die diesen Teil des Gebäudes wohl bei den Bombenangriffen vor einem Übergreifen der Flammen hatte schützen sollen, hielt er inne. Kein Klacken mehr.

Mit Mühe fand er zurück zum Archiv und hörte erneut ein Geräusch, das nun von den Toilettenräumen kam. Jemand spülte. Steinmüller riss die Tür auf und starrte auf eine ihm bekannte Person: Birmoster.

»Was machst du denn hier unten?«, fragte Steinmüller überrascht.

Sein Kollege wischte sich gerade die Hände an der Hose ab und schaute ihn belustigt an. »Was glaubst du? Scheißen!«

»Ja, aber …«

»Oben sind die Leitungen wieder mal verstopft. Der Loisl,

der Hausmeister, kommt erst nach der Beerdigung seiner Tochter.«

»Ah, ja, g-gut«, stotterte Steinmüller vor sich hin, etwas atemlos vom Rennen durch die Kellergänge.

»Ich war heute Morgen schon in der Rechtsmedizin. Doktor Scherrer hat noch in der Nacht das Pärchen aus der Höchlstraße untersucht. Ich dachte, du willst sie dem Juden selbst geben.« Biri grinste verschwörerisch und überreichte Steinmüller eine Akte. »Und nicht vergessen: Wir sind Kameraden! Und der Feinstein gehört ned dazu. Weißt ja …«

Steinmüller nickte und trat den Weg hinauf in die Büros der Kriminalabteilung an.

Mindestens drei Ansätze einer oberen Hautentnahme, ebenso professionell durchgeführt wie bei dem Toten aus der Arcisstraße. Deutet auf denselben Täterkreis. Haut wurde jedoch nicht vollständig entfernt. Zeitpunkt der Entnahme kann nicht länger her sein als vierundzwanzig Stunden, eher kürzer. Näheres lässt sich aufgrund der Auswirkungen durch die massiven Schäden, hervorgerufen durch die extrem nahe Explosion, nicht bestimmen. Bitte um Rücksprache, Dr. Scherrer, Rechtsmedizin. München.

Das sind die Opfer drei und vier, dachte Steinmüller, als er das medizinische Gutachten las. Er steckte es mit den anderen Akten aus dem Archiv in die Tasche, trat aus dem Büro und wollte zum Chef am Ende des Flurs gehen, als er einem Kollegen von der Landpolizei Nord in die Arme lief.

»Du, Steinmüller. Der Willibald …«

»Ja, der ist heute nicht da. Ich war schon unten bei ihm im Archiv.«

»Na, da ist bei uns eine an der Wache, die wollte einen von uns sprechen. Na ja, die Krüppel-Else, die ist eine Gewerbliche!« Das letzte Wort quoll in gestelztem Hochdeutsch aus dem Mund des jungen Polizisten aus Oberbayern.

»Was habe ich damit zu tun?«

»Sie sagt, dass sie gestern Nacht mit dem Willibald zusammen war und dass er nicht gezahlt hätte.«

Steinmüller atmete tief durch. Der Archivar hatte Probleme mit einer Prostituierten gehabt. Was ging es ihn an? Er musste sich um den Häuter kümmern.

»Sie sagt, er sei einfach aus seiner Wohnung verschwunden.«

Steinmüller stutzte. Willibald war Archivar, ein Mensch, der auf die Dinge, die ihm anvertraut wurden, mit großer Sorgfalt achtete. Sein privater Raum gehörte dazu. Er hatte einmal als Jugendlicher seinen Vater zu Willibalds Heim in Giesing begleiten dürfen und vor der Tür warten müssen. Später hatte ihm der Alte erklärt, dass Willibald seine Wohnung wie ein Museum ausgestattet hatte. Niemand, der nicht verstand, warum er sammelte, sollte sehen, was Willibald hortete.

»Wo ist die Dame?«, fragte Steinmüller und sah gleichzeitig auf die Uhr. Er musste noch in seinem Dienstzimmer die Akten für ein Gespräch mit Feinstein vorbereiten. »Warten Sie hier einen Augenblick«, bat er den Kollegen, drehte sich um und eilte die Stufen in die obere Etage des Präsidiums, klopfte vorsichtig an die Tür des Dienstzimmers von Feinstein und fragte, ob der Chef da sei.

Die Sekretärin schüttelte den Kopf. Er kannte die junge Frau. Fräulein Dorfmeister hatte mit ihm schon über klassische Musik gesprochen. Sie spielte Geige, wie sie ihm verraten hatte.

»Der Chef ist im Rathaus bei der Militärregierung, kommt erst gegen zwei Uhr nachmittags zurück, will euch dann sehen, weil er auf den neuesten Stand dieser schlimmen Sache mit dem Häuter gebracht werden will«, verriet sie ihm.

»Aber nicht von mir persönlich?«, fragte Steinmüller erstaunt.

Die Sekretärin nickte. »Doch, ich war bereits bei dir im Büro. Du warst unterwegs im Haus. Du und Birmoster sollt die Ereignisse von gestern Nacht in der Möhlstraße bei den

Schwarzmarktlern vorstellen. Der Herr Feinstein war sehr erbost, weil anscheinend Akten zu dem Fall fehlen. Hast du die?«

Steinmüller antwortete nicht, schaute auf die Uhr. Es war zehn. Er hatte vier Stunden Zeit, um sein in der Nacht vorbereitetes Wissen aufzuarbeiten und die Akten zurückzubringen. Höflich verabschiedete er sich von Fräulein Dorfmeister.

Steinmüller war alleinstehend und äußerlich gesund. Das machte ihn in diesen Zeiten für viele junge Frauen zu einem Objekt der Begierde. Er rannte zurück zu dem Wachtmeister, der verloren in dem langen Flur des Präsidiums auf ihn gewartet hatte.

»Wo ist die Dame?«, fragte Steinmüller außer Atem.

Der junge Mann zeigte in die andere Richtung und Steinmüller folgte ihm in ein karges Dienstzimmer ein Stockwerk tiefer.

»Wie kommt sie zu dem Spitznamen?«, fragte er den jungen Mann.

»Sie ist auf Krüppel spezialisiert. Reibt denen die Stümpfe mit Melkfett ein und so. Wohnt im Hotel.«

Sie hatten die Tür zum Vernehmungszimmer erreicht.

Er sah es gleich. Die Lippen waren zu rot, die Haare zu kokett. Die Gesichtszüge waren für das Alter der Frau zu hart, zu feindselig. Sie schien den Kontakt mit der Polizei zu kennen.

Steinmüller begrüßte sie dennoch formvollendet und höflich. »Was können wir für Sie tun, Frau …?«

Sie blickte ihn unverhohlen aufreizend an und wartete einen Moment zu lange, ehe der Wachtmeister, der mit ins Zimmer getreten war, ihren Namen aus dem Pass vorlas.

»Elisabeth Tarina, geborene …?«

Steinmüller blickte die Frau an, die keine Anstalten machte, ihren Mädchenname zu nennen.

»Sie ist gemeldet, zweimal von der Military Police aufgegriffen. Steht meist am Bahnhof. 1908 in Traunstein geboren.

Also vierzig Jahre alt«, führte der junge Mann mit wichtiger Stimme aus.

Steinmüller nickte.

»Ich bin hier wohl nicht die Angeklagte, oder?«, zischte sie durch ihre gelben Zahnreihen, die auffällige Lücken aufwiesen.

»Aber nein«, sagte Steinmüller. »Sie wollten eine Beobachtung bezüglich unseres Kollegen Willibald Protzner weitergeben.«

»Ja, genau. Wir sind nämlich ein Paar.«

Steinmüller wollte ein Grinsen unterdrücken, doch es gelang ihm nicht.

»Was gibt's da zu grinsen? Das hat er mir selbst gesagt.«

»Das verstehe ich, Elisabeth«, lenkte er ein.

»Frau Tarina, für Sie bin ich die Frau Tarina.«

Statt ihr grob zu kommen, nickte Steinmüller. Hier wollte er etwas, also blieb er ruhig. Er reichte ihr eine Zigarette und hielt in der hohlen Hand eine zweite parat, die sie sofort registrierte. Die Jahre auf der Straße hatten sie gelehrt, dass freundliche Polizisten suspekt waren, man Geschenke jedoch tunlichst annehmen sollte.

Geschickt fingerte sie beide Zigaretten aus Steinmüllers Hand und begann zu sprechen. Denn keine aus ihrem Gewerbe wollte mehr Zeit als nötig im Präsidium verbringen.

»Willi und ich kennen uns schon von vor dem Krieg. Zuletzt haben wir uns immer in dem Bunker, dem Hotel City in der Hotterstraße, getroffen. Ich wohne da. Er hat das Zimmer bezahlt. Wenn wir fertig waren, blieb er und schlief. Gestern Abend war ich im Badezimmer, als es an der Tür klopfte. Er öffnete. Ich hörte ihn reden. Dann wurde es still. Als ich wieder aus der Toilette kam, war er weg.«

»Hat er seine Sachen mitgenommen?«

Sie nickte.

»Hat er das schon einmal gemacht?«

Kopfschütteln.

Steinmüller stöhnte innerlich. Was sollte das bringen? Sie war eine Hure, sie wollte ihr Geld. Er würde ihr das nicht geben können. Willibald war weg. Er verschwendete seine Zeit.

»War an diesem Abend etwas besonders? Haben Sie ihn verärgert?«

»Mein Lieber, ich verärgere nicht. Ich bringe Freude in die Welt.«

Der Wachtmeister hinter ihr musste lächeln.

Als hätte sie im Hinterkopf Augen, drehte sie sich um. »Junger Mann, Sie sollten sich zurückhalten.«

Steinmüller nickte dem Kollegen resigniert zu. »Gut, also. Der Willibald ist verschwunden. Hat nicht gezahlt, nehme ich an.«

Sie schaute ihn verwundert an. »Der Willibald zahlt nicht. Der tauscht.«

»Frau Tarina, Sie erheben da einen schweren Vorwurf. Sie beschuldigen einen Mitarbeiter der Polizei des Schwarzmarkthandels. Das kann böse enden«, drohte Steinmüller, dem langsam die Zeit davonlief. Er hatte sich um den Häuterfall zu kümmern und das geriet zu einer schmutzigen internen Sache, die nicht in sein Aufgabengebiet fiel. Außerdem wollte er nicht zu intensiv in Willibalds Privatleben herumstochern. Vielleicht brauchte er ihn noch, da wäre ein Verdacht wegen Schwarzmarkthandels nicht hilfreich.

»Gut, wir haben Ihre Aussage aufgenommen. Sollte Ihnen noch etwas einfallen, können Sie sich jederzeit melden.« Er erhob sich und reichte ihr die Hand, während sie sich nach hinten lehnte und ihre Brüste nach vorn streckte. Steinmüller ignorierte die Geste und wies sie sachte zur Tür.

»Wer bekommt jetzt diese Blätter?«

Steinmüller war fast aus dem Vernehmungszimmer und drehte sich um. »Welche Blätter?«

»Die grausligen! Ich behalte die nicht. Die sind von euch.

Grauslig. Schlimm. Ich habe eins gesehen, da wird einem ja schlecht. Menschen ohne Haut. Wer macht denn so etwas?«

Die Nackenhaare stellten sich bei Steinmüller auf. Etwas kroch seine Wirbelsäule hinauf. So jedenfalls fühlte es sich an.

»Frau Tarina, wovon sprechen Sie?«

»Na ja, sind ganz offiziell. Ist noch das Hakenkreuz drauf. Hat der Willibald bei mir versteckt. Sagte, dass er es von den Amis weghaben wollte.«

Die Dame spürte sofort, dass sie wieder wichtig geworden war, genoss den Moment und wollte sich eine Zigarette anzünden. Sie nestelte in ihrer Manteltasche.

»Frau Tarina, wo sind diese Blätter?«, drängte Steinmüller.

»Na, im Hotel City, in meinem Zimmer.«

»Auf geht's!«, rief er, griff nach ihrem Arm. Und an den jungen Wachtmeister gewandt: »Wie heißt du?«

»Quirin Kruder. Warum?«

»Quirin, ich brauche dich – jetzt!«

Das Trio verließ das Präsidium am Ostflügel, lief mit schnellen Schritten an der Ruine der alten Augustinerkirche vorbei, hinaus auf die Kaufingerstraße. Über den Färbergraben erreichten sie die Hotterstraße, erblickten am Ende den Hochbunker, aus dem geschäftstüchtige Münchner ein »Hotel« gemacht hatten. Oberhalb der dritten Etage hatten sie mit weißer Farbe provisorisch *Hotel City* gepinselt.

Als sie durch die eiserne Eingangstür traten, wartete hinter einem alten braunen Schreibtisch ein Portier und eine unerträglich feuchte Wärme. Die Wände waren weiß gekalkt und an den Ecken liefen Rinnsale von der Decke. Dennoch hatten die Eigentümer mit ein paar Bildern und einem Gobelin so etwas wie Hotelatmosphäre in den Betonkasten bringen wollen.

»Die Krüppel-Else, was machst denn hier so früh?«

Die Frau sah den Portier böse an. »Ich bin, wenn überhaupt, die Elisabeth für dich!«

Steinmüller atmete flach. Es roch nach Schwamm, brackigem Wasser und Chlor. Bunker schwitzten anders als andere Gemäuer. Das wusste Steinmüller aus dem Krieg. Hinter dem Portier, der sie mit finsterer Miene anstarrte, hingen auf einer Spanholzplatte mit Nummern fast alle Schlüssel. Entweder waren die Gäste unterwegs oder man konnte drei Jahre nach dem Krieg einem Bunkeraufenthalt wenig abgewinnen.

Der Portier trug ein selbst gemaltes Schildchen an der Brust, das ihn als *Herr Müller* auswies. Steinmüller stellte sich als Kriminalpolizist vor und bat den Mann hinter dem Schreibtisch, ihm zu folgen, bis er erkannte, dass der bloß noch ein Bein hatte und das linke Hosenbein am oberen Ende abgesteckt worden war. Verkrüppelungen dieser Art waren Alltag. Niemand zeigte Mitleid, aber eben auch keine Bestürzung.

»Waren Sie gestern Abend im Dienst?«, fragte er den Einbeinigen.

»Nein, mein Bruder. Der schläft hinten in unserem Dienstzimmer.«

»Gut, gibt es hier weitere Ausgänge als diesen?«

Der Portier verneinte. Er hatte einen Zigarrenstumpen im Mundwinkel, aus dem der Rauch in kleinen Wolken in die feuchtwarme Luft stieg. »Nur über das Dach.«

»Würden Sie bitte Ihren Bruder holen?«

Der Portier schlurfte nach einem Nicken von Steinmüller mürrisch grummelnd in den hinteren Bereich des provisorischen Empfangsbereichs.

Steinmüller fiel das nervöse Trippeln seines jungen Kollegen auf. »Was ist los?«, fragte er leise.

»Ich … na ja … ich kenne den Ort ganz gut.«

»Und?«

Der junge Polizist schüttelte missmutig den Kopf. »Das ist nicht wichtig.«

»Komm schon, Quirin.«

Quirin wandte sich von der Prostituierten ab und erklärte flüsternd, was ihn vor vier Jahren als siebzehnjährigen Flakhelfer hierhergebracht hatte. »War nach dem schweren Angriff der Tommys im Dezember 44. Wir wurden zum Beaufsichtigen der Räumkräfte hergeschickt. Ich war der Jüngste. Die Bomben sind genau neben dem Eingang runtergekommen. Von hier bis da drüben«, er zeigte auf den Flur, der zu einem Treppenaufgang aus Beton führte, »lagen Menschen. Zerquetscht. Verbrannt. Bei hundert haben sie uns ausgewechselt und KZler geholt, die die Klumpen vorn, also dort, wo der Tisch steht, auseinander...«

»Verstehe«, kürzte Steinmüller ab. Sie hörten ein Ticken, das langsam näher kam.

Ein Hüne trat aus dem Dunkel des Portierzimmers ins Licht der Lampe. Er hielt einen langen Stock in der Hand, trug eine Sonnenbrille und am Arm eine gelbe Binde mit drei schwarzen Punkten.

»Was ist?«, fragte der Mann, den Kopf unsicher hin- und herbewegend, um die Zahl der anderen Menschen im Raum zu erspüren.

»Guten Tag, Herr ...?«

»Dieter Müller, und Sie sind der Herr ...?«

»Steinmüller, Harald Steinmüller von der Münchner Polizei. Wir sind auf der Suche nach einem Herrn Willibald ...«

»Protzner«, vervollständigte der Hüne den Namen. »Der kam gestern mit der Dame links neben Ihnen, deren Parfüm ich sofort riechen konnte.«

Elisabeth Tarina zog missbilligend die Augenbrauen hoch.

»Den Willibald kennen wir schon. Er ging um drei viertel zwölf mit zwei anderen Männern.«

»Ach? Das wissen Sie genau?«, fragte Steinmüller.

»Ja, ich kann bis drei zählen«, gab der Hüne zurück.

Steinmüller verkniff sich die Frage, warum der Blinde so sicher war, dass es sich um drei Männer gehandelt hatte, und blickte auf seine Uhr. Es blieben nur noch weniger als drei Stunden für das Treffen mit Feinstein.

»Wir gehen allein hinauf. Quirin, komm. Frau Tarina, Sie bleiben bitte hier.«

»Nichts da. Wer weiß, was Sie da in meinem Zimmer machen.«

Zu dritt stiegen sie die Betontreppe in den dritten Stock hinauf. Elisabeth Tarina schloss die Tür zu ihrem Zimmer auf.

Niemand hatte gelüftet. Es roch nach Rauch, Melkfett und verbrauchter Luft – und es war sehr heiß. Ein Zimmer, hinter einer provisorischen Tür eine Toilette mit einem Waschbecken. Steinmüller sah die Mieterin fragend an.

»Jemand hat den Ofen angeheizt. Ich war das nicht.«

Der junge Polizist reagierte als Erster, sprang nach vorn, öffnete mit einem Ruck die Ofentür, riss einen Batzen halb verbrannter Papiere heraus und warf sie auf den Boden.

Elisabeth Tarina schrie, Steinmüller stieß sie zur Seite und fiel auf die Knie, während der Wachtmeister fluchend mit schmerzverzerrtem Gesicht zur Toilette lief und seine verbrannten Finger unter den laufenden Wasserhahn hielt. Ein Buch versperrte den Zugriff auf weitere Papiere im Inneren des Ofens. Steinmüller zog es mit einem Ruck heraus und schleuderte es beiseite. Es hatte noch nicht Feuer gefangen. Doch die Papiere im Ofen brannten lichterloh. Also konzentrierte er sich auf jenen Stapel, den sein Kollege gerettet hatte.

Nach wie vor schwelten die Papiere, die in einer Zeitung eingehüllt waren, auf dem Boden vor sich hin. Bevor sie verglühten und kleine Teile als schwarze Aschefedern in der Luft kreiselten, konnte er sehen, was da vor ihm verbrannte. Der Wachtmeister wollte den Papierstapel mit einem Becher Wasser löschen, wurde jedoch von Steinmüller mit einer schroffen Handbewegung zurückgewiesen.

»Mit Wasser wird das zu einer einzigen Masse. Es muss trocken bleiben«, murmelte Steinmüller. Geistesgegenwärtig zog er seine Anzugjacke aus und warf sie über das Papier.

Starker Rauch stieg auf. Alle husteten. Elisabeth Tarina kreischte, sprang zum einzigen Fenster und riss es auf.

Auf den ersten Blick meinte Steinmüller erkennen zu können, dass es sich um Personalakten der SS und Schwarz-Weiß-Fotos von Tatorten handelte. Tatsächlich. Er las Namen von Soldaten. Er versuchte, sie sich einzuprägen, entzifferte hinter den Namen mit Mühe die SS-Dienstgrade. Auf den Fotos waren Menschen abgebildet, die auf einem Acker lagen. Er verstand sofort, dass man ihnen die Haut abgezogen hatte. Steinmüller konnte sein Glück kaum fassen: Das war ein weiterer Hinweis auf den Häuter.

Das Buch kannte er von seinem Vater. Es hatte in seinem Büro im Regal gestanden. Es war das sogenannte Zigeunerbuch, eine penible Sammlung aller Zigeuner im bayerischen Staatsgebiet. Ein Beamter der königlichen Polizeiverwaltung hatte weit vor dem Ersten Weltkrieg begonnen, aller Daten zu dieser Bevölkerungsgruppe habhaft zu werden und sie der Kriminalpolizei zur Verfügung zu stellen. Darin waren neben Fotos Namen und Aufenthaltsorte, so bekannt, aufgelistet, egal ob die Männer und Frauen kriminell aufgefallen waren oder ein völlig rechtmäßiges Leben führten.

Die Nazis hatten das Buch als perfekte Waffe gegen die Zigeuner genutzt. Nach dem Krieg war es verboten worden, stand auf dem Index. Aber selbst Steinmüller wusste, wo es im Präsidium zu finden war. Er blätterte hektisch durch die Seiten. Vielleicht war jemand angekreuzt. Stattdessen fiel ihm ein Schwarz-Weiß-Foto im 8x12-Format in den Schoß. Er musste genau hinsehen und wusste, dass es ein Foto von der Front war. Vier lachende Männer vor einem ausgebrannten Haus. Zwei trugen die Uniform der Wehrmacht, zwei die schwarze Uniform der SS. Links vor ihnen lagen Holzkisten, die Steinmüller als Veteran als Aufbewahrungsbehältnisse für Handgranaten identifizierte. Über drei der Männer hatte jemand ein Kreuz auf das Foto gemalt. Er drehte es um in der Hoffnung, Namen zu finden. Es war jedoch nur ein Ortsname mit russischem Klang darauf verzeichnet. Er steckte es in die Hemdtasche.

Als er sicher war, dass keine Glutnester mehr in dem Papierklumpen lauerten, knotete er die Jacke mit dem stinkenden Inhalt zusammen und war im Begriff, mit dem Buch unterm Arm zur Tür gehen.

»Wer zahlt mir den Schaden?«, fragte Elisabeth Tarina.

Die beiden Männer zuckten mit den Schultern.

»Welchen Schaden? Das ist schnell aufgeräumt«, antwortete Steinmüller.

Ehe die Prostituierte antworten konnte, hörten sie vor der Tür Schritte, dann einen metallischen Klang und plötzlich kullerte etwas in den Raum. Im nächsten Moment zischte und knallte es. Steinmüller drückte die Frau neben sich auf den Boden und zog noch im Liegen den Wachtmeister mit, der konsterniert auf die Nebelgranate starrte.

Lass es kein Gas sein, dachte Steinmüller voller Verzweiflung, hielt mit aller Kraft die Luft an und presste die Arme über die beiden anderen, die instinktiv ahnten, dass sie auf keinen Fall schreien durften. Er zählte bis zwanzig, denn das war in etwa die Zeit, in der Nebelgranaten ihren Dienst taten, bevor sie mit einem Ploppen ihr kurzes Dasein beendeten. Er beobachtete aus den Augenwinkeln, wie eine Gestalt den Raum betrat, eine Gasmaske über dem Gesicht, und sich zu ihnen beugte. Steinmüller rechnete mit Schüssen, presste die Zähne aufeinander. Doch es kam nichts. Der Rauch zog aus dem geöffneten Fenster. Sie husteten, der Wachtmeister kroch auf allen vieren auf die Tür zu, die aber verschlossen war, hämmerte dagegen und tatsächlich wurde sie kurz darauf vom Portier geöffnet.

»Was ist denn hier los?«

Steinmüller stolperte auf ihn zu. »Wer ist gerade an Ihnen vorbeigelaufen?«

Der Mann hatte einen hochroten Kopf. Der Aufstieg musste ihm mit dem einen Bein schwer zu schaffen gemacht haben.

»Niemand«, ächzte er. »Ich bin die Treppe allein hoch. Und wäre mir einer entgegengekommen, hätte ich ihn sehen müssen.«

»Ihre Jacke, Herr Steinmüller. Wo ist die Jacke?«, rief der junge Wachtmeister.

Steinmüller drehte sich um und schüttelte resigniert den Kopf. »Klar, die hat der Mann mitgenommen«, sagte er, stieß den Portier beiseite und hastete die Treppe zum nächsten Stockwerk hinauf. Der Mann, der die Nebelgranate geworfen hatte, konnte einzig übers Dach verschwunden sein.

Wie ein Schneckengehäuse drehte sich vom nächsten Stockwerk eine Wendeltreppe hinauf. Steinmüller sah Licht von oben in das Dunkel des Bunkers scheinen. Die Luke zum Dach war geöffnet. Kaum hatte er das Dach erreicht, breitete sich nur das Panorama der zerstörten Stadt vor ihm aus. Er war allein. Jemand hatte ihn mit der Luke nach oben gelockt. Vermutlich hatte sich der Täter in einem der anderen Zimmer versteckt. Es wäre auch zu schön gewesen. Erschöpft, mit schmerzenden Lungen und brennenden Augen trat er den Rückzug an. An der Luke beugte er sich nach vorn und spürte, dass etwas in seine Brust stach. Es war das Foto mit den Männern. Wenigstens etwas.

Er blickte auf dem Weg nach unten auf seine Uhr, bemerkte, dass er in einer Viertelstunde bei Feinstein sein musste, und rannte los.

6

Der Amtssitz der Münchner Militärregierung war nach dem Zusammenbruch oder der Befreiung – je nach Sicht und vorheriger Position – im Neuen Rathaus eingerichtet worden. Das Gebäude war zwar schwer im Krieg beschädigt worden, hatte jedoch genug Substanz für eine provisorische Nutzung erlaubt. Jetzt, drei Jahre später, waren die größten Schäden beseitigt. Es herrschte schon vor dem Eingang am Marienplatz emsiges Treiben. Münchner drängten sich vor der Tür, wollten Anfragen und Anträge loswerden, wurden allerdings von den grimmig dreinschauenden Wachsoldaten zurückgeschoben.

Feinstein musste hier einem kuriosen Gremium Rede und Antwort stehen. In seiner Funktion als US-Vorgesetzter der städtischen Kripo sollte er die Hintergründe der jüngsten Morde einer Gruppe aus US-Offizieren und deutschen Vertretern der Verwaltung erklären. In ›normalen‹ Zeiten hätten vier Tote in solch kurzer Zeit helle Aufregung in der Bevölkerung verursacht. Aber noch immer herrschte ein latenter Ausnahmezustand in der Stadt. Also wurde sein Tagesordnungspunkt fast ganz zum Schluss der Sitzung behandelt.

Das war im Sinne des Oberbürgermeisters. Ein stattliches Schlitzohr, das gern jovial mit Zigarre im Mund auf die Bürger zuging und sehr genau seine langsam erstarkende Macht einzusetzen wusste. Der Mann gehörte zu jenen, die längst ahnten, dass die Besatzer aus Übersee das Land zurück in die Unabhängigkeit entlassen wollten. Nun musste er allerdings seine Bürger mithilfe der Amerikaner am Leben erhalten. Umso deutlicher schilderte er den anwesenden US-Offizieren in einer emotionalen Rede die Zustände in der Stadt. In breitestem Bayerisch zitierte er aus einem Text seines Referenten.

»Wir haben fünf Millionen Kubikmeter Schutt zu bewegen. Damit kann man zwei Cheopspyramiden bauen.« Der Oberbürgermeister sah in die verwirrten Gesichter der Offiziere und ahnte offenbar, dass er mit solchen Vergleichen nicht weiterkam. »Wir haben einen katastrophalen Arbeitskräftemangel. Dazu kommt die nach wie vor mangelhafte Lebensmittelversorgung. Unsere Studenten hungern. Sie sehen aus wie KZler und wollen demonstrieren. Das alles wird auch hervorgerufen durch den immer noch aktiven Schwarzmarkt in Bogenhausen. Unsere unbewaffneten Polizeikräfte haben keinerlei Befugnis dort. Wenn die US-Militärpolizei das nicht stärker eindämmt, verlieren wir nach und nach die ohnehin zögerliche Akzeptanz in der Bevölkerung. Und jetzt die Rachemorde durch Juden. Hunger und Angst sorgen für Unruhe. Das kann ich garantieren.«

Einem der Offiziere auf der anderen Seite des breiten Konferenztischs riss der Geduldsfaden. »Sie haben vor Kurzem einen Ausgabeposten von über sechzigtausend Reichsmark für den Wiederaufbau städtischer Theater gebilligt. Das wirft ein trauriges Licht auf Ihre politische Urteilskraft. Schulen müssen aufgebaut werden, um Ihre Kinder vor einem Schaden an Leib und Seele zu bewahren. Bald kommen erneut Kongressabgeordnete aus Washington. Die werden keinen guten Eindruck von Ihrer Arbeit haben. Denn es ist das Geld von amerikanischen Steuerzahlern, das Sie hier einsetzen.«

Abwehrendes Gemurmel kam von der deutschen Seite.

Der Oberbürgermeister paffte eine Wolke Rauch an die Decke.

»Juden bringen Deutsche um. So brutal muss ich das ausdrücken. Sollen wir dazu nichts sagen?«

Wie auf einen unsichtbaren Befehl hin blickten alle zu Feinstein, der das als Aufforderung verstand.

»Wir haben vier Tote. Das stimmt. Mindestens zwei sind gehäutet worden. Wir haben bisher keine Leichen dazu. Das Paar, das gestern Nacht in Bogenhausen in die Luft gesprengt wurde, muss nicht zwangsläufig in diesem Tatzusammenhang gesehen werden. Der Mord fand im Schwarzmarktbereich statt, es kann sich also um eine Fehde im dortigen Milieu handeln. Wir stehen am Anfang der Ermittlungen. Fakt ist, wir brauchen mehr Ermittlungskräfte, sollte es zu weiteren Toten kommen. Ich werde morgen beim Gouverneur um Verstärkung bitten. Ich darf die Herren daran erinnern, dass mitnichten eine Täterzuordnung auf Juden als gesichert anzunehmen ist.«

Schweigen. Jeder sah auf die Papiere vor sich oder aus dem Fenster. Feinstein spürte jedoch, was die Männer dachten. Er war Jude. Er würde nie zugeben, dass hinter den Morden einer der seinen steckte. Er war zu müde, um seine Aussage mit einer Einschränkung zu relativieren. Sollten sie denken, was sie wollten. Er war nur hier, weil der zuständige Referatsleiter für Fragen der Displaced Persons anwesend war. Den brauchte er für Salomeas Antrag. Dieser Mann, der schräg von ihm gegenüber am Fenster saß, würde seine Unterschrift unter den Antrag setzen müssen, würde wissen, wo es für Salomea und vielleicht für ihn in Palästina hingehen konnte.

Die Sitzung sollte mit den jüngsten Zahlen zu den aktuellen Räum- und Wohnungsbauaktionen beendet werden.

Aber der ranghöchste US-Offizier, ein Oberstleutnant, erhob noch einmal seine Stimme. »Ich darf Ihnen im Namen des Gouverneurs und der amerikanischen Besatzungsarmee in Wiesbaden mitteilen, dass wir in den nächsten Wochen das Hamstern, ob gewerblich oder privat, mit massiven Kräften unterbinden werden. Wir dulden keine vollen Keller mit Lebensmitteln und lebenswichtigen Utensilien. Wir werden das mit aller Härte verfolgen und bestrafen. Lassen Sie das Ihre Bevölkerung wissen. Wir schauen nicht weg!«

Man stand schweigend auf und verließ den Raum in kleinen Gruppen. Jeder versuchte, sich auf die letzten Worte des Offiziers einen Reim zu machen. Feinstein war es egal. Er steuerte auf den dicken Mann mit der Nickelbrille und dem Oberlippenbart zu.

Samuel van Raay war eine schillernde Figur. Dick, gefräßig, hilfsbereit und cholerisch, äußerst begabt in allen Fragen der Organisation, war er der Staatskommissar für rassisch, religiös und politisch Verfolgte in München. Er war vor allem für die Wiedergutmachung zugunsten ehemaliger Verfolgter des NS-Regimes zuständig. Feinstein kannte ihn gut, er war so etwas wie ein väterlicher Freund, dennoch mit Vorsicht zu genießen. Van Raay hatte überall seine Finger im Spiel und seine Kontakte.

»Marcus, Marcus, was machst du nur für Sachen?« Van Raay lachte ihn an.

»Warum?«

»Du lässt es zu, dass sie uns diese Verbrechen zuschustern? Wirklich?« Er klopfte aufmunternd auf Feinsteins Schulter, was ihn etwas Mühe kostete, da Feinstein zwei Köpfe größer war als er.

»Nun ja, die Opfer sind allesamt aus der SS.«

Der kleine Mann schob Feinstein in eine Ecke neben dem Fenster, sodass sie mit den Rücken zu den Hinausgehenden standen.

»Wenn du den Täter suchst, musst du die alten Täter suchen. Aber die können schon bald mit deinen Leuten der US Army zusammenarbeiten. Pass auf dich und deine Familie auf.«

Feinstein sah sich um, um sich zu vergewissern, dass ihnen niemand zuhören konnte. Unten vor dem Gebäude hatten sich Menschen versammelt, Soldaten wie Zivilisten, schwarze GIs und junge Mädchen, und starrten erwartungsvoll nach oben. Sie warteten auf das Glockenspiel, jene Attraktion im Turm des Neuen Rathauses, die mit über vierzig Glocken und über dreißig Figuren zwei Episoden der Münchner Geschichte darstellten.

Van Raay grinste. »Wie sie zu uns hochblicken. Sie glauben, dass dieses Glockenspiel so urdeutsch wäre. Doch weißt du, wer die Kosten getragen hat?«

Feinstein schüttelte den Kopf. Er schaute verstohlen auf

seine Uhr. In einer halben Stunde musste er mit diesem Querkopf Steinmüller weiter an dem Häuterfall arbeiten.

»Karl Rosipal. Zweiunddreißigtausend Goldmark hat er gezahlt. Dann kamen die Nazis. Wollten dieses Wunderwerk deutscher Glockenkunst nicht mit Judengeld beschmutzt wissen. Und jetzt halte dich fest, sie haben der Familie das Geld zurückgezahlt. Das ist das, was ich will. Sollen halt zahlen. Was nützt mir ein gehängter Deutscher? Ich brauche Geld für diejenigen, die ausreisen wollen. So wie deine Freundin, die Salomea.«

»Danach wollte ich dich schon fragen«, unterbrach ihn Feinstein.

»Der Antrag liegt bei Clifton, deinem Chef. Ich besorge euch die Unterschriften. Am Mittwoch geht eine Passage von Marseille. Das weißt du nicht von mir. Und sag es deiner Freundin noch nicht. Aber sie muss bereit sein, sofort zu gehen. Über deine Freistellung weiß ich nichts. Doch wie ich höre, gehörst du nicht zu den populären Offizieren in Cliftons Südstaatengang.«

Feinstein bedankte sich bei dem kleinen Mann und steckte ihm eine Packung Camel zu.

»Eines noch, Marcus. Wenn es wirklich einer von uns ist, musst du ihn aufhalten. Er darf nicht als Rechtfertigung für neue Gräueltaten gegen uns Juden dienen. Ich kenne da einen Rabbi in der Möhlstraße. Also, der ist etwas …«

»Zwielichtig?«, versuchte Feinstein zu helfen.

»Er ist im Devisengeschäft tätig. Er wohnt in der Dreiundzwanzig, die Geschäfte macht er allerdings in der Zwölf. Geh in Zivil zu ihm, sag ihm herzliche Grüße vom lieben Samuel. Frag nicht nach seinen Geschäften. Frag nach jemandem, der ihm aufgefallen sein könnte. Sag ihm, es soll sein Schaden nicht sein. Und nun geh.«

Feinstein eilte die Treppen des Rathauses hinunter, rannte durch den Vorhof, erwiderte den Gruß der Wachen mit letzter

Mühe salopp militärisch und marschierte über die Kaufingerstraße weiter zum Präsidium. Auf Höhe der Michaelskirche bemerkte er Steinmüller und einen jungen Wachtmeister, der ebenfalls durch die Straßen eilte.

Feinstein lief auf Steinmüller zu und griff nach seiner Schulter. »Wo kommen Sie denn her?«, rief er.

Der drehte sich ruckartig um und Feinstein erschrak. Die Augen der beiden Polizisten waren gerötet, sie husteten, rochen streng nach Rauch und machten einen panischen Eindruck, schwiegen jedoch.

»Hey, Steinmüller, antworten Sie! Was war los?«

»Oben im Präsidium. Nicht hier unten auf der Straße. Wir kommen aus dem Bunkerhotel. Ich müsste mich mal waschen.«

Feinstein blickte ihn lächelnd an. »Ja, finde ich auch.«

Eine halbe Stunde später saßen sie in Feinsteins Büro. Der junge Wachtmeister wurde in Steinmüllers Büro abgesandt, um die Akten zu dem Zigeuner zu holen. Er kam atemlos mit mehreren Stapeln unter dem Arm zurück in den dritten Stock.

»Also, der Birmoster, den habe ich unten in Ihrem Büro getroffen. Der lässt ausrichten, dass er auswärts zu einem Tippgeber unterwegs sei. Er sei aber am Nachmittag daheim.«

Unschlüssig stand der junge Wachtmeister im Büro, während Steinmüller die Akten sortierte und Feinstein sich eine Zigarette anzündete und abwesend nickte.

»Was kann ich tun?«, fragte Quirin Kruder schüchtern.

»Gehen«, antwortete Feinstein schroff.

Steinmüller blickte auf. »Du kannst uns die Berichte aus der Rechtsmedizinischen holen und wenn du unterwegs bist, schaust du noch einmal unten im Archiv nach, ob der Willibald wiederaufgetaucht ist.« Er machte eine Pause. »Gute Arbeit heute, Quirin.«

Kruder nickte und verschwand.

»Ich will nicht unbekannte Leute in diesem Fall haben. Erst

recht nicht von der Landpolizei«, sagte Feinstein streng. Er traute kaum diesem obskuren Steinmüller, geschweige denn einem ehemaligen Hitlerjungen und Flakhelfer. Misstrauen war für ihn überlebenswichtig.

Steinmüller nickte, widersprach jedoch. »Wir sind gerade zu dritt. Wir haben vier Tote. Sie haben mächtigen Druck, den Fall möglichst schnell aufzuklären. Sollte es mehr Tote geben, wird der Druck stärker werden. Wenn Sie Bedenken haben, einen jungen Polizisten für uns arbeiten zu lassen, handeln Sie meiner Ansicht nach unklug.«

Feinstein war bestürzt über die ruhige und leise vorgetragene Form der Insubordination seines Mitarbeiters. »Sie erlauben mir allerdings schon, Menschen misstrauen zu dürfen.«

»Natürlich. Ich habe Ihnen gar nichts zu erlauben. Sie sind der Chef. Doch wir beide wollen diesen Fall aufklären. Ich möchte keine Fehler machen. Da ist mir fast jede Hilfe recht.«

»Klar, es geht ja um gute Deutsche«, spottete Feinstein.

Steinmüller sah ihn ausdruckslos an. »Ich dachte, es geht um Menschen.«

»Wollen Sie mir jetzt moralisch kommen, ausgerechnet?«, giftete Feinstein zurück. »*Sie* brauchen Nachhilfe in Menschlichkeit, schon vergessen?«

Steinmüller nickte erneut, drehte sich um und wandte sich den Akten zu.

Feinstein kam näher und schnüffelte an ihm. »Ich fürchte, Sie riechen. Gehen Sie bitte in meine Toilette, da können Sie sich waschen.«

Steinmüller zuckte ob dieser Grenzüberschreitung zusammen, tat aber wie ihm geheißen und bekam ein frisches Hemd von Feinstein, das ihm mindestens zwei Nummern zu groß war. Feinstein zog sich ebenfalls um. Er wollte direkt nach diesem Termin zu dem obskuren Rabbi nach Bogenhausen fahren.

Die Sekretärin brachte starken Kaffee und zwei Flaschen Coca-Cola.

»Was haben Sie?«, fragte Feinstein und räumte derweil den Konferenztisch vor seinem Schreibtisch frei, um Platz zu schaffen.

»Wir haben vier Leichen beziehungsweise Teile davon. Der erste Fund gestern Morgen in der Arcisstraße, Ecke Brienner Straße, der zweite kurz darauf am Prinzregententheater. Dann sind in der gestrigen Nacht die Morde an dem Paar in der Möhlstraße geschehen. Wir bringen diese Toten nur mit den Häutungen in Verbindung, weil sie sich aufgrund des Tuchs mit den SS-Runen mit der von uns angenommenen Rachemotivation verbinden lassen. Der Modus Operandi ist jedoch ein anderer. Hier Häutungen, dort Explosionen. Hier wird Haut erhalten, dort zerstört. Was bedeutet das?«

Feinstein zuckte mit den Schultern und konnte nicht verhehlen, dass ihm die analytische Herangehensweise von Steinmüller Respekt abnötigte. »Es könnte bedeuten, dass dem oder den Tätern die Haut nicht so wichtig ist, sondern lediglich der schreckliche Tod der Opfer im Mittelpunkt steht«, versuchte er es.

Steinmüller blickte ihn überrascht an. »Gut, sehr gut.«

»Oh, danke schön«, kommentierte Feinstein sarkastisch den lehrerhaften Ton seines Mitarbeiters, der das allerdings ignorierte.

»Das ist mir nämlich auch aufgefallen«, meinte Steinmüller. »Nun zu den groben Tatzeiten der Ablage der Häute: Sie und Ihr Fahrer fanden die erste Haut zufällig am frühen Morgen, die zweite wurde zur Mittagszeit entdeckt und in der Nacht kam das explodierte Paar dazu.«

»Und?«

»Es geht dem Täter wohl nicht um bestimme Tageszeiten, eher um die Plätze.« Steinmüller legte die Schwarz-Weiß-Fotos vom Tatort zu den Orten auf der Karte. »Da ist zum einen der erste Fall. Arcisstraße, Ecke Brienner Straße. Das ist fußläufig zum Braunen Haus, der ehemaligen NSDAP-Parteizentrale. Der zweite Fundort ist linker Hand des Prinzregententheaters …«

»… quasi neben Adolf Hitlers Wohnung. Okay, verstehe. Aber der Mord an dem SS-Pärchen in Bogenhausen? Das war vor dem Krieg jüdisch geprägt«, erwiderte Feinstein.

»War nicht ganz in der Nähe die SS-Zentrale, zwischen Maria-Theresia-Straße und Möhlstraße?«, warf Steinmüller ein.

»Hm, das scheint mir weit hergeholt zu sein. Erst einmal ist festzuhalten, dass die ersten beide Morde nicht am Fundort durchgeführt wurden. Das Sprengstoffpärchen wurde nicht vor Ort gefesselt. Das haben Zeugenaussagen ergeben. Niemand hat die zwei dort zuvor gesehen. Sie standen einfach auf dem Platz. Der Täter hat also in aller Ruhe die Opfer vorher an einer anderen Stelle präpariert, mal die Haut abgezogen, mal mit Sprengstoff ausgestattet.«

»Gut, wir haben die Zeit, die Örtlichkeit und die Art und Weise der Taten angesprochen. Kommen wir zum Motiv«, dozierte Steinmüller.

»Jaja, sind alles Nazis, kann bloß ein rachsüchtiger Jud sein«, unterbrach ihn Feinstein und unterdrückte ein Aufstoßen, hervorgerufen von der Cola.

Steinmüller hielt sich nach wie vor zurück, Feinstein spürte jedoch, dass er diese zweifellos wenig hilfreichen Sticheleien als unnötig empfand. Er beobachtete diesen schmalen Mann mit seinen eingefallenen Wangen, seinen langen Fingern, den müden Augen mit den Schatten. Selbst drei Jahre nach dem Krieg war dieser Mensch vom Krieg gezeichnet. Es war nicht zu übersehen, wie sehr ihm daran gelegen war, seine jetzige Arbeit so gut wie möglich zu erledigen. Doch Feinstein drängte dieses kurze Gefühl von Mitleid zurück. So gut wie möglich hatten diese Deutschen auch sein Volk in den Tod geschickt.

»Als Motiv kann man Rache annehmen. Das wäre das Vordergründige. Dann gibt es natürlich noch die Triebvariante. Da bin ich kein Experte. Und haben wir gerade keinen zur Hand. Die dritte Motivlage könnte Habsucht oder eine Beziehungstat sein, also zwischen dem Täter und den vier Opfern.«

Feinstein goss sich einen Kaffee ein. »Das wiederum würde voraussetzen, dass sich die vier kannten.«

»Nicht unbedingt. Der oder die Täter rechnen mit den vieren ab. Es ist keine notwendige Bedingung, dass sie sich kennen.«

Feinstein wurde ungeduldig. »Was haben Sie noch?«

»Ich habe im Archiv eine Akte aus der Zeit vor der Machtergreifung gefunden«, sagte Steinmüller und zog eine grüne Mappe hervor. »Es geht um eine Familie Pämp. Die waren für das Abdecken von Tieren zuständig. Ich nehme nicht an, dass Sie darüber Bescheid wissen.«

»Warum nicht?«

»Nun, Abdecken, also das Abholen und Zerlegen von toten Tieren, war damals eine Tätigkeit von schlecht beleumdeten Personen, also nicht Ihrem Stand entsprechend. Hier hat sich ein Gerber aus Taufkirchen beschwert, er hätte falsche Ware erhalten. Es hätte sich um Menschenhaut gehandelt. Die Polizei ging dem Fall nach, fand jedoch nichts. Später fand man in einem Fass auf dem kleinen Hof der Familie Pämp den Oberschenkelknochen eines Menschen, mehr nicht. Das reichte nicht für eine Anklage. Ende Mai wurde dann, die Nazis waren an der Macht, die Familie nach Dachau verschleppt. Einer wurde separiert, Gabriel. Die Nazis, genauer ein SS-Hauptsturmbannführer Hoven ließ ihn, ich zitiere, ›wegen seiner hervorragenden dermatologischen und präparatorischen Kenntnisse‹ nach Buchenwald holen. Dieser Gabriel Pämp entstammt einer Zigeunerfamilie, war also nicht rasserein für die Nazis, aber ein willkommenes Werkzeug. Seine Sippe kommt im Zigeunerbuch vor. Er ist dort als ›nicht kriminell‹ eingetragen.«

Feinstein atmete tief durch. Da war es wieder, eben noch empfand er für einige Deutsche Mitleid und im nächsten Moment servierten sie einem das schlimmste Grauen, das vorstellbar war. Nazis zwangen Menschen zum Häuten!

»Gut, was wissen wir über den Mann, genauer: Wo ist er jetzt?«

Steinmüller zuckte mit den Schultern. »Vielleicht tot, vielleicht der Mörder. Es ist ein erster Hinweis. Mehr nicht.«

»So, und nun …«

Das Telefon klingelte. Feinsteins Sekretärin stellte ein Gespräch durch.

»Feinstein! Ja, der arbeitet für uns. Nein, das ist mir eigentlich egal … Der Wachtmeister«, Feinstein schaute zu Steinmüller, der den Namen bereits aufgeschrieben hatte und ihm den Zettel reichte, »Quirin Kruder hat gute Arbeit geleistet. Wir brauchen hier jeden Mann. Sie bekommen das gern schriftlich. Beschweren Sie sich beim Gouverneur.« Er legte auf.

Steinmüller lächelte.

»Wir benötigen für weitere Informationen unseren Archivar Willibald Protzner. Der ist allerdings seit gestern Nacht verschwunden.«

Feinstein konnte den Mund kaum schließen. »Wie bitte?«

Steinmüller erklärte in wenigen Sätzen, was er im Hotel erlebt hatte, und Feinstein wurde bewusst, dass dieser Steinmüller, so zerbrechlich und krank er aussah, ein verdammt zäher Bursche war. Sie schwiegen, rauchten ihre Zigaretten und gingen die Berichte der Rechtsmedizin durch.

»Hören Sie mal, Steinmüller.« Feinstein las vor: »*… weist die Haut ›Arcisstraße‹ am Oberschenkel eine Narbe auf, die von einer Kriegsverletzung stammen muss, während die Hautreste aus der Nigerstraße/Prinzregententheater eine Tätowierung am linken Unterarm zeigen. Es handelt sich um die Fragmente eines Worts. Der Beginn und das Ende des Worts sind anscheinend mit einem Brenneisen verödet worden und damit* *nicht erkennbar. Erkennbar sind aber die Buchstaben ›rlewan‹.* Wofür könnte das stehen? Sie waren doch an der Ostfront. Ist das ein Ort, wie ein Siegesort oder so etwas?«

Steinmüller schüttelte den Kopf. »Nein, sagt mir nichts. Wir brauchen jemanden von der SS, der uns das vielleicht erklären kann. Haben Sie nicht Leute in Landsberg sitzen, die uns vielleicht bei der Aufklärung helfen wollen?«

Er spielte auf das Gefängnis westlich von München an, wo die US-Besatzer die größten Nazis inhaftiert hatten und ihnen den Prozess machten. Dutzende waren schon gehängt, andere auf sonderbare Weise auf freien Fuß gekommen. Bei der Münchner Polizei war es ein offenes Geheimnis, dass es für die Amis auch ›gute‹, zumindest nützliche Nazis gab.

»Ich würde gern auf die Unterstützung dieses Packs verzichten«, klärte Feinstein ihn unmissverständlich auf.

»Gut, Sie sind der Boss. Was machen wir?«

Feinstein dachte nach. »An den Tatorten sind von den Kollegen Zeugenaussagen aufgenommen worden, oder?«

»Ja, allerdings nicht weiter ergiebig. Wir könnten natürlich die Zeugen erneut befragen und …«

Die Tür zu Feinsteins Büro wurde aufgestoßen, fast gleichzeitig traten seine Sekretärin und Birmoster ein.

»Entschuldigen Sie, Mister Feinstein, aber der Herr …«

»Passt schon, Kindchen. Mich will der Chef garantiert jetzt sehen«, erklärte Birmoster jovial.

Feinstein nickte der jungen Frau zu und winkte Birmoster zum Tisch.

»Wir haben die Leichen!«

Birmoster war außer sich, die Sache schien selbst ihm, einem alten Feldjäger, mächtig an die Nieren zu gehen.

»Wo?«, fragte Steinmüller leise.

»Zenettistraße.«

Feinstein verstand nicht sofort, was ihm der Straßenname sagen sollte, und blickte den Kollegen fragend an.

»Das ist das Schlachthofviertel«, erklärte Birmoster geduldig und schielte neidisch auf die beiden Colaflaschen. »Ein Tippgeber hat mich heute angesprochen. Ich solle mir mal etwas bei den Hundeschlachtern ansehen. Also bin ich hin.«

»Wie bitte? Hunde?« Davon hatte Feinstein noch nie gehört.

»Nachdem die Nazis an die Macht gekommen waren, konnte das Schlachten von Hunden grundsätzlich im Rahmen der örtlichen Verordnungen erlaubt werden«, erklärte Steinmüller.

»Und das trotz Hitlers Blondie?«, warf Feinstein spöttisch ein und merkte, dass man in Deutschland Witze über Schäferhunde nicht lustig fand.

»Das ist vernünftigen Menschen und den Tierschützern immer ein Dorn im Auge gewesen. Es gibt sogar einen Hundemarkt, draußen an der Tegernseer Landstraße«, ergänzte Steinmüller.

Birmoster nickte und Feinstein war entsetzt. Er hatte als Kind einen kleinen Spitz gehabt, der ihm beim Spielen entlaufen war. Er war nie mehr aufgetaucht. Nun hatte er eine Ahnung, wie er verschwunden sein konnte.

»Jedenfalls tauchten zwischen Schweineschlachtung und den Hundetötern zwei Fässer mit Pökelfleisch auf. Sie sollten von einem Tschechen bearbeitet werden, der war jedoch am Morgen von den Amis, also von Ihnen, also, jedenfalls haben die den bei einer Razzia auf dem Schwarzmarkt mitgenommen. Die Fässer konnten nicht von ihm entleert und behandelt werden. Ich habe mit einem der Metzger die zwei Fässer genauer inspiziert und entdeckte – tada – zwei Leichen. Der Tatort ist abgesperrt, soweit das geht. Der Schlachtbetrieb muss aber weiterlaufen. München hat Hunger.«

Feinstein ging die Sache mit den Hunden nicht aus dem Kopf. Er kam aus gutem Hause, da waren solche kulinarischen Details nicht bekannt gewesen. »Und das alles, weil Sie so einen großartigen Spitzel haben?«, fragte er misstrauisch.

»Das ist unser täglich Brot, Informanten aufzubauen, immer wieder anzusprechen und gelegentlich ein Zuckerl zu geben. Der Mann ist verlässlich, der schleicht da jeden Tag herum.«

»Was haben Sie sonst noch veranlasst, Birmoster?«, versuchte Feinstein, den Gedanken an tote Hunde mit professionellen Fragen wegzudrängen.

»Ich habe die Metzger befragt. Der Lieferant war einer aus dem Bogenhausener Schwarzmarktumfeld. Ein Jude.« Birmoster stoppte seinen Redefluss und sah betreten zu Feinstein, der das ohne Regung zur Kenntnis nahm. »Also, die Fässer sind auf dem Weg in die Rechtsmedizin in der Nussbaumstraße. Wir könnten jetzt rüberfahren.«

Zwei Leichen in Fässern, in Pökelsalz eingelegt. Das wird nicht schön werden, dachte Feinstein.

»Wir haben die Vermisstenanzeigen durchgesehen«, fuhr Birmoster fort. »Es wäre möglich, dass die beiden Männer von ihren Angehörigen gesucht werden. Dann müssten wir nur nach besonderen Merkmalen recherchieren und diese mit den Ergebnissen des Instituts für Rechtsmedizin abgleichen.«

Feinstein hatte wenig Neigung, dem rechtsmedizinischen Institut einen Besuch abzustatten. »Gut, Birmoster. Sie sind ja bereits mit der Thematik vertraut. Fahren Sie in die Nussbaumstraße. Dieser junge Kollege, wie heißt er gleich?« Er blickte fragend zu Steinmüller.

»Äh, Kruder, Quirin Kruder.«

»Ja, genau, der soll die Vermisstenmeldungen hochbringen. Wir durchforsten sie und Sie, Birmoster, rufen aus der Rechtsmedizin an und halten uns auf dem Laufenden.«

Birmoster wollte widersprechen, sah zu Steinmüller und den Colaflaschen und nickte, ehe er aus der Tür verschwand.

Es gab zwei Gruppen von Vermissten. Jene Menschen, die der Krieg drei Jahre nach seinem Ende noch nicht aus den

Krallen gelassen hatte. Die in Lagern, ob in Russland oder Jugoslawien, verschwunden waren, schuldig oder nur mitgelaufen. Die eilig im Krieg verscharrt worden waren und von denen niemand mehr wusste, wo sie lagen. Ihre Zahl ging in die Millionen.

Und es gab jene, die zurückgekehrt waren zu ihren Familien, nach Jahren des erbarmungslosen Kampfes, und sich nicht mehr in dieser Welt aus Trümmern und Mangel, aus Nähe zu einer Familie, die ihnen fremd geworden war, zurechtfanden. Die brachen wieder auf, denn das waren sie gewohnt gewesen in den sechs Jahren des blutigen Herumirrens in Europa, und tauchten ab. So kamen ihre Mütter, ihre Töchter und Ehefrauen zur Polizei und fragten nach ihren Männern, die überlebt hatten und doch schon tot waren. Das wussten sie nicht, aber sie ahnten es. Dennoch standen sie in der Ettstraße und gaben ihre Erinnerungen an diese hohlwangigen Gestalten, dürr und gebrochen, zu Protokoll.

Die lagen auf dem Tisch. Steinmüller und Feinstein hatten nach einer Stunde von Birmoster telefonisch die ersten Ergebnisse erhalten. Jede Leiche hatte eine Altersbestimmung, beide waren mindestens fünfundzwanzig Jahre alt. Sie wiesen massive Kriegsverletzungen auf. Dem einen, so der Bericht, *fehlten zwei Finger, sein Bein war versteift. Das linke Ohr war verkrüppelt, ein Streifschuss vermutlich*. Den anderen hatte es härter getroffen. *Verlust des rechten Auges, mehrfacher Bruch des linken Beins, linker Fuß fehlt, mittels hastiger Amputation. Hinzu kommt eine lange Narbe im Unterbauch. Beide Leichen weisen noch größere Hautreste auf. Die Haut wurde nicht vollständig abgetrennt. Dennoch deuten die Schnitte auf eine professionelle Arbeit des oder der Täter hin. Einzig eine längere Untersuchung könnte eine klare Übereinstimmung des Vorgehens mit den anderen Häutungen klären und die Täterschaft auf eine Person beschränken.*

Danach hatten sie beide gesucht. Und sie waren fündig geworden.

Steinmüller, erschöpft vom Tag und nur dank des Amikaffees halbwegs wach geblieben, hatte das Ergebnis seiner Suche zusammengefasst. Feinstein war mehrfach zum Polizeipräsidenten gerufen worden, hatte jedoch seinen Mitarbeiter in seinem Büro arbeiten lassen. Sehr zur Freude der Sekretärin.

»Hans Sollbacher, Dietrich Sareiter. Der Erste wurde gestern von seiner Mutter als vermisst gemeldet. Bei ihr hatte er in Englschalking gelebt. Der einunddreißigjährige Soldat der Waffen-SS war mit dem Fahrrad von dort nach Bogenhausen unterwegs. Das Rad wurde an der Isar gefunden. Sareiter verschwand vor vier Tagen auf dem Weg zum Schwarzmarkt in Bogenhausen. Er hatte dort eine Verabredung mit einem Freund. Seiner Frau hatte er gesagt, er wolle bloß schnell zum Schwarzmarkt, Devisen eintauschen. Die Familie wohnt in Trudering.«

»Ebenfalls Soldat der Waffen-SS?«, fragte Feinstein und kaute an einer Brezel, die die Sekretärin vor ihrem Feierabend hereingebracht hatte.

Steinmüller nickte.

Feinstein gähnte. »So richtig Mitleid will bei mir nicht aufkommen. Es waren SSler. Ihr Tod war sicher nicht schön, doch sie haben auch vielen Unschuldigen den Tod gebracht.«

»Ja, mag sein. Aber sie haben Ehefrauen und Mütter, Kinder und Väter«, wandte Steinmüller ein.

»Stimmt. Jemand muss es ihnen sagen. Ein Kollege soll morgen mit einem Geistlichen nach Trudering und Englschalking fahren.«

Steinmüller wiegte den Kopf. Er war sich nicht sicher, ob er eine Nacht warten wollte. Dachte an die Mutter von Hans Sollbacher, die jetzt daheim am Abendbrottisch saß, auf ihren Sohn hoffte. Wie sie es wohl bereits zuvor in den sechs Jahren

Krieg getan hatte. Und nun, ausgerechnet in Zeiten des Friedens, wurde ihr Sohn gehäutet. Oder die Ehefrau von Dietrich Sareiter. Die Kinder.

Er schob den Gedanken beiseite. »Ich übernehme die Familie in Trudering.«

Feinstein war nicht begeistert. »Heute Abend braucht diese Nachricht kein Mensch mehr. Gehen Sie nach Hause und fahren Sie morgen mit einem Pfaffen zu den Angehörigen. Ich bin beim Gouverneur draußen in Grünwald. Wir haben die Identität der Opfer. Das ist schon mal was. Und wir haben vielleicht verwertbare Spuren. Das gefällt mir. Wir treffen uns am Mittag in meinem Büro.«

Er griff nach seinen Zigaretten, seiner Waffe und verschwand aus dem Zimmer, um kurz darauf wieder hereinzukommen, weil er seine Mütze vergessen hatte.

Steinmüller wollte sich gerade das Hemd ausziehen und sein schmutziges überziehen.

»Bitte, das Hemd und die Hose mögen nicht passen. Sie gehen mir jedoch hier nicht so aus dem Büro. Wie sieht das denn aus?«

»Sie erhalten es morgen gereinigt zurück.«

»Um Gottes willen, nein! Sehen Sie es als meinen persönlichen Marshallplan an.« Lachend verließ er das Büro.

Steinmüller sah ihn kurz darauf unten auf dem Hof in den Jeep steigen.

Der Tag neigte sich dem Ende zu, das Licht verschwand im Westen und Steinmüller schnallte seine Aktentasche an die Mittelstange seines Fahrrads. Nach wie vor rang er mit sich, ob er noch nach Trudering zur Ehefrau des zweiten Opfers, Dietrich Sareiter, fahren sollte. Er war müde, erschöpft und sein Kopf brummte von den vielen Fakten und Puzzleteilen, die er heute auf dem Tisch gehabt hatte. Doch hatte die Frau nicht ein Recht zu erfahren, was ihrem Mann zugestoßen war?

Er radelte am Isartor vorbei, wurde fast von einem Ami-Lkw überfahren und quälte sich den Gasteig hinter der Isar hinauf. Am alten Hofbräukeller, wo die GIs mit den Frauen standen, wurde er von einem Opel Olympia überholt und meinte für einen Moment, den Beifahrer erkannt zu haben. War das nicht dieser Offizier vom Kameradschaftsabend? Er musste viel zu sehr schwitzen, um sich weiter drüber Gedanken zu machen.

Das Haus der Familie lag an der Kreillerstraße, die Trudering von Westen nach Osten durchzog. Steinmüller stellte das Fahrrad ab, nahm die Wäscheklammern von seinen Hosenbeinen und atmete tief durch. Er sah durch das Fenster eine Frau und zwei Kinder am Tisch sitzen. Sie hatten die Hände gefaltet, schienen zu beten. Er hatte bereits einige Male Todesnachrichten überbringen müssen. Das war anders. Er war hier draußen, an einem warmen Frühlingsabend, und hatte eine Nachricht, die diese drei Personen dort drinnen schockieren würde. Noch einmal durchatmen. Die vier Stufen zum Eingang. Das Klingeln. Die letzten Sekunden Unbeschwertheit für die Menschen hinter der Tür.

Marga Sareiter stand vor ihm, wischte sich die Hände an einer Schürze ab und schaute ihn fragend an. Ihr blondes Haar hatte sie nach hinten gebunden, um den Kopf trug sie ein Tuch. Sie war mager, wirkte jedoch nicht kränklich. Nur ein Detail fiel dem Polizisten sofort auf. Die bläuliche Schwellung unter ihrem rechten Auge, die sie mit einer Haarlocke zu verdecken versuchte.

»Guten Abend, ich bin Harald Steinmüller von der Münchner Polizei. Wir haben Ihren Mann …«

Gleich wird sie zusammenbrechen, dachte er besorgt und war bereit, sie aufzufangen.

Aber sie nickte bloß. »Ich weiß. Ihre Kollegen waren schon da. Vor einer halben Stunde sind sie gefahren.«

»Ach? Wer denn?«, fragte Steinmüller.

»Ein Herr Birmoster und so ein älterer Herr. Ich habe den Namen vergessen. Wir essen gerade.«

»Entschuldigen Sie, dann muss ich ja nicht … dann würde ich morgen …«

»Nein, nein, kommen Sie herein.«

Er trat in den Flur, der nach feuchtem Keller roch und an dessen Seite eine steile Treppe nach oben führte.

Sareiters Frau bemerkte Steinmüllers Blick.

»Dort wohnt eine Familie aus dem Sudetenland. Wir sind hier unten geblieben. Auch wegen Dietrichs Verletzung aus dem Krieg.«

Sie führte ihn in die Küche, wo die Kinder, ein Mädchen und ein Junge, der eine Lederhose trug, das Geschirr in einem Kübel wuschen. Sie grüßten mit leiser Stimme und wandten sich mit Akribie wieder der Arbeit zu.

»Kinder, lasst mich mit dem Herrn allein.«

Sie schauten Steinmüller nahezu ausdruckslos an, obschon er etwas Erleichterung in ihren Gesichtern zu erkennen vermochte, und verschwanden hinter einem dicken Vorhang, der für einen Moment den Blick zum gemeinsamen Schlafzimmer der Familie freigab. Zwei Etagenbetten für die Kinder, ein Ehebett für die Eltern. Es war beengt.

Sie setzte sich mit ihm an den Küchentisch. Leise tickte hinter ihnen eine Wanduhr.

»Sie sind sehr gefasst, Frau Sareiter. Das ist alles schrecklich und es tut mir leid, dass wir Ihnen noch nichts über die möglichen …«

»Herr Steinmüller, ich will es gar nicht wissen. Dietrich ist tot. Wir werden ihn beerdigen. Ich muss also vor allem wissen, wann Sie den Körper freigeben.«

»Sie wollen ihn sicher vorher sehen, aber ich würde Ihnen davon abraten.« Er nahm unwillkürlich ihre schmale, knochige Hand.

Sie zog sie nicht zurück, sah ihn lange an. »Der Dietrich, den ich im August 39 in Trudering geheiratet habe, ist 47 nicht wiedergekommen. Der Dietrich, der wiederkam, war ein anderer Mann, verstehen Sie das?«

Ja, das verstand Steinmüller allzu gut. Er war 1939 ein begabter Pianist gewesen, ein Mann, der nie zuvor einen Toten gesehen hatte. Einer, der die Klassik liebte, in die Kirche ging und auf die große Liebe hoffte. 1945 war er gebrochen in die Stadt zurückgekehrt, wo sein Elternhaus beim allerletzten Luftangriff in tausend Teile zerrissen und seine Mutter zwei Tage später aus dem verschütteten Keller gerettet worden war. Sie war darüber wahnsinnig geworden und lebte in ihrer eigenen Welt. Eine Welt, in der der Vater noch am Leben war und ihr Sohn eine Pianistenkarriere begonnen hatte. Sein einziges Glück war, dass seine Hände an der Ostfront keine Frostschäden erlitten hatten. Er konnte noch spielen.

Doch diese Frau hatte einen Mann, krank an der Seele, mit nur einem Bein zurückgekriegt. Sie erzählte mit ruhiger, fast monotoner Stimme, wie er eines Tages heimgekommen war, humpelnd, verstaubt und verlaust, trotz des weißen Pulvers, das die Amis ihm mit einer großen Spritze in die zerschlissene Wehrmachtsuniform ohne Litzen gesprüht hatten.

Er hatte nicht glauben können, dass seine Frau in den sechs Jahren das Haus und die Familie komplett allein geführt und am Leben gehalten hatte. Er wollte wieder Haushaltsvorstand sein, konnte allerdings nichts. Er hatte nur das Töten gelernt. Und als er erfuhr, dass seine Frau eine kurze Affäre mit einem GI gehabt hatte, da schlug er sie so, dass er daran Gefallen fand. So waren die Monate in das neue Leben gezogen, geprägt von Gewalt und Unberechenbarkeit.

Steinmüller hörte zu und unterbrach nicht. Er war müde, diese Geschichte wollte er jedoch hören, wollte sie von einer Frau hören.

»Das Schlagen war das eine, aber jede Nacht das Schreien,

das Aufschrecken. Dann begann er zu trinken. Dietrich war ein Gespenst, saß Nächte in der Küche, rieb sich den Stumpf, schlief den ganzen Tag über, ging zum Schwarzmarkt, klagte über die Juden und Schieber dort, machte dennoch krumme Geschäfte. Am Ende machte er mir Vorwürfe, weil ich bei den Amis im PX-Shop arbeitete und das Geld nach Hause brachte. Und am schlimmsten waren die Kameradschaftsabende.«

Sie begann, leise zu weinen, und er kam nicht umhin, ihre Hand zu streicheln. Das stand ihm nicht zu. Ihm fiel bloß keine bessere Geste ein. Mit einem Ruck umschlang sie mit den Armen seinen Hals und wimmerte. Er ließ es zu, bis sie sich der unschicklichen Situation bewusst wurde und verschämt zurückwich.

Steinmüller erhob sich und schaute sich in der Küche um. In einem Blecheimer bemerkte er die Knochen eines Hasen. Sein Blick wanderte weiter. Ihm fiel eine Aussägung am Rand eines schmutzigen Teppichs auf dem Dielenboden auf.

Sie war wie ein eingeschüchtertes Tier seinem Blick gefolgt.

»Sagen Sie, Frau Sareiter, was hat Ihr Mann vor dem Krieg gearbeitet?«

Sie atmete tief ein. »Er war im Oberland Jagdgehilfe bei einem reichen Fabrikanten, in Kreuth. Wieso?«

Er ging in die Knie und tastete mit den Händen über den Boden. »Ich will es nicht sehen, doch ich nehme an, dass der Hase, den Sie heute gegessen haben, kein Stallhase gewesen ist. Ich nehme auch an, dass Ihr Mann ihn geschossen hat, richtig?«

Sie nickte.

»Und weiterhin nehme ich an, dass unter diesem Teppich eine Jagdflinte liegt, die laut Besatzungsstatut nicht in Ihrem Besitz sein dürfte.«

Sie nickte erneut. Ihre Augen zeigten Angst.

»Das ist mir egal, Frau Sareiter. Ich bin sicher, dass Sie bald einen guten Käufer finden werden. Ich glaube nicht, dass Waffen in einem Haushalt sein sollten, in dem Kinder spielen, verstehen Sie?«

»Ja.«

»Warum konnte Ihr Mann nicht wieder als Jagdgehilfe arbeiten?«

Sie zögerte, schaute durch das Fenster hinaus in die Nacht, schniefte einmal lang und hustete. »Dietrich war vorbestraft. Wegen Wilderei. Er hat in Stadelheim gesessen.«

»Ach? Und dennoch ist er zur SS gekommen? Das ist ungewöhnlich.«

»Ja, darüber hat er nie geredet. Sie haben ihn aus Stadelheim gleich zur Ausbildung nach Sonthofen in die SS-Schule gebracht. Da waren wir schon verheiratet. Danach ist er an die Ostfront. Bis zum Weihnachtsfest 44 habe ich nichts mehr von ihm gehört. Dann erhielt ich eine Nachricht aus Polen, er sei wohlauf, zwar verletzt, hätte ein Bein verloren, doch es gehe ihm gut. Er komme nach Hause. Und er kam zurück. Eigentlich war er nicht mehr mit mir verheiratet, sondern mit den anderen Kameraden.«

Schweigen machte sich in der Küche breit.

»Haben Sie ein Foto Ihres Mannes?«, bat Steinmüller. »Das würde mir helfen.«

»Ihre Kollegen, also der Herr Birmoster, der hat mir gesagt, ich dürfe auf keinen Fall irgendjemandem von den Amis die Fotos geben. Dann verlöre ich die Kriegerwitwenrente. Weil der Dietrich ja bei der SS gewesen ist.«

»Ich kann Sie beruhigen, ich werde das nicht tun. Ich bin selbst Veteran.«

Sie betrachtete ihn lange, als könnte sie seine lauteren Absichten in seinem Gesicht erkennen. Schließlich erhob sie sich und zog an einem weißen Küchenschrank eine Schublade auf, auf der in weißen Lettern *Mehl* stand. Langsam durchwühlte sie einen Stapel mit Fotos, dabei fiel ein kleines Bild heraus. Sie wollte sich bücken, aber Steinmüller kam ihr zuvor.

Vier Männer, die lachend und feixend an einem Wirtshaustisch saßen, vor ihnen Bierkrüge. Sie schienen zu schwitzen. Es dauerte nur einen Moment, bis Steinmüller verstand, was und wen er da vor sich hatte.

Das waren exakt die Männer, die er am Morgen auf dem Schwarz-Weiß-Foto im Hotel City gesehen hatte. Bloß trugen sie nun Zivil. Und hier waren nicht über drei der Männer Kreuze gemalt worden.

»Sagen Sie, Frau Sareiter, wer sind diese Männer?«

Sie atmete tief durch. »Also der mit der Zigarre, das ist der Sollbacher Hans. Der war mit dem Dietrich in der Jagd in Kreuth. Der daneben, der Alte, den kenne ich nicht. Und der außen, das ist der Recker, den habe ich ein einziges Mal mit seiner Freundin getroffen. Die saß da am Rand. Man sieht nur ihre Hand. Gunda Koch. Eine schlimme, ordinäre Person.«

Steinmüller war wie elektrisiert. Drei Opfer waren auf dem Bild zu sehen. Und alle waren miteinander verbunden. Das war der Durchbruch!

Er erhob sich, griff nach seinen Wäscheklammern für die Hose und reichte ihr die Hand. »Alles wird gut, Frau Sareiter. Die Gewalt ist vorbei.«

Sie nickte. Und in diesem Moment sah sie fürchterlich alt und erschöpft aus.

Beim Herausgehen drehte sich Steinmüller noch einmal um. Es war lediglich ein Gedankenpuzzle. »Sagen Sie, wie ist dieser Abend denn so gewesen?«

»Welcher Abend?«, fragte Marga Sareiter irritiert.

»Na, Sie haben ja mit diesen Männern und der Frau gefeiert.«

Sie schüttelte den Kopf. »Dietrich hätte mich nie mitgenommen. Ich bin bei den Kindern geblieben.«

»Ach. Und wer hat das Foto gemacht?«

Sie runzelte die Stirn. »Na, der Vater vom Dietrich. Der war ein Unehelicher. Die Eltern waren nie verheiratet. Sareiter ist der Name der Mutter. Nach dem Krieg war sein Vater immer bei den Treffen vom Dietrich dabei gewesen.«

»Wo finde ich den?«

»Der arbeitet bei Ihnen im Präsidium.«

»So?«

»Ja, im Archiv. Der Willibald Protzner!«

7

Er kommt vom Ende der Welt.

Das zumindest dachte jeder New Yorker über die Gegenden jenseits des Hudson River. Der Mann war dicklich, hatte viel Stirn und stammte aus dem nördlichsten Zipfel Michigans. Man nannte die Gegend dort die ›Daumenregion‹, weil der Landstrich einem Fingerglied glich. Oder weil, wie Feinsteins Kollegen fanden, man sich dort im Winter mindestens den Daumen abfror, wenn nicht sogar den Hintern.

James Place ist seit weniger als sechs Monaten Militärgouverneur von Bayern und schon immer ein wandelnder Aktenordner gewesen, dachte Feinstein, als er langsam, aber sicher vom schlimmen Akzent des Mannes aus dem Norden in den Schlaf gezogen wurde. Er musste sich mit einer erneuten Zigarette und einem Kaffee zurück in die öde Wirklichkeit bringen.

»*... können wir nicht zulassen, dass ein hochrangiger Offizier der US-Streitkräfte und formaler Leiter der örtlichen Polizei so feige bei einem Verbrechen zusieht.* Das schreibt mir General Clay. Und weiter: *Meine Herren, ich bin überrascht, wie wenig Ihnen die Sicherheit und Ordnung innerhalb unserer Zone am Herzen liegt. Sie wissen, dass wir derzeit vor neuen Herausforderungen stehen, die wir nur mit und nicht gegen die Deutschen bewältigen können.*«

Eisernes Schweigen lag über der Terrasse, die zur Villa des Gouverneurs gehörte. Der hatte die Angewohnheit, seine Führungskräfte aus allen relevanten Bereichen der US-Besatzungsmacht am Wochenende zu einem Frühstück in sein Domizil einzuladen. Heute war Feinstein dabei. Clifton, sein Vorgesetzter, saß missmutig auf der anderen Seite des Tischs, denn Feinstein war eigentlich nicht auf dieser Führungsebene angesiedelt. Auch deswegen hatte er im Eingangssaal der Villa warten müssen, während draußen auf der Terrasse über andere Themen der Besatzungsmacht gesprochen worden war.

Es lag etwas in der Luft, das wusste er. Place hatte es Clifton gegenüber angedeutet. Doch der Boss war vor ihrem Streit im Haus der Kunst nebulös gewesen. Ständig wurden Feinsteins Kräfte für Razzien gegen Hamsterei und Schmuggel eingesetzt, statt Morde aufzuklären. Das Geschäft des Todes hatte sich wieder in das zivile Leben zurückgeschlichen. Gemordet wird eben immer, dachte er bitter.

Dann war er zur Terrasse gebeten worden, wo ein Offizier des Nachrichtendienstes hektisch eine militärische Karte Bayerns von der Wand nahm. Feinstein erkannte die üblichen Zeichen einer Offensive und diverser Defensivpositionen. Er war lange genug im Militärdienst, um zu sehen, dass es um mögliche Angriffspläne aus dem Osten ging. Er war vom Gouverneur selbst begrüßt worden, der zuerst nach Feinsteins Gesundheit fragte, ehe er aus einer Mappe einen Brief des obersten amerikanischen Militärchefs Lucius D. Clay hervorholte und die für Feinstein unangenehmen Zeilen vorlas.

James Place hatte als Gouverneur von Michigan die Führung von unterschiedlichen Einheiten gelernt und war sich ihrer Rivalität untereinander durchaus bewusst. Noch würde er dieses Wissen nicht nutzen. Immer wieder hatte er zu Beginn seiner Amtszeit von allen Offizieren offene Meinungsäußerung gefordert. Sie sollten sagen, was sie dachten. Ob man das später gegen sie verwenden konnte, stand auf einem anderen Blatt.

»Mit allem nötigen Respekt für General Clay, er sitzt jedoch in Berlin, dem Russen direkt vor der Haustür. Da ist man froh über jeden Verbündeten. Der Mann aus der Höchlstraße dagegen war ein Nazi.«

Feinstein langte mit leicht gerötetem Gesicht nach einer Akte, die vor ihm lag. »Klaus Recker, siebenunddreißig Jahre, kriegsversehrt, aus einem Kriegsgefangenenlager in Bad Aibling geflohen, untergetaucht bei seiner Geliebten, Gunda Koch, siebenundzwanzig. Sie ist das andere Opfer. Beide gehörten laut Akten der SS zum Wachbataillon des KZ Mauthausen in Österreich. Weinen wir jetzt Nazis nach?«, giftete er und erntete ein Stöhnen von seinen Kollegen.

»Da hast du wohl aufgrund deiner Herkunft eine andere Sicht auf die Geschehnisse«, antwortete sein Boss mit süffisantem Lächeln von der gegenüberliegenden Seite des Tischs und unterbrach dafür sogar das Verschlingen von Speck und Rührei.

»Meine Herkunft spielt in der Beurteilung der Deutschen eine nachgeordnete Rolle. Aber wir sind gerade drei Jahre in diesem Land. Dem Land von Gaskammern und Menschenversuchen. Diese Deutschen sind verroht, sie waren bestialisch. Wer glaubt denn wirklich, dass wir sie in wenigen Monaten zu guten Demokraten erziehen können?«

»Die Regierung der Vereinigten Staaten, zum Beispiel«, antwortete der Gouverneur gallig.

Feinstein blieb unbeirrt. »Ich habe in New York viele schlimme Fälle gesehen. Doch nie hat jemand einem anderen Menschen die Haut abgezogen oder Paare mit einer Panzermine in die Luft gesprengt. Das ist ein Volk von brutalen, kaltblütigen Killern.«

»Also sagst du, der oder die Mörder dieser armen Seelen da auf dem Schwarzmarkt in Bogenhausen und der Häuter, das sind Deutsche? Nicht irgendein Vertreter deiner«, Clifton machte eine Pause, grinste, ehe er fortfuhr, »deiner Glaubensgemeinschaft, wieder so eine *Nakam*-Gruppe aus Tel Aviv?«

Der Gouverneur wusste nicht, worauf Clifton anspielte. »*Nakam*? Was oder wer ist das?«, fragte er seinen Adjutanten.

»*Nakam* ist hebräisch und steht für ›Rache‹. So nannte sich eine Gruppe jüdischer Widerständler, die vor drei Jahren aus Palästina nach Nürnberg gekommen ist und versucht hat, massenhaft Deutsche zu töten. Erst wollten sie Gift in die Wasserversorgung von Hamburg und Nürnberg schleusen. Das misslang. Ein Jahr später, im April 46, vergifteten sie das

Brot für Kriegsgefangene mit Arsen. Das war im Lager in Langwasser, in dem wir hauptsächlich SS-Soldaten interniert hatten.«

Der Gouverneur nickte. »Ja, ich erinnere mich, davon in den USA gelesen zu haben. Schrecklich, aber nachvollziehbar. Nun, wurden die Täter gefasst?«

Der Adjutant verneinte.

Allgemeines Raunen folgte am Tisch.

Clifton ergriff als Erster das Wort. »Ich muss Ihnen nicht sagen, was solche Terrorakte von irgendwelchen wild gewordenen Terroristen aus Palästina in der ohnehin beunruhigten Bevölkerung anrichten können. Genau auf solche Aktionen wartet der Russe. ›Bird Dog‹ kann uns aus dem Ruder laufen. Wer übernimmt dafür die Verantwortung?«

Der stellvertretende Chef der CIA, des amerikanischen Geheimdienstes, hob die Augenbrauen. Er saß neben Clifton, war in Zivil erschienen und wirkte wie ein Handelsvertreter. Feinstein war ihm schon einmal bei einem Empfang im Casino begegnet. Doch mit ›Bird Dog‹ konnte er offenbar nichts anfangen. Was war das? Er wagte nicht zu fragen. Denn auch Place wischte das Thema unwirsch mit einer Handbewegung vom Tisch.

»Lieutenant Feinstein, ich möchte, dass Sie sich intensiv und dennoch mit wenig Lärm persönlich dieser Fälle annehmen. Ich will keine großen Razzien, dazu fehlen uns gerade die Kapazitäten. Fliegen Sie auf Sicht, aber effizient. Unser Mann von der Agency«, er sah zu dem Handelsvertreter, »wird Sie mit Informationen versorgen, nicht wahr?«

Das unscheinbare Männchen nickte zögerlich.

Clifton schaltete sich erneut ein. »Feinstein, hör zu, es geht nicht gegen dich persönlich, doch wir können keine neue Verschwörungstheorie wie ›Juden vergiften Brot, Brunnen und töten unsere Veteranen‹ gebrauchen. Das wäre kontraproduktiv. Du wünschst dir keine Pogrome oder Lynchjustiz mehr.«

Feinstein lächelte. »Lynchen ist ja eine Spezialität in deiner Heimat Georgia, nicht wahr?«

Clifton wollte gerade losbrausen, da ging der Gouverneur dazwischen.

»Meine Herren, bitte, mäßigen Sie sich. Ich bin anderer Meinung als der General. Feinstein, Sie sind mir lebendig wichtiger als zerfetzt. Heldentaten brauchen wir nicht, um die Deutschen von uns und unserer Demokratie zu überzeugen. Sie brauchen volle Bäuche. Ihre Herzen gewinnen wir mit Speck und Rührei. Guten Appetit, Clifton.«

Feinsteins Chef war ein Stück Speck aus dem Mund gefallen. Einige der Männer lachten.

Clifton schluckte den Bissen hinunter und hob die Hand, der Gouverneur ließ ihn allerdings nicht zu Wort kommen.

»Ich bin sicher, dass uns Marcus Feinstein in wenigen Tagen einen Täter präsentieren kann. Er ist ja schon im Thema, außerdem hat er in New York das Handwerk der Polizei gelernt, kennt aber auch seine ehemaligen Landsleute. Lieutenant Feinstein, wir wollen Sie nicht in Ihrem Tatendrang aufhalten.«

Feinstein erhob sich, packte die Akten in seine Ledertasche, straffte sich und verabschiedete sich militärisch, während Clifton unbeeindruckt weiteraß.

Draußen vor der Tür hätte er seiner Wut freien Lauf lassen und gegen eine Vase treten wollen, beherrschte sich jedoch und zündete sich stattdessen eine Zigarette an.

»Na, gute Nachrichten?«, fragte ihn ein englischer Offizier, der, ebenfalls eine Pfeife rauchend, auf der Eingangstreppe stand.

Feinstein schaute ihn verärgert an. Das Letzte, was er jetzt brauchte, war ein arroganter Engländer.

»Entschuldigen Sie, ich habe mich nicht vorgestellt. Mein Name ist Jakob Michalsky.«

Der Mann hatte das in einem perfekten Deutsch ohne Akzent gesagt und Feinstein wusste sofort, wer vor ihm stand.

Der Brite war ein deutscher Jude. Er war selbst hier unten in der amerikanischen Zone bekannt, weil er nahezu auf eigene Faust einen KZ-Kommandanten aufgespürt und ausgeliefert hatte. Die Bestie war im letzten Jahr auf dem Gelände des KZs gehängt worden. Michalskys Ruf als recht brutaler Verhörspezialist von Nazigrößen war berüchtigt.

»Ich muss Ihnen gratulieren. Sie haben das Schwein ausfindig gemacht«, beglückwünschte Feinstein sein Gegenüber.

»Ja, und da sind noch Hunderte draußen. Doch ich habe genug davon. Ich muss weg aus diesem Land, zurück nach London.« Sein Ton, eben verbindlich, war mit einem Schlag düster und bitter geworden.

»Was führt Sie dann hierher, in unsere Zone?«, fragte Feinstein, ehe er den Zigarettenstummel in den Garten schnippte, wo nach kurzem Zögern ein deutscher Gärtner die Kippe aufhob, vorsichtig gerade bog und einsteckte.

»Ich hatte einen Termin mit eurem Gouverneur. Es ging um gemeinsame Fahndungen in eurem Gebiet nach Nazis. Aber Ihr Boss will das wohl exklusiv machen. Wir sollen uns um unsere Zone kümmern, sagt er. Ich solle ihm und seinen Leuten das Material, das wir bislang zusammengestellt haben, per Kurier zustellen. Ein echtes Herzchen, dieser Clifton«, spottete Michalsky.

Feinstein nickte. »Ja, kommt aus den Südstaaten, liebt Spareribs, brennende Kreuze und verbrannte Neger.« Erschrocken über seine eigenen Worte, senkte er die Stimme. »Sollen wir Sie mit in die Stadt nehmen?«, fragte er, um ungestört mit Michalsky reden zu können.

»Ja, gute Idee. Ich müsste sonst auf diesen CIA-Aktenordner auf zwei Beinen warten. Der wollte mich einigen Deutschen vorstellen, wonach mir gerade nicht der Sinn steht.«

Sie lachten.

Jay fuhr sie von der Villa des Gouverneurs in Grünwald in die Innenstadt. Hier eine Lücke, dort ein wie ein fauler, halb abgebrochener Zahn in den Himmel ragendes Resthaus, mühsam mit Balken abgestützt. Feinstein empfand es als gerechte Strafe für ein Volk, das sie bestenfalls davongejagt, schlimmstenfalls in den Tod geschickt hatte.

War das seine Heimatstadt? Das fragte sich Feinstein, als sich Michalsky erkundigte, wohin er nach seiner Dienstzeit gehen wolle. Einem Reflex folgend, war er im Begriff, die USA zu nennen, es ging jedoch nicht so einfach. Er stockte, war froh, dass sein Fahrer einem Loch in der Straße ausweichen musste, was den Jeep bedrohlich schwanken ließ und sie durchschüttelte. Stattdessen erzählte er Michalsky von seinem Fall.

Der lachte, als er von der jüdischen Rachetheorie hörte. »Wir Juden kriegen von den Briten einen Staat im Nahen Osten. Unsere Freunde werden mit einem Schlag nur noch Feinde um sich haben. Da werden sie ihre überschaubaren Ressourcen nicht auf Aktivitäten in Deutschland verschwenden.«

»Das muss ja nicht von ganz oben kommen. Es reicht, wenn eine Gruppe von Ex-Häftlingen eines KZs Rache nehmen will«, erwiderte Feinstein nachdenklich.

Michalsky nickte. »Okay, stimmt. Ihnen muss klar sein, dass Sie sich mit diesem Fall gerade so richtig in die Nesseln setzen. Sie werden keine Verbündeten haben. Die Deutschen wollen das als Rache verstanden wissen, um sich auch einmal als Opfer zu fühlen. Die Yankees brauchen Ruhe in ihrer Zone. Der Russe wartet bloß darauf, dass bei uns Chaos ausbricht, um von seiner eigenen Misere abzulenken, wird es also ausschlachten. Kurzum, Ihnen fehlen in dieser Ruinenstadt die Kräfte, um so einen Fall schnell und effizient aufzuklären. Noch kürzer, Sie können nur verlieren!«

Feinstein lachte bitter. »Ja, Optimismus hat man Ihnen in England beigebracht.«

Michalsky grinste. »Wie lange werden Sie hier sein?«

»Wenn ich den Fall an die Wand fahre, wird es schneller

zurückgehen, als ich ›Sauerkraut‹ sagen kann. Sie können wenigstens einen guten Fang vorweisen.«

Michalsky machte eine wegwerfende Handbewegung. »Das interessiert in London niemanden. Doch es wird sich für mich da schon was finden. Im Zweifel gehe ich zu einer Bank.«

»Wir Juden können ja gut mit Geld umgehen«, entgegnete Feinstein sarkastisch.

Beide machten eine verschwörerische Geste und taten so, als zählten sie Geld, bis sie laut loslachten und Jay, der Fahrer, die Augen verdrehte.

Der Jeep hielt vor dem Präsidium. Beide sprangen heraus.

»Ich gehe zu Fuß zum Bahnhof«, sagte Michalsky. »Gehen Sie zu Ihren …«

»Herr Feinstein!«

Feinstein drehte sich zum Eingang. Harald Steinmüller stand neben einem alten Horch und hielt die Tür auf.

»Was ist denn?«

»Ich störe ungern, aber wir haben Willibald!«

Feinstein verabschiedete sich von Michalsky, nickte Steinmüller zu und setzte sich nicht vorn auf den Beifahrersitz, sondern in den Fond des Horch. Vier Kollegen, einschließlich Birmoster, sahen aus dem ersten Stock zu. Alle schüttelten den Kopf.

Einzig zwei Männer, die weiter oben unter dem Dach des Präsidiums ihre Position eingenommen hatten, taten es nicht. Einer von ihnen drehte ein Stück Papier in eine Metallhülle, griff in einen Holzkäfig und entnahm mit ruhiger Hand eine graue Taube, die sich kurz darauf in den Münchner Himmel schwang.

Sie flog nordwärts, kreiste über einem Hochbunker, der an den Nordfriedhof grenzte, und flatterte zu einem Dachfenster einer Baracke, wo ein Händepaar sie sorgsam umfasste und die Metallhülle entnahm.

Die Amerikaner hatten hier für ›besondere Nazifälle‹ ein provisorisches Gefängnis errichten lassen. Doch nur ein lächerlicher Bretterzaun trennte Nazis aus den einstigen Machträngen wie Hitlers Hoffotograf Hoffmann von den scheinbar Unbescholtenen in den Siedlungen davor. Dort, nicht weit entfernt von früheren Kameraden, waren Wanger und seine engsten Vertrauten bei einer Freundin der ›Bewegung‹ untergebracht.

Sie hatte den Krieg durch geschicktes Verhalten nahezu unbeschadet überstanden, rechtzeitig Vermögen über Mittelsleute in die Schweiz bringen können und lebte nun durchaus angemessen in dem alten Haus ihrer Familie. Das hatte sicherlich auch damit zu tun, dass sie ein Verhältnis mit einem US-Offizier pflegte, der über sie und ihre Freunde eine schützende Hand hielt.

Wanger wartete auf zwei neue ›Pakete‹, Personen, die darum baten, das Heimatland für immer zu verlassen. Er war gerade rechtzeitig in dieses durchaus lukrative Geschäft eines illegalen ›Reisebüros‹ für alte Kameraden hineingeschlittert, hatte seine Kontakte von einst nutzen können und sorgte für seine Freunde.

»Wo hat sich der Neue aufgehalten?«, fragte er den alten Feldwebel, der dem Oberst einen Kaffee zubereitete.

»Auf einem Hof in Oberbayern. Hat als Knecht gearbeitet. Die Mikrofilme hat er jedoch nach wie vor, genauer die Koordinaten für den Fundort des Goldes.«

Wanger nickte. »Dagegen sind unsere finanziellen Mittel bescheiden. Er wird dieses Wissen mit nach Syrien nehmen wollen, nehme ich an.«

»Ohne Zweifel. Er traut uns nicht, will eine sichere Passage haben«, erklärte der Feldwebel.

»Was ist noch auf den Mikrofilmen?«, fragte er.

»Keine Ahnung. Ich weiß nur, dass er von einem Tonband gesprochen hat, das gelaufen ist, als Himmler in Posen eine

Rede vor den Gauleitern und SS-Führern gehalten hat. Wir waren an der Front. Doch das Tonband ist heikel, sagt er.«

Wanger atmete tief durch. Der Neue war eine wertvolle, aber explosive Fracht. »Wir brauchen jemanden, der auf diesen Mann aufpasst. Ich muss unseren Zigeuner unter Kontrolle bringen. Diese Häutungsgeschichte darf uns nicht aus dem Ruder laufen.«

Der Feldwebel nickte ergeben, stellte die Tasse auf den Tisch und schob eine Dose mit Zuckerresten dazu. Außerdem reichte er Wanger ein kleines Stück Papier. »Das ist eben mit unserem Taubennachrichtendienst gekommen.«

»Fein, endlich hat dieser Birmoster unsere Tauben mal nicht geschlachtet, sondern in Ruhe gelassen. Grober Kerl, Tauben töten. Wer macht denn so was?«, kommentierte Wanger lakonisch. Er las die Nachricht und runzelte die Stirn. »Hm, unser amerikanischer Freund hat etwas rüde gehandelt. Ausgerechnet der Archivar. Wir müssen da ebenso ein wenig vorsichtiger sein. Ich sehe den Ami ja heute. Zurück zu unseren Paketen.«

Der Feldwebel erzählte ihm von den Männern, denen es aufgrund des Fahndungsdrucks der Besatzer zu heiß in ihrer Heimat geworden war. »Ein Arzt ist immer gut. Der kann unterwegs bei Seekrankheit helfen«, fand er.

Der Oberst trank schlürfend den Kaffee aus, erhob sich und warf den Mantel über. Es gab viel zu tun. Der Feldwebel hielt ihm die Tür auf.

»Wenn wir den Josef sicher über die Grenze bringen, schaffen wir auch andere, wichtigere«, versuchte er, den Oberst zu beruhigen.

»Solange sich der Doktor Josef auf seine Mikrofilme und nicht wieder auf Zwillinge konzentriert oder Zigeunern die Augen herausschneidet?«, fragte Wanger spöttisch.

Der Feldwebel lachte. »Jetzt kümmern wir uns erst einmal um die übrig gebliebenen Zigeuner.«

8

»Herrschaftszeiten, Steinmüller, Sie fahren wie ein Irrer. Wessen Wagen ist das überhaupt?«, rief Feinstein, verärgert über das seltsame Fahrverhalten.

»Den hat uns freundlicherweise der Polizeipräsident zur Verfügung gestellt. Ein BMW 386 Cabriolet, der stammt noch aus Eisenach«, antwortete Steinmüller.

»Das kann ich mir beim besten Willen nicht vorstellen.« Feinstein wurde nach rechts geschleudert, als Steinmüller eine Kolonne der US Army überholte und scharf vor dem ersten Lkw einbog.

Von hinten kam wildes Hupen. Mühsam berappelte sich Feinstein und wollte nach vorn krabbeln. Steinmüller drückte ihm zwei Akten ins Gesicht, sodass Feinstein nach hinten in den Sitz fiel.

»Was soll ich damit?«

»Lesen! Könnt ihr Juden doch so gut.«

»Nicht frech werden, Steinmüller. Noch ...« Wieder eine Kurve, ein Bremsen. »So kann ich nicht lesen. Also, was steht dadrin? Und wo fahren wir eigentlich hin?«, rief Feinstein.

»Großlappen. Zur Kläranlage. Da liegt der Körper ohne Haut. Es scheint Willibald aus unserem Archiv zu sein. Aber es gibt auch gute Nachrichten. Seit gestern Abend weiß ich mehr über die Opfer. Und über ein mögliches Motiv.«

»Und dazu muss ich durchgeschüttelt werden?«

»Nicht jammern, fragen, Herr Feinstein.«

Feinstein ließ sich den Ton gefallen, fand sogar einen gewissen Spaß daran. Beide waren gleich alt und hatten trotz der Kriegserfahrungen Freude an wildem Zeug. Regen hatte eingesetzt. Die Tropfen trommelten auf das Dach, als sich Steinmüller zu Feinstein umdrehte.

»Mir ist egal, ob Sie mein Chef sind oder der liebe Herrgott. Also, wenn Sie mir vertrauen, kann ich Ihnen helfen. Wir können allerdings auch einfach zur Leiche in der Kläranlage Großlappen fahren und Sie laufen ins Verderben.«

»Sie sind verrückt geworden.«

Steinmüller lachte spöttisch. »Ja, längst.«

Feinstein schaute aus dem Fenster, das langsam beschlug, wischte gedankenverloren darüber. In einem Hof nahm eine Frau eilig die Wäsche von einer Leine.

»Was haben Sie da?« Er deutete auf die Akten.

»Haben Sie schon mal vom Regiment Wanger gehört?«

Feinstein atmete durch. »Ja, irgendwo gelesen. Das war eine dieser Mörderbanden im Osten oder so. Warum?«

»Diese SS-Sonderbrigade Wanger war die berüchtigte Sondereinheit im Osten. Zusammengewürfelt aus Mördern, Gewalttätern, Dieben, Zuhältern, Sittlichkeitsverbrechern und anderen Sträflingen. Das waren Männer ohne Skrupel, die die Gesellschaft als Strandgut ausgespuckt hatte.«

»Und woher wissen Sie das?«, fragte Feinstein leise, aber wie ein Tier zum Sprung bereit.

»Ich war in der Wehrmacht an der Ostfront. Wir haben die ›Resultate‹ dieser Truppe sehen müssen, es wurde auch bei uns im Regiment darüber gesprochen.«

Feinstein nickte. Er hatte gelernt, diesen Deutschen nur die Hälfte dessen zu glauben, was sie über ihre Vergangenheit zu erzählen bereit waren. »Okay, und nun?«

»Unsere Opfer waren allesamt ehemalige Jäger und Wilderer. Sie alle dienten in dieser Brigade beim alten Wanger. In einer der letzten Kesselschlachten südlich von Berlin sind fast alle aufgerieben worden, kaum mehr als dreißig aktive Soldaten haben überlebt. Das habe ich aus den Unterlagen im Büro herausgefunden. Zwei von ihnen sind in dieser Stadt getötet und gehäutet worden. Einer von ihnen hatte einen Vater, Willibald Protzner. Das habe ich gestern von Sareiters Witwe erfahren.«

»Da sind Sie noch hingefahren? Respekt!«

»Mensch, Feinstein, verstehen Sie nicht? Die waren alle an der Ostfront. Alle haben unglaubliche Verbrechen begangen. Das haben sogar wir von der Wehrmacht mitgekriegt. Die haben das Warschauer Getto niedergemacht.« Steinmüllers Stimme überschlug sich.

»Was wissen wir über diesen Wanger?«, fragte Feinstein, um Zeit zum Nachdenken zu bekommen.

»Ein Befehlshaber dieser Soldaten auf Bewährung hat eine dunkle Vergangenheit. War Freikorpskämpfer, Gewohnheitstrinker, Zuchthäusler, Spanienkämpfer, Ritterkreuzträger und Deserteur.«

»Die haben also gemordet und jetzt kommt einer der Überlebenden auf die Idee, jeden dieser Täter auf möglichst qualvolle Weise zu töten, so in etwa?«

»Vielleicht. Auf dem Foto, das ich gestern gesehen habe, ist ein weiterer Mann. Der lebt noch. Ich habe ihn auf einem Kameradschaftsabend kennengelernt. Eine sehr, wie soll ich sagen, gefährliche Person. Es könnte dieser Wanger sein. Aber nach meinen Recherchen ist der kurz nach Kriegsende in einem französischen Kriegsgefangenenlager getötet worden.«

»Gut, doch was hat das mit dem Mord an unserem Archivar zu tun?«

»Eben!«

Feinstein sah Steinmüller verwirrt an. Nahm der ihn auf den Arm?

»Heute Morgen bin ich ins Präsidium gekommen, wollte wie immer zum Willibald nach unten ins Archiv gehen. Die Tür war verschlossen. Das ist ungewöhnlich. Der Willibald, so erzählen sich alte Kollegen, der ist sogar bei Bombenangriffen ins Archiv – und geblieben!« Steinmüller zog gierig an seiner Zigarette.

»Und?«, fragte Feinstein.

»Am Morgen meldeten sich die Arbeiter von Gut Großlappen, draußen in Fröttmaning. Sie haben eine Leiche. Enthäutet, zumindest teilweise. Dem Opfer fehlt die Prothese. Es ist Willibald, der Archivar. Herr Feinstein, drei der Opfer sind klar Nazis oder SSlern zuzuordnen. Willibald ist das nicht. Er ist allerdings der Vater eines der Opfer.«

»Hm. Okay, begeben wir uns erst mal zur Kläranlage. Ich will mir den Tatort in Ruhe anschauen. Und ich möchte Sie bitten, normal zu fahren. Ich will da lebend ankommen.«

Die Kläranlage Großlappen lag im Norden Münchens zwischen der Autobahn und der alten Reichsstraße 11, die hinauf nach Bayerisch Eisenstein führte, in München jedoch nur als Freisinger Landstraße bekannt war. Vor nicht einmal einem Vierteljahrhundert hatten die Stadtväter die Kläranlage gründen müssen, da die Stadt wuchs und der Unrat nicht mehr einfach in die Isar fließen konnte.

Es roch bestialisch. Unwillkürlich hielt sich Feinstein die Hand vor den Mund, als er und Steinmüller das Tor passierten und den Kollegen grüßten, der sie zum Tatort wies.

Wie alle Frontsoldaten hatte Steinmüller Tote in jeder erdenklichen Form gesehen. Zermalmt, zerstückelt, zerrissen oder schlicht mit einem Kopfschuss erledigt. Es waren Kameraden gewesen, manchmal Freunde. Anfangs war es schlimm gewesen. Nach fünf Jahren war da nichts mehr. Einzig der Wille zum Überleben. So blickte er auf Willibald, dessen toter geschundener Körper auf einer schwarzen Feldplane lag. Die Augen waren weit aufgerissen, der Brustkorb mit Exkrementen bedeckt, darunter war das Fleisch zu sehen. Der Täter hatte die linke Hautpartie zwischen Schlüsselbein und unterem Rippenbogen herausgerissen. Es war nicht so professionell gearbeitet worden wie bei den anderen Toten. Das erkannte auch ein Laie wie Steinmüller. Abwärts fehlte die Prothese. Der Stumpf war bläulich verfärbt, Fliegen sammelten sich auf dem gesamten Körper. Niemand scheuchte sie weg.

»Haben wir Augenzeugen?«, fragte Feinstein die zwei umstehenden Kollegen der Landpolizei, die zur Sicherung aus dem benachbarten Freising abgestellt worden waren.

»Bloß den Arbeiter, der den Körper aus dem Teich gezogen hat. Aber der ist schon daheim. Er hatte Schichtende. Wir haben allerdings seine Adresse. Da drüben steht der Arzt, der von Ihrem Präsidium angefordert wurde.«

Ihre Gesichter waren kalt und abweisend, fast hätte man meinen können, dass sie die beiden Kollegen aus der Stadt für den Mord verantwortlich machten, fand Steinmüller.

»Können wir ihn jetzt wegbringen lassen?«, fragte der eine Polizist.

Feinstein nickte. Hier war nichts zu sehen. Der Ablageplatz war der Teich. Spuren würde sie keine mehr finden. Dafür waren zu viele Menschen herumgetrampelt, außerdem hatten sie keine Ressourcen wie in den USA. Nicht einmal einen Fotografen für die Tatortbilder gab es. Der war gerade krank, wie Steinmüller ihm auf der Fahrt hierher hatte gestehen müssen.

Der Schutzmann winkte in Richtung eines Wagens, der nicht weit von ihnen außerhalb des Geländes wartete. Der Fahrer nickte, fuhr den Wagen der Rechtsmedizin mit rumpelnden Reifen rückwärts über den Feldweg in die Anlage, während Steinmüller und Feinstein zu dem Arzt traten, der ein Formular auf dem Rücken eines Assistenten ausfüllte.

»Grüß Gott, ich bin Feinstein vom Kommissariat eins in München.« Er hatte die Hand ausgestreckt. Der Arzt machte jedoch keine Anstalten, ihm die Hand zu geben, sondern schrieb stattdessen demonstrativ weiter.

»Doktor Saager. Ich bin gleich fertig.«

»Das ist der Herr Steinmüller.«

»Ah ja, der Sohn vom alten Sitten-Sigi aus der Ettstraße.«

Feinstein sah verwirrt aus, schwieg aber.

»Sie wollen wissen, wann, wie und woran der Herr Protzner verstarb?«, umging der Arzt die Situation.

Feinstein nickte. »Ja, das wäre schön.«

»Gut, ich bin Mediziner. Doch ich habe auch eine persönliche Sicht auf die Dinge, verstehen Sie, Herr Feinstein? Willibald Protzner war ein Frontkämpfer, so wie ich. Der hat mit mir an der Westfront gekämpft, ein Bein verloren. Sie haben das da drüben ja schon gesehen. Der war nicht bei den Nazis, der war nicht bei den Kommunisten. Der wollte lediglich seine Ruhe haben bei Ihnen unten im Archiv. Jetzt, drei Jahre nach dem Zusammenbruch, Verzeihung, nach der Befreiung …« Saager lächelte maliziös.

Steinmüller war überrascht, wie aggressiv der Arzt auftrat. Feinstein trug seine US-Uniform, war Offizier. Er blieb jedoch ruhig. Regen setzte ein, Wind kam auf. Ein Gewitter drohte über sie hereinzubrechen. Alle wollten hier weg. Es stank und war nass.

Saager begriff, dass seine persönliche Einschätzung nicht von Interesse war, und wurde amtlich. »Nun, der Mann ist gegen sieben Uhr aus dem Klärteich dort drüben gezogen worden. Er trieb an der Oberfläche, seine Lungen waren also noch mit Luft gefüllt. Die Totenstarre hatte bereits eingesetzt. Soweit ich es sehen konnte, gab es nur eine offensichtliche Einwirkung. Das war ein Stich mit einem spitzen Gegenstand, vermutlich einem Messer, in den oberen Wirbelsäulenbereich. Der Stich kann, muss allerdings nicht zum sofortigen Tod geführt haben. Kurz, ich bin nicht in der Lage, vor Ort mehr als eine grobe Einschätzung zu geben. Vermutlich war der Kamerad bereits tot, bevor er in den Teich gelangt ist. Ich möchte ferner darauf hinweisen, dass auf der anderen Seite der Autobahn die Besatzer eine Siedlung für Juden und …«

Feinstein hob die Hand und trat nah an den Arzt heran, der nach wie vor einen blasierten Gesichtsausdruck zur Schau trug. Wassertropfen rannen über Feinsteins Wangen, tropften vom Schirm seiner Offiziersmütze. »Sie bewegen sich auf dünnem Eis, Doc. Sie sollen mir eine erste medizinische Einschätzung und keine halb garen Vorträge über mögliche Täter geben. Wir können das auch anders regeln.«

Der Arzt war für einen Moment ungerührt, erkannte dann wohl, dass er eine unsichtbare rote Linie überschritten hatte. Er änderte seine Tonlage ins leicht Servile. Zwölf Jahre Diktatur ließen jeden Mitläufer in Sekundenschnelle das Heldentum vergessen.

»Natürlich. Also, hier ist mein erster Bericht, Lieutenant Feinstein. Wenn Sie mich brauchen, ich bin in der Rechtsmedizin in der Müllerstraße.«

Er schien militärisch grüßen zu wollen, besann sich seiner zivilen Position und wandte sich ab. Steinmüller blickte ihm hinterher und verkniff sich einen Kommentar, weil er am Zaun der Kläranlage jemanden entdeckte, den er schon einmal an einem Tatort gesehen hatte.

»Herr Feinstein, nicht hochsehen.«

Ein Donnern grollte von Ferne.

»Warum?«, fragte Feinstein, verharrte jedoch in seiner Position.

»Am Zaun steht ein Junge, kaum älter als zwölf. Ich habe ihn heute Morgen in Bogenhausen gesehen, dort, wo das SS-Paar in die Luft gesprengt wurde. Der Bub ist nicht zufällig hier.«

Feinstein kniete sich nieder, schnürte sich die Schnürsenkel zu und schaute hinüber. Tatsächlich, da stand ein Junge mit verschränkten Armen in einer Gruppe gaffender Menschen. Als hätte jemand den Hahn einer Dusche geöffnet, fiel der Regen in Kaskaden über den Hof der Anlage. Der Junge hatte sich zwischen zwei Frauen weiter nach vorn geschoben, die gebannt die Bergung der Leiche verfolgten, nun aber wegen des Regens das Weite suchten. Er war dünn, mit langen Gliedern, die noch nicht recht zu den restlichen Proportionen passen wollten. Seine linke Kopfhälfte war kahl rasiert. Daran hatte Steinmüller ihn wiedererkannt.

»Okay, schnappen wir uns den Schmock«, erwiderte Feinstein ungeduldig und wollte sich erheben.

Steinmüller drückte ihn sanft hinunter. »Der Zwerg verschwindet schneller, als wir denken. Der hat sich heute Morgen schon weggewieselt«, wandte er ein.

Feinstein schaute ihn verwundert an. »Gehen wir schlau vor. Wir rennen.«

»Was ist daran schlau? Links von Ihnen gibt es ein zweites Tor. Auf mein Kommando laufen Sie dorthin und passen ihn ab, wenn ich ihn mir schnappen will. Denn dann kann er nur in Ihre Richtung. Auf der anderen Straßenseite ist ein Kanal. Da will er nicht hin. Auf geht's!«

Steinmüller rannte aus dem Stand auf den Zaun zu. Der Junge sah ihn und für einen Moment trafen sich ihre Blicke. Es war keine Angst, die er in den Augen des Jungen erkannte, eher so etwas wie Hass. In der nächsten Sekunde drehte er sich um und hastete den Feldweg hinunter zur Straße, dorthin, wo Feinstein hoffentlich gleich auf ihn wartete.

Steinmüller trat gegen das Tor, das angelehnt war, verlor dabei das Gleichgewicht, geriet ins Stolpern und bemerkte, wie der Junge, statt nach rechts auf die Freisinger Landstraße zu laufen, diese überquerte und ins Unterholz sprang. Dort tauchte Feinstein wie aus dem Nichts auf und hielt den Jungen am Arm fest.

Steinmüller verlangsamte sein Tempo. Ein Lkw der US Army donnerte vorbei und hupte. Steinmüller musste warten, ehe er passieren konnte. In der nächsten Sekunde waren Feinstein und der Junge verschwunden. Er überquerte die Straße und entdeckte seinen Chef mit schmerzverzerrtem Gesicht im Gras des angrenzenden Wäldchens.

»Liegen Sie auf ihm oder ist er entkommen?« Steinmüller zog ihn hoch.

»Das Früchtchen hat mir zwischen die Beine getreten und ist in die Richtung gelaufen.«

Steinmüller tat ungerührt und hätte gern gegrinst. »Los, die Ratte kriegen wir«, forderte er Feinstein auf, der sich gebeugt mehr schlecht als recht vorwärtsbewegte. Der Regen rann ihm in den Kragen, durchnässte seine Uniform komplett. Er fluchte.

Fünfzig Meter tief im Wald regte sich etwas. Ein Reh schnellte hinter einem morschen Baumstamm hervor, wedelte mit dem Schwanz und flüchtete in wilden Sprüngen über das Gestrüpp. Kurz darauf erschien der Kopf des Jungen, wenige Meter von der Stelle entfernt. Steinmüller wies Feinstein mit der Hand nach rechts, er lief nach links.

Weder waren sie im Training noch waren sie für diese Jagd gekleidet. Steinmüller trug seinen einzigen fadenscheinigen Anzug, Feinstein die Ausgehuniform der US Army. Das Hetzen von Feinden war ihnen dagegen in den Kriegsjahren vertraut geworden. Steinmüller wusste von Wanderungen vor dem Krieg, dass sich bald der Isarkanal zeigen und der Junge auf eine natürliche Barriere stoßen würde, wenn er und Feinstein ihm die Flanken abschnitten. Er erhöhte das Tempo, damit er rechtzeitig an die Uferkante gelangte. Der Boden wurde weicher, der Regen ließ jeden Ast oder Stamm, über den er lief, rutschig werden. Das Donnern des Gewitters nahm zu, hämmerte wie ein Geschütz und ließ ihn wie beim Herausstürmen aus dem Schützengraben sich ducken. Mit jedem Meter wurde es lauter in seinem Kopf, schien ihn beherrschen zu wollen. Er sah den Wald nur verschwommen, weil Tropfen in seine Augen fielen. Er wischte sie weg und versuchte, sich auf den nahen Kanal zu konzentrieren, doch er merkte, wie er immer mehr taumelte.

Das Donnern war nun genau über ihm, in den Wipfeln der Eschen und Pappeln. Pappeln wie in Russland. Wo die Heckenschützen saßen, wo der Tod lauerte, er fiel, riss sich hoch, hielt sich die Ohren zu, wollte den Lärm ausblenden, aber der war in seinem Kopf und blieb. Er konnte nicht weitermachen und kroch hinter einen großen, mit Moos bewachsenen Stamm, suchte Deckung wie ein getroffener Hirsch und konnte bloß noch wimmern. Es dauerte wenige Sekunden. Für Steinmüller war es jedoch eine Ewigkeit, der Krieg war in ihm und er hatte ihm nichts entgegenzusetzen. Einatmen, Harald. Einatmen. Er hatte das von einem Kameraden gelernt. Einem, der das konnte, atmen und aushalten. Einem, der am letzten Tag im Krieg eine Kugel verpasst bekommen hatte. Die Bilder von einst flimmerten in seinem Kopf und da war auch Feinstein, irgendwo in seinem Kopf, und ein Schreien von ferne.

Steinmüller rappelte sich auf, lief geradeaus, taumelte erneut, fiel, stand auf und erreichte das Ufer. Er konnte nicht ganz verstehen, was er vor sich hatte. Eine große Buche war vom Uferrand in den Kanal gestürzt. Nicht weit von ihr klammerte sich Feinstein an einen Ast, dessen Ende in den Fluten versank. Die Strömung schien enorm zu sein. Feinstein hing mit ausgestreckten Armen an dem Zweig und schrie wie am Spieß.

»Lassen Sie los und sich treiben. Dahinten ist ein Wehr«, rief Steinmüller vom Ufer.

Ehe Feinstein etwas erwidern konnte, riss der Ast ab und er versank. Immer wieder tauchte er auf, mal wedelte er mit den Armen, mal tauchte lediglich kurz der Kopf auf. Steinmüller erkannte die schiere Panik in seinem Gesicht. Jetzt begriff er. Sein Chef konnte nicht schwimmen!

Steinmüller rutschte am schrägen Steinufer hinab und sprang in das kalte Wasser. Der Anzug zog ihn nach unten, doch er, so schmächtig er war, konnte schwimmen, und das schon seit frühester Kindheit. Mit drei Kraulschlägen war er fast auf Höhe von Feinstein, der ihm die Hand entgegenstreckte, um dann vor seinen Augen zu versinken.

Die deutsche Frau treibt's in schamloser Weise mit Ausländern! Wir haben keine Zigaretten und keine Butter, der Ausländer hat Kaffee und Zucker. Du scherst dich nicht um seine Hautfarbe, solange er dir eine Tafel Schokolade anbietet. Es hat sechs Jahre gedauert, um die deutschen Soldaten zu besiegen – allerdings nur fünf Minuten, um eine deutsche Frau rumzukriegen!

Die Kriegerwitwe Gertrud Schaflitzl aus dem Lehel, einem Münchner Stadtteil, hatte den Text des Flugblatts noch im Kopf, weil es am Morgen an ihrer Tür im dritten Stock eines nicht zerstörten, aber sehr beschädigten Mietshauses klebte.

Es war das Tabuthema. Keine wollte darüber reden. Tausende Frauen hatten nach dem Krieg gegen das Fraternisierungsverbot verstoßen, hatten Kontakt mit US-Soldaten und waren damit im Ansehen der deutschen Mitbürger zu gewissenlosen Huren verkommen. Anfangs kämpften diese Frauen ums nackte Überleben. Hunderttausende, vielleicht sogar Millionen Frauen, die mit ›dem Feind ins Bett gingen‹. In einer Absteige oder im eigenen Schlafzimmer, für Zigaretten, die Ersatzwährung in den Nochreichsmarkzeiten, für Kaffee oder Nylons. Für Schutz vor den Soldatentrupps, die selbst in den Westsektoren Frauen aus den Kellern zerrten, wenn auch seltener als ›der Russe‹. Ein einzelner Offizier im Bett war immer noch besser als alkoholisierte Horden im Keller. Weil nach den Jahren der Entbehrungen Schokolade und Tanzen verlockend schienen. Weil die Ehemänner nicht zu Hause waren und in den Trümmern die Frauen ihren Mann standen – und sich folglich in Sachen Moral nichts mehr vorschreiben lassen wollten.

Dieser Offizier William Beau Clifton, ein gedrungener Mann aus Kentucky, mochte es, wenn er die Hände um ihren Hals presste und zudrückte, bis sie keine Luft mehr bekam und Sternchen sah. Dafür fanden sich auf dem Küchentisch immer Zucker, Kaffee, Corned-Beef-Dosen, Zigaretten und Brandy. Der ›Beau‹, wie sie ihn nannte, ließ sich nicht lumpen und wenn es dafür ein paar blaue Flecken gab, war das für sie in Ordnung. Gertruds Mann vermoderte irgendwo auf dem Grund des Atlantiks in einem vom Druck des Wassers zerquetschten U-Boot. Sie musste für sich und die vierjährige Tochter sorgen, die bei der Großmutter in Kreuth im Bayerischen Oberland auf einem kleinen Hof lebte. Dafür legte sie sich hin und hielt aus, dafür hörte sie sich für Beau in München in bestimmten Kreisen um und erzählte ihm davon. Er brachte ihr Penizillin mit, wenn es nötig war, sie die Geschichten vom Schwarzmarkt.

Von ihr hatte er alles über diesen Abraham erfahren. Ein gutes Geschäft. Alles besser, als in Ruinen von einem Neger für zwei Dollar rangenommen zu werden, hatte sie sich gesagt, als er das erste Mal mit ihr hoch in ihre Wohnung gekommen war. Sie beobachtete ihn, wie er sich das Wasser aus der Keramikschüssel ins Gesicht spritzte, die Lache, die er auf dem Holzboden hinterließ, geflissentlich ignorierte und sich rasierte. Er musste als Kind eine höllische Akne gehabt haben. Rücken und Gesicht waren vernarbt. Aber er schien aus gutem Hause zu stammen, trug einen Ring mit einem Siegel. Das hatte etwas zu bedeuten.

Gertrud konnte nicht ahnen, dass Sergeant Clifton vor dem Krieg im äußersten Südosten Kentuckys als Sohn eines Fährschiffers groß geworden war und mit seiner Familie täglich Menschen und Tiere über den Mississippi nach Missouri und zurück transportiert hatte. 1935, an dem Tag, an dem sich Beau Clifton zur Army gemeldet hatte, da war der Fluss allerdings nicht gnädig gewesen, hatte, als er seine Unterschrift unter den Vertrag mit den USA setzte, das Schiff und die Familie verschluckt und bis auf die Mutter nicht mehr hergegeben. Teile von ihr fanden Kinder auf einer Sandbank vor Memphis.

Er stieg in Fort McClellan zu einem der Jahrgangsbesten bei der Militärpolizei auf und sorgte im Winter 1944 für Furore, weil er zwei schwarze Rekruten wegen Befehlsverweigerung während schwerer Kämpfe schlicht selbst erschoss. Der Geheimdienst wurde wegen seiner Kaltblütigkeit, seiner bedingungslosen Disziplin und wegen seines Hangs, seine Herkunft ständig anders darzustellen, auf ihn aufmerksam. Mal erzählte er, er sei Sohn eines Richters aus dem Süden, mal, wenn es sich lohnte, von seiner harten Zeit als Farmersohn. Diese Begabung zur Mimikry wie ein Insekt machte ihn zu einem äußerst geeigneten Offizier im militärischen Abwehrbereich, der Spionage.

»Also«, fragte er, die Lippen ein wenig in den Mund gezogen, um die Barthaare besser rasieren zu können, »was weiß deine Mutter da unten in diesem Drecksnest in den Bergen?«

Gertrud atmete tief durch. Clifton ließ nicht locker. Er benutzte sie inzwischen stärker außerhalb des Bettes, mal als Kurier, mal als Auskundschafterin der eigenen Leute.

Gertrud hatte für ihre Tochter, die unter schwerem Keuchhusten litt, Medizin benötigt. Der Arzt in Wiessee hatte keine gehabt und sie an die Amerikaner verwiesen. Clifton war die Rettung gewesen, wieder einmal. Er hatte die Medikamente besorgt und dafür mehr Informationen über seltsame deutsche Männer verlangt. Ihre Mutter, eine Sennerin, hatte einige abgemagerte Gestalten dabei erwischt, als sie in einer Hütte versucht hatten, eine ihrer Kühe zu melken, und ihr davon erzählt. Das hatte sie wahrheitsgetreu berichtet.

»Ich will mehr wissen, sag das deiner Mutter, ja?«

Sie hatte genickt, war mit dem Rad im strömenden Regen hinaus zum Tegernsee gefahren und hatte sich bei der Mutter erkundigt, um am nächsten Morgen erneut im Lehel zu sein – für ihn.

»Es sind sechs Männer, vier in einer Hütte, zwei weitere, darunter ein Junge. Sie waren nicht da, als ich dort war.«

Er nickte. »Gute Nachrichten, Gertrud.« Er griff in seine Uniformjacke und warf ihr eine orangefarbene Dose aufs Bett. »Aber schön fürs Kind und nicht verkaufen!«

Sie nickte und strich sich über den zuschwellenden Hals.

»Ich habe eine neue Aufgabe für dich, Trudi.«

Sie schluckte. Immer wenn er sie so nannte, bedeutete das Gefahr für sie. »Was ist es diesmal?«

Er wischte sich den letzten Rest Schaum von der Wange, spritzte sich ein wenig Old Spice auf die Haut und wandte sich zu ihr um. »Du bist ja bestens mit dem Wanger bekannt.«

Sie nickte erneut. Bereits vor Wochen hatte er sie auf Wanger angesetzt, diese schwer einzuschätzende Figur aus alter Nazizeit. Sie hatte ihn bloß beobachten sollen.

»Ich will alles über eine Reisegruppe wissen, die der Mann zusammenstellt. Er wird Unterlagen dazu haben. Garantiert. Er ist ein wichtiges Bindeglied in der Veteranenszene der SS und er will das Land verlassen. Wir müssen das überwachen. Finde es heraus. Und wenn du etwas hast, gibt es mehr Medizin für das kleine Resli draußen am Tegernsee.« Er lächelte sarkastisch.

9

Sie war zwanzig Jahre jünger, doch ganze Welten trennten sie. Salomea und Regina tranken zusammen Kaffee, warteten auf Marcus, Freund der einen, Neffe der anderen, und belauerten sich gegenseitig.

Regina spreizte den kleinen Finger ab, während sie die Tasse zum Mund führte.

Man reicht die Hand, man zerquetscht sie nicht, dachte Regina Schiff, geborene Feinstein, als sie sich an die Begrüßung wenige Minuten zuvor erinnerte. Sie konnte mit dieser jungen Frau nichts anfangen. Salomea, die Freundin ihres Neffen, war keine gute Wahl. Eine Tochter aus einem zweifelhaften Akademikerhaushalt in Wien. Was konnte das schon sein?

Am Nachmittag hatte sich Regina vom Bayerischen Hof, dem in Mitleidenschaft gezogenen, aber halbwegs ordentlichen Hotel in der Innenstadt, in den Osten der Stadt nach Bogenhausen bringen lassen. Ein Taxi nehmen, mochte es noch so ramponiert sein, das konnten sich nur Ausländer, wie sie es war, leisten. Die Deutschen fuhren mit dem Rad. Das tat ihnen gut. Regina war davon überzeugt, dass diese Nation durch eine Katharsis gehen, das Böse quasi wegschwitzen musste, um in den Kreis der zivilisierten Welt zurückkehren zu können.

Das hatte sie beim Frühstück mit Lennie erklärt, der das mit einem bitteren Lachen kommentiert und sonst zu den Einlassungen geschwiegen hatte. Für ihn war es der erste Besuch in Europa und er war offensichtlich froh, mit jemandem wie Regina Schiff zu reisen, die bis 1915 hier gelebt hatte.

»Ich habe als Backfisch dem bayerischen Kronprinzen zugewunken, ein fürchterlicher alter Herr mit Rauschebart und Glitzeruniform. Eine andere Zeit, eng und düster, sage ich dir.«

Leonard Rubin war ihre Entdeckung, da konnte sich dieser aufgeblasene Russe Kussewizki, Lennies anderer Gönner und väterlicher Freund, gerieren, wie er wollte. Regina hatte ein Händchen für Talente. Ihr Neffe zum Beispiel. Der war, das hatte sie Lennie beim Frühstück berichtet, solch ein nicht erkanntes Talent. Der Komponist hatte diese Story auf der Überfahrt mehrfach hören müssen und sich höflich auf sein Zimmer verabschiedet. Dann musste es eben Salomea sein, diese Zimmerkröte, die niemals das Haus verließ. Himmel, jeder hat Krisen im Leben, dachte sie, als ihr die junge Frau von Paris und ihrem Leben dort erzählte.

»Das Gras ist immer grüner auf meiner Seite«, hatte Regina ihr Lebensmotto der Freundin von Marcus beim Kaffee mitgeteilt, den sie natürlich hatte mitbringen müssen.

Generell gab Regina gern Antworten auf Fragen, die niemand gestellt hatte. Jetzt saß sie in dem Haus in Bogenhausen und erzählte von ihrem Neffen so, als würde Salomea ihn nicht einmal ansatzweise kennen.

»Der Junge ist mit sage und schreibe vierzehn Jahren nach New York City gekommen und hat binnen fünf Jahren die englische Sprache perfekt beherrscht. Damit nicht genug. Statt seine Zeit an der Universität in Yale zu verplempern, wo er eigentlich den nächsten Schritt machen sollte, stieg er um und fing beim New York Crime Department an. Das sind dort nur irische Dickschädel, Juden haben da eigentlich gar keine Chance.«

Salomea musterte die Dame und unterdrückte ein Schmunzeln. Regina ist auf den ersten Blick so herzensgut wie eine Muräne, dachte Salomea. Andererseits gab es in der jüdischen Lebenswelt den Stereotyp der ›Momme‹. Eine jüdische Mutter, die alles für ihre Kinder tat, sie aber gnadenlos gängelte und kontrollierte. Regina Schiff, selbst kinderlos, hatte sich als Ersatz ihren Neffen genommen und würde ihn nicht mehr so leicht wieder hergeben, schon gar nicht an eine mittellose Dame ohne Perspektive, da war sich die junge Psychologin sicher. Bloß zum Gegner wollte man so eine Frau auch nicht haben.

Regina Schiff war fast fünfzig Jahre alt, hatte jedoch die Figur einer Zwanzigjährigen. In ihrem engen blutroten Kleid mit dem weißen Kragen und den halblangen Ärmeln wirkte sie nahezu einschüchternd auf Salomea, die einzig zwei Kleider besaß und bei Reginas mit großem Tremolo vorgetragener Klage »Mein Liebe, ich konnte lediglich drei Koffer mit auf die Passage nehmen – es ist unglaublich, Reisen in diesen Zeiten ist eine Qual« nur gespielt mitfühlend mit dem Kopf nicken konnte. Marcus' Tante nestelte an der Knopfleiste, die sich vom Kragen hinunter zu ihrem Bauchnabel zog, was ihre schmale Figur noch deutlicher betonte.

Salomea war das glatte Gegenteil. Klein, mit großen Brüsten und kräftigen Beinen ausgestattet. Die schwarzen dicken Haare trug sie lose zusammengebunden, ihre Haut wurde bei den ersten Sonnenstrahlen sofort braun, was nur jetzt nicht der Fall war, weil sie nicht das Haus verließ. Anders Regina, die nahezu porzellanfarben war und das mit modischen Accessoires betonte. Nach wie vor hatte sie ihre schwarzen Samthandschuhe nicht ausgezogen, als sei die Wohnung zu dreckig, um ihre blanke Hand dem auszusetzen. Stattdessen saß sie am Küchentisch, klimperte mit den Wimpern und fuhr fort, von Marcus zu schwärmen.

»Aber mein Marcus hat sich da durchgebissen. Marcus war der geborene Detective. Und die Frauen liebten ihn. Marcus konnte sich alle aussuchen, wenn wir im Sommer raus nach Long Island in unser Sommerhaus fuhren. Dann war ich es, die wie eine Vogelscheuche alle jungen Krähen von ihm fernhalten musste.«

Viermal hatte sie den Namen in wenigen Sekunden erwähnt. Salomea zählte heimlich mit. Jede Nennung des Namens war für sie wie das Beinheben eines Hundes. Sieh her, ich habe Marcus. Und du hast ihn noch lange nicht.

»Frau Schiff, Sie sind ja hier …«

»Darling, nenn mich doch Regina.«

Für einen Moment stockte Salomea. Das war neu. So viel Vertraulichkeit?

»Wenn du mit Marcus nach New York ziehst, hast du in mir immer eine Freundin. Da duzt man sich. Wie ist denn dein Englisch, Liebes?«

Salomea biss sich auf die Lippen. Hatte ihr Marcus etwa nicht erzählt, dass sie jeden Tag sehnlichst darauf wartete, nach Palästina auszuwandern?

»Nun ja, Frau Schi… Regina … wir hatten eigentlich vor …«

Regina schloss die Augen und wedelte mit der Hand, als wollte sie eine lästige Fliege verscheuchen. »Das ist mal wieder typisch Marcus. Er hat mit dir darüber natürlich bisher nicht geredet, weil er dich überraschen wollte. Natürlich. So ist er. Aber er hat in Manhattan bereits ein Apartment, wird nach der Entlassung vom Militärdienst dort sein Jurastudium aufnehmen und anschließend eine Kanzlei eröffnen. Du kannst ja vorerst in deinem Beruf tätig sein. New York bietet eine Heerschar an Irren, denen du zuhören kannst – für viel Geld!«, schob sie nach.

Draußen ging ein Gewitter nieder. Drinnen lag eines in der Luft.

Wo bleibt Marcus?, dachte Salomea ärgerlich. Diese Dame schien sie entweder mit neuen Fakten zu konfrontieren oder lediglich provozieren zu wollen.

Die Tropfen klatschten gegen die Fenster. Kaskaden von Wasser rauschten aus provisorischen Rinnen, platschten in Regenwänden hinunter in den Hof.

Vielleicht war es die aufkommende Wut gegenüber Marcus, der sie mit diesem New Yorker Highclassdrachen allein ließ, vielleicht auch bloß der Wunsch, es einmal einem anderen Menschen gegenüber laut auszusprechen.

»Wir wollen nach Palästina. Sobald Marcus die Papiere hat, werden wir auswandern. Wir gehen nicht nach New York!«

Schweigen erfüllte die Küche. Nur der Regen lärmte draußen.

»Sagen Sie, Salomea, warum ist hier eigentlich keine Musik? In New York haben wir immer Musik. Also, schöne Musik, nicht diesen Swing oder Jazz von den Negern.«

Regina wich aus und griff dennoch an. Die Tante wechselte bestimmt bewusst zwischen den Anredeformen und sie musste von Marcus wissen, dass die beiden Swing über alles liebten und bis zum Umfallen tanzten. Schon in New York hatte Marcus in einschlägigen Lokalen die neuesten Schritte gelernt. Langsam kam es in der Küche zu einem Stellungskrieg.

»Ich habe Marcus gebeten, auf klassische Musik in diesen Räumen zu verzichten. Es ist die Musik der Deutschen, der Nazis. Ihr Wagner, ihr Beethoven. Ihre Musik, mit der sie uns und unsere Brüder und Schwester in die Gaskammern geschickt haben.«

Regina Schiff hatte in unzähligen Salondiskussionen und Soireen New Yorks ihr Talent für derartige Konversationen gestählt. Jede peinliche Situation konnte sie mit einer Bemerkung wegwischen. Diese junge Frau war nicht satisfaktionsfähig. Was sollte sie ihr über diesen Wüstenstreifen Palästina erzählen? Nur dreckiges Wasser, Kamele und Araber, die einen ins Meer jagen wollten. Sie würde da keinen Tag bleiben. Niemals wollte Regina Schiff ein Land besuchen, das kein fließendes Wasser kannte, geschweige denn eine Dusche. Zivilisation begann mit einem Stück Seife und endete mit einem Konzert in der Met. Palästina oder Israel – das war bald ein Sammelsurium aus all jenen Juden, die sie schon in Brooklyn nicht schätzte.

Es roch immer säuerlich nach eingelegten Gurken und Schtetl. Wer wollte das?

»Was können wir tun, um dich ein wenig vor die Tür zu bringen? Morgen hat Leonard sein erstes Konzert. Er wird amerikanische Musik spielen, kein Wagner, kein Beethoven. Wir gehen ein Kleid für dich einkaufen und wir machen es uns, so gut es geht, in München schön. An dich muss ein wenig frische Luft, Kind.«

»Regina, du verstehst es nicht. Ich sitze nicht ohne Grund hier oben fest. Da unten sind Deutsche. Ihr habt sie besiegt. Aber glaubt einer von euch Amerikanern, dass ihr ihre Köpfe besiegt habt? Sie sind noch immer Nazis, noch immer davon besessen, uns auszurotten. Wir sind und werden für die immer die ›ewigen Juden‹ bleiben. Sie werden uns, wo sie können, vernichten. Jeder von ihnen trägt das in sich. Es ist wie eine nationale psychische Erkrankung. Sie können nicht anders, als uns zu hassen. Ich will sie nicht sehen und nicht mit ihnen reden. Ich kann keinen von ihnen sprechen hören, sonst wird mir schlecht!«

Fast hatte sie die letzten Worte geschrien, um nach einem kurzen Innehalten hemmungslos zu weinen. Regina sah sie kopfschüttelnd an, erhob sich, zog die Handschuhe aus und nahm sie umständlich in den Arm. Für einen Moment war sie besorgt, ob Salomeas Tränen ihr Kleid von *Bergdorf* ruinieren könnten, besann sich dann jedoch auf ihr Mutterherz. Minutenlang verharrte sie so, über Salomea gebeugt. Vom Flur, der direkt an die Küche grenzte, war lautes Rumpeln und Stöhnen zu hören. Jemand stieg die Treppe hinauf. Sofort spürte Regina, wie sich Salomea verkrampfte und versuchte, sich loszuwinden.

Ein Schlüssel wurde ins Schloss gesteckt, zweimal umgedreht. Salomea erhob sich, gefolgt von Regina.

»Hallo?«, rief eine Stimme.

Das war nicht Marcus' Stimme. Salomea riss die Tür auf. Vor ihr stand ein ihr unbekannter Mann. Ein Deutscher. Schmal, mit Brille. Nass. Und stinkend. Der seine Hand ausstreckte. Mit einer schnellen Bewegung warf sie die Tür zu und schlug sie gegen den Kopf des Mannes, der dahinter mit einem Aufschrei verschwand, bevor Regina sie sanft zur Seite zog und die Tür erneut öffnete. Der Mann kniete auf dem Boden, hielt sich mit beiden Händen die Stirn und fluchte.

»Junger Mann, wir haben sonst gern Besuch. Aber heute passt es uns gar nicht«, flötete Regina, ehe sie den Mann mit einem gekonnten Tritt gegen die Schulter die hinter ihm liegende Treppe hinunterstieß. Polternd fiel er über die Holzstufen, überschlug sich einmal und blieb stöhnend in der Hälfte der Etage liegen.

Im letzten Moment hörten sie ihn rufen: »Der Herr Wohnungsinhaber Feinstein liegt hier unten. Es wäre gut, wenn Sie ihn wenigstens hineinließen.«

Eine Stunde zuvor hatte Steinmüller um das Leben seines Vorgesetzten gekämpft.

Das Wasser der Isar war trüb, der Schnee oben im Rofan hatte für erhebliche Wassermengen im Fluss gesorgt. Doch Steinmüller tauchte immer und immer wieder, bis seine Hand etwas griff, das sich nach Stoff anfühlte. Er zog und paddelte, konnte den Oberkörper nach oben drücken und Feinsteins Kopf über Wasser ziehen, bis er den Rand der Isar erreichte. Mit letzter Kraft zog er den leblosen Mann über die Steine der Befestigung. Seine Augen waren nach hinten verdreht, Wasser quoll aus seinem Mund. Steinmüller horchte nach seinem Herzschlag und begann damit, auf dem Brustkorb zu pumpen.

»Du stirbst mir nicht weg, Jude. Du bleibst schön da«, schrie er, als er immer wieder die Hände auf Feinsteins Brust drückte. Tatsächlich dauerte es nur kurz und sein Chef unter ihm begann zu röcheln.

»Los, zurückkommen!« Steinmüller schlug ihm ins Gesicht. Einmal, zweimal.

Feinstein blickte ihn aus glasigen Augen an.

»Los, Itzig. Hiergeblieben. Aufwachen. Wir haben genug von euch …«

Jetzt verstand auch Feinstein, was Steinmüller da schrie. Er hustete und übergab sich. Vorsichtig, fast zärtlich legte Steinmüller ihn in die Seitenlage und hielt seinen Kopf, während sich Feinstein krümmte und hustete, bis er sich erschöpft auf den Rücken drehte, in den Regenhimmel schaute und zu zittern begann. Steinmüller brach neben ihm zusammen, ermahnte sich jedoch schnell, nicht zu lange zu verweilen. Selbst im späten Frühling hatte das Wasser der Isar maximal zwölf Grad. Er musste Feinstein ins Warme bringen, ehe er kollabierte. Mit Mühe konnte er ihn auf die Beine stellen und durch das Waldstück schleppen. Immer wieder musste er innehalten, weil er kaum mehr Luft in den Lungen hatte. Feinstein, wohlgenährter Amerikaner, wog mindestens neunzig Kilo, Steinmüller schaffte es trotz der Sonderrationen für die Münchner Polizei auf vielleicht fünfundsiebzig Kilo.

Als sie über einen großen Buchenstamm klettern mussten, blieb Feinstein mit seiner nassen Uniformjacke an einem Ast hängen. Steinmüller zerrte an ihm, verlor das Gleichgewicht und stürzte, nachdem er Feinstein befreit hatte, mit seinem Chef rücklings nach hinten. Sie fielen in einen kleinen Krater, der zur Hälfte mit Brackwasser gefüllt war. Kraftlos rutschten sie tiefer hinein und lagen erneut im Nassen. Ächzend und laut fluchend zog Steinmüller Feinstein, der wenig helfen konnte, an den Rand. Er sah Sternchen, rang nach Luft, da nahm er etwas hinter sich wahr.

»Wir sind nicht allein«, murmelte Feinstein.

»*Di Hoyt.*«

Eine hohe krächzende Stimme. Jemand stand auf dem Stamm. »*Ir vet lyadn.*«

Er sprang direkt neben sie. Steinmüller erkannte nur die Beine, einen Fuß, der seinen Kopf zur Seite in den Morast des Rands drückte. Er versuchte einzuatmen, bekam aber bloß Dreck und Holzstücke in den Mund und hustete. Ein Knie presste sich in seinen Rücken und vor sein rechtes Auge hielt der Mann eine Klinge!

»*Ikh shpaltn dayn guf.*«

Das war Jiddisch, schoss es Steinmüller durch den Kopf. Die Jahre an der Ostfront hatten ihn mit der Sprache vertraut gemacht.

Es war der Häuter. Er hatte sie gestellt. Feinstein war weggetreten und er nicht in der Lage, sich aus dem Griff des Mannes zu befreien. Ruckartig riss der Häuter Jacke und Hemd von Steinmüller hoch, Finger betasteten seine Seite, den Rücken, wie bei einem Vieh, einem Stück Fleisch. Er spürte die Klinge auf Höhe seiner linken Niere, ein Stich, ein stechender Schmerz.

»Katz, nein!«

Jemand schrie es, vielleicht ein paar Meter entfernt. Sofort entfernte sich die Klinge von Steinmüllers Haut. Das Knie blieb in seinem Rücken.

»Nein!« Wieder die Stimme, herrisch und fast ärgerlich.

Im nächsten Moment war das Gewicht verschwunden. Feinstein hatte sich nach oben geschoben. Beide kletterten mit letzter Kraft auf den Baumstamm vor dem Krater und sahen im strömenden Regen eine Gestalt in einem schwarzen Mantel und einem schwarzen Hut, der neben dem Jungen im Nichts verschwand. Weder Steinmüller noch Feinstein wären in der Lage gewesen, ihnen zu folgen. Stattdessen zogen sie sich, sich gegenseitig stützend, über den Waldboden. Wie ein erschöpftes Liebespaar lagen sie im Regen und hechelten nach Luft, keuchten und husteten. Es dauerte Minuten, bis einer etwas sagen konnte.

Es war Steinmüller. »Los, weg hier.«

»Das war der Häuter, Steinmüller!«

»Ja, das war er und ich habe meine Haut noch. Ist ja schon was, Feinstein.«

Für einen Wimpernschlag blickten sie sich an, am Rande des Waldes, wo es bereits nach der Kläranlage stank. Wussten, dass sie nach diesem Erlebnis etwas verband. Aber sie würden niemals darüber reden.

Sie torkelten zum Auto.

»Krankenhaus, US-Hospital? Ihre Wohnung?«, rief Steinmüller nach hinten in den Fond und Feinstein murmelte nur: »Bogenhausen, MTS, Maria-Theresia-Straße.«

»Salomea, das ist Steinmüller. Steinmüller, das ist Salomea. Die Dame mit den Handschuhen ist meine Tante Regina Schiff aus New York. Der Mann braucht Betreuung, Regina. Übernimmst du das bitte?«

Tante Regina hatte ihren Neffen gestützt und ihn mit Mühe zum Sofa ins Wohnzimmer bringen können, wo er stöhnend auf die Polster fiel.

»Marcus, ich kann keinen Deutschen in der Wohnung haben«, rief Salomea schrill.

»Es ist mir egal, ob du Deutsche in der Wohnung haben willst oder nicht. Dieser Deutsche hat mir das Leben gerettet.«

Steinmüller stand an den Türrahmen gelehnt, wollte sich gerade umdrehen und gehen, als Regina bemerkte, wie Blut von seinem Rücken auf den Boden tropfte.

»Oh, kommen Sie doch herein, Herr Steinmüller. Sie bluten ja und machen alles dreckig. Blut bekommt man nicht mehr aus dem Parkett.«

Kaum hatte Regina das gesagt, trat Steinmüller nach vorn und brach in die Knie.

Im Erzbischöflichen Palais in der Innenstadt wurde für zwei Protestanten ein Kaffee zubereitet. Für den Kardinal war die

Konfession in diesem Fall nicht entscheidend. Der gemeinsame Feind, der Bolschewismus, ließ sie zusammenkommen. Denn der Kommunismus, da waren sie sich trotz ihrer unterschiedlichen Herkunft und Überzeugung einig, war der Satan, dem es in allen Bereichen zu widerstehen galt. Das war die Theorie. Kam es zu praktischen Fragen, wollte der Würdenträger ungestört bleiben. Da war er ganz wie sein oberster Chef, der Papst.

»Ihre hochwürdigste Eminenz hat sich zurückgezogen. Man bat mich, die offenen Fragen zu klären«, eröffnete der Generalvikar die Konversation.

Er war nahezu durchsichtig, von schmaler Gestalt, die noch durch eine randlose Brille verstärkt wurde. Aber keiner der beiden Männer in den Rokokostühlen wäre auf die Idee verfallen, dass dieser Repräsentant der katholischen Kirche dumm oder naiv war. Vor ihnen saßen zweitausend Jahre Macht. Das war auch der Grund, warum sie hier waren.

»Es ist dieser Tage sehr unerfreulich für unsere Brüder und Schwestern, in dieser vom Bösen so heimgesuchten Stadt zu leben. Reicht es nicht, dass sie hungern und darben? Jetzt ist dieser Dämon aufgetaucht, bedroht und massakriert unsere Gläubigen. Wir leben in Furcht«, jammerte der Generalvikar.

Während er das mit leicht fistelnder Stimme vortrug, sah der Generalvikar an den beiden Herren vorbei auf ein überlebensgroßes schwarzes Kreuz, das an der Wand hing, flankiert von zwei großen Fenstern, die einen Ausblick auf die Promenadegasse zuließen. Er hatte den Besuch ins Sekretärszimmer des Erzbischöflichen Palais gebeten. Ihre Unterschiedlichkeit war allein dadurch deutlich geworden, dass sie verschiedene Eingänge hatten nehmen müssen. Der eine, offiziell und angemessen, durch den Vordereingang und über die große Freitreppe, der andere durch die Hintertür, in eine Kutte der Dominikaner gekleidet.

Das Gebäude hatte wenig Schaden im Krieg genommen. Das war umso erstaunlicher, als dass in der unmittelbaren Umgebung nahezu alle Häuser, wenn nicht zu Schutt, zumindest unbewohnbar gemacht worden waren.

»Vielleicht kommen wir auf die wichtigen Themen zuerst zu sprechen, Monsignore«, eröffnete der Amerikaner das Gespräch.

Der Geistliche schaute ihn sekundenlang mit kalten Augen an, ehe er nickte und nach einem Aktenordner griff, der vor ihm auf dem Holztisch lag.

»Acht Reisepässe, darunter für Ihren besonderen Mann, Riccardo Klement. Wir erwarten die Gruppe auf der italienischen Seite des Passes. Am Sonntag muss sie sich am vereinbarten Treffpunkt einfinden. Von dort wird sie nach Südtirol in einer uns wohlgesinnten Herberge untergebracht. Bis Genua werden wir uns um diese Gruppe bemühen. Nun zu Ihnen. Ihre Männer empfangen wir ebenfalls am Pass, lediglich einen Tag später. Von dort werden sie allerdings direkt nach Triest befördert. Ich muss Ihnen nicht sagen, wie elementar dem Heiligen Stuhl Diskretion und Professionalität in dieser Sache sind.«

Beide nickten.

Der Amerikaner sah zu dem Deutschen und wollte einige Dinge loswerden. »Bis zur Abreise will ich keinen Ihrer Leute auch nur in der Nähe eines Dorfes, geschweige denn einer Stadt sehen. Ich kann sonst für keine der Personen garantieren. Einmal inhaftiert, sind die Herrschaften meinem Einfluss entzogen. Bis Montag muss das über die Bühne gehen, verstehen Sie das?«

Der Deutsche nickte. »Niemand wird sich blicken lassen, niemand wird mit anderen Menschen sprechen. Alles wird problemlos über die Bühne gehen. Sie transportieren Ihre Leute, wir die unseren und alle profitieren.«

»Meine Herren, ich möchte dem Eindruck widersprechen, dass wir hier einen Kuhhandel betreiben. Die heilige Mutter Kirche ist keine Spedition. Wir fürchten uns alle vor der Bestie

Bolschewismus. Da gilt es, Kräfte zu bündeln und nicht unnötig zu vernichten. Das ist der Grund für unsere Zusammenarbeit. Mir, und da kann ich sicher auch für die ehrwürdigste Eminenz sprechen, geht es nicht um Politik. Es geht um den ewigen Kampf gegen die Dunkelheit, gegen das, was uns aus dem Osten erwartet. Das sollten wir, egal ob einst Besiegte oder Sieger, niemals vergessen«, erklärte der Geistliche.

Der Amerikaner war es nicht gewohnt, sich derart salbungsvolle Reden anzuhören, ohne eine sarkastische Bemerkung machen zu dürfen. Doch er verkniff sie sich. Noch nicht einmal eine Stunde zuvor hatte er sich mit seinem Fräulein im Lehel amüsiert. Seine Finger rochen noch nach ihr, was ihm besonders in diesem Umfeld gefiel. Jetzt musste er diesen kleinen Papisten beruhigen.

»Zu unserem schwierigen Fall. Wir haben das unter Kontrolle, Monsignore. Die Bürger Münchens können wieder beruhigt schlafen.«

Der schmale Geistliche mit dünnem Haar, den Spinnenfingern und der blassen Haut wollte es genauer wissen. »Sie sind der Bestie habhaft geworden?«

Der Deutsche nickte, wäre fast versucht gewesen, ein »so gut wie« relativierend hinzuzufügen, entschied sich jedoch dagegen. Zu viele Details konnten den Pfaffen irritieren. Ihr Maskottchen würde erneut mit ihnen ziehen. Das hatte der Mann ihm zumindest zugesagt. Der Reisepass lag vor ihm auf dem Tisch. Das war der Weg für seine Kameraden in die Freiheit. In Italien würde sich die Gruppe teilen. Der eine Teil nahm Kurs auf Südamerika, der andere würde im Nahen Osten neu anfangen. Hier waren die Fähigkeiten des Maskottchens gefragt, mehr als bei den Argentiniern, die sich nicht die Finger schmutzig machen wollten. Das Wort ›Haut‹ verursachte in Verbindung mit dem Wort ›Folter‹ eine ungeahnte Wirkung. Bei einigen Russenkommissaren reichte es, wenn das Maskottchen die Messer und die Trophäen auf den Tisch legte. Aber das waren vergangene Zeiten. Nun mussten sie zu neuen Ufern aufbrechen. Sie waren Landsknechte. Gingen dorthin, wo man sie gut behandelte und schätzte. Das war gerade in Deutschland nicht der Fall. Es würde allerdings bald wieder so sein. Und wenn sein Zigeuner nicht tat, was er wollte, war er ebenso schnell verscharrt.

Der Geistliche erhob sich, gab beiden die Hand und entschwand mit schnellen Schritten hinter einer mit einer roten Tapete bezogenen Tür.

Kurz darauf standen der Amerikaner und der Deutsche in einer Ecke des Treppenhauses im Palais zusammen. Es war nicht so, dass sie Freunde waren. Vor sechsunddreißig Monaten wären sie sich an die Gurgel gegangen. Doch auf eine merkwürdige Weise verstanden sich der Mann aus dem Süden der Vereinigten Staaten und der Mann aus dem Norden des geschlagenen Landes jenseits der militärischen Ebene.

»Sie werden vorsichtig sein müssen«, sagte der Amerikaner, »wenn Sie die Gruppe diskret von Deutschland nach Italien bringen wollen. Ich kann Ihnen da nicht helfen.«

Der Deutsche nickte. »Ich werde vor Ort sein, um dafür zu sorgen.«

»Gehen Sie mit Ihren Männern?«

Der Deutsche lächelte. »Das sind nicht meine Männer. Das sind unsere Männer. Sie werden gehen – und sie werden vielleicht bald wiederkommen. Wir werden sie brauchen, mehr als uns lieb sein wird. Sie sind der Zorn, den wir über unsere Feinde bringen werden.«

»So pathetisch? Wir haben die Bombe. Wer soll uns schon gefährlich werden? Die Russen etwa?« Der Amerikaner grinste verächtlich. »Ich habe sie in Potsdam erlebt. Es sind tatsächlich, wie Sie so passend sagten, Untermenschen!« Das letzte Wort sprach er deutsch.

»Aber sie haben uns geschlagen!«, widersprach sein Gegenüber. »Sie werden nicht haltmachen. Sie wollen unser Land. Sie wollen Europa. Das werden Sie und Ihr Oberkommando bald sehen. Werfen Sie die Atombombe und die Russen schicken wieder und wieder Menschen. Sie haben so viele, die sie einfach in die Flammen werfen. Ich habe es selbst gesehen. Sie sind mit Holzgewehren, mit Mistgabeln auf unsere Maschinengewehre getrieben worden. Der Russe kennt kein Leid. Er ist das Leid.«

Der Amerikaner nickte. »Und was machen wir mit Ihrem Maskottchen? Ich will es aus den Schlagzeilen haben.«

»Wird schon.«

»Das klingt nicht besonders sicher.«

»Wir werden ihn und den Judenlümmel mitnehmen. Seien Sie unbesorgt«, meinte der Deutsche.

»Sie bleiben also hier und helfen Ihren alten Freunden um Gehlen von der Abwehr?«

»Erst müssen die Soldaten und die Fachleute außer Landes. Ihr wollt die Führer und die Bürokraten hängen? Nur zu. Es sind austauschbare Gestalten. Doch die Experten für Zerstörung, Experimente, Überwachung und Machtsicherung, die brauchen wir in Deutschland, wenn bald die Russen kommen.«

»Wenn Sie das Maskottchen an der Leine haben, lassen wir den Juden gehen. Er will sowieso mit seinem Judenflittchen auswandern. Die wird am Montagnachmittag die Stadt verlassen und nach Marseille reisen. Wir veranlassen das.«

Der Deutsche war klug genug, um diesen Wink zu verstehen. Der Amerikaner bot ihm die Jüdin an, um sich an Feinstein zu rächen. Eigentlich war das nicht sein Ziel. Sie hatten genug getötet. Aber es klang eher wie ein Freundschaftsdienst für den Amerikaner.

»Wollen Sie einen Mord oder einen Unfall wie bei eurem General Patton?«, fragte der Deutsche.

»Das waren die Russen. Die Dame muss allerdings nicht

unbedingt Marseille erreichen. Vielleicht finden wir ja unangenehme Dinge bei ihr.«

Der Deutsche verstand. Sie gaben sich nicht die Hand. Stattdessen grüßten sie militärisch, um kurz darauf über unterschiedliche Wege hinaus in die Stadt zu gelangen.

Der Deutsche huschte in der anbrechenden Nacht Richtung Theatinerplatz, um dort von einem Wagen aufgenommen zu werden, der ihn hinaus zum Tegernsee bringen würde. Hinaus, wo die anderen warteten – und das Maskottchen.

10

Feinstein stritt sich mit Salomea in der Küche. Im Wohnzimmer saß Tante Regina mit Steinmüller am Klavier. Das Instrument hatte dem ursprünglichen Besitzer der Villa gehört und der amerikanische General hatte es zu Feinstein und Salomea ins Obergeschoss bringen lassen.

»Wir sind drei Juden und ein Deutscher. So ein Kreis hat in den vergangenen Jahren zu schnellen Kopfschüssen geführt. Du dagegen lädst den Deutschen zu uns nach Hause ein. Er kommt also nicht nur in unsere Wohnung, er sitzt nicht nur an dem Klavier mit deiner toleranten Tante, nein, der Deutsche soll auch noch zum Sabbat bleiben. Bist du völlig meschugge?«

Sie hatte die Sätze mehr gezischt als ausgerufen.

Feinstein blieb stur. Steinmüller war sein Waffenbruder. Das konnte er Salomea nicht erklären. Es war ein Gefühl aus dem Krieg. Für Salomea war Steinmüller in erster Linie Deutscher und damit ein potenzieller Killer. Für Feinstein war Steinmüller, nun ja, der Mann, der ihm das Leben gerettet hatte.

Er beobachtete Salomea, wie sie mit wenig Geschick versuchte, ein *challa*, ein Sabbatbrot, zu backen. Salomea entstammte einer ostjüdischen Familie. Ihr Großvater war vor den Pogromen in Russland Anfang des Jahrhunderts nach Wien geflohen. Ihr Vater hatte als Erster in seiner Familie ein Studium beginnen dürfen und war als Schüler von Sigmund Freud zu Anerkennung und Wohlstand gelangt. Doch die Familie blieb der Mutter wegen streng religiös, obwohl der Vater das als neurotischen Unsinn abtat. Allerdings nur, wenn die Mutter es nicht hören konnte. So war Salomea die Einzige, die sich mit jüdischen Traditionen auskannte.

Feinstein war völlig ohne Religion groß geworden, für Tante Regina war das alles »verstaubter Kram aus dem Schtetl«, wie sie ihm einmal gesagt hatte. In ihren New Yorker Kreisen wäre sie ausgelacht worden, wenn sie den Sabbat gefeiert hätten. Dort zeigte man sich aufgeklärt. Aber dennoch war Regina hier, fern ihrer Heimat, bereit, die Regeln ihrer Vorväter einzuhalten.

Und dann war da eben Harald Steinmüller. Er hatte Reginas Herz in einer Stunde erobert. Nachdem er sich gesäubert und umgezogen hatte, zeigte er, dass er auf dem Klavier so ziemlich alles spielen konnte, was die klassische Musik hergab. Sein Benehmen, seine Kultur gefielen der Dame aus New York.

»Wer hat Ihnen das Spielen beigebracht?«, fragte sie, nachdem er einige Stücke aus den Goldberg-Variationen von Bach zum Besten gegeben hatte.

Fast belustigt bemerkte Feinstein, der Tante machte es nichts aus, dass Steinmüller in einem T-Shirt ihres Neffen und einer viel zu weiten Khakihose neben ihr auf dem Klavierstuhl saß. Im Gegenteil. Sie musterte ihn augenfällig, blickte auf seine Narben, die unterhalb seines Nackens begannen und sich wohl über den Rücken zogen, und schien nahezu gerührt zu sein von diesem Eindruck. Ihr war der Hass abhandengekommen. Sei es durch Bach oder durch die Tatsache, dass dieser dünne Mann Feinstein, der so viel mehr für sie war, gerettet hatte. Sie war versucht, ihm die Hand auf die schmale Schulter zu legen.

»Meine Klavierlehrerin, Frau Friedmann. Sie war vor dem Krieg in England bei einer Adelsfamilie als Hauslehrerin angestellt gewesen. Zwischen den Kriegen hat sie sich mit Unterricht über Wasser gehalten. Bei ihr habe ich ebenfalls Englisch gelernt. Also, soweit es ging. Es ist ja eher bruchstückhaft.«

Regina lachte. »Sie hätten Marcus hören sollen. Er hatte so einen schlimmen Akzent, dass sie ihn bei der New Yorker Polizei immer ›The Kaiser‹ riefen, weil er wie Wilhelm II. einen Schnauzbart trug. Schlimm, ich habe ihm nachts mit Wachs Teile davon abgerissen, sodass er ihn am nächsten Morgen ganz rasieren musste.«

Sie lachten, bis Feinstein ins Zimmer trat und seine Tante mit einem »Regina, bitte« zur Räson brachte.

»Also, Steinmüller, es ist Freitagabend und wir … also wir

Juden feiern da …«, begann er, wurde aber von Steinmüller unterbrochen.

»Natürlich, ich hatte nicht die Absicht, Sie aufzuhalten. Es tut mir leid. Ich ziehe nur schnell meine Hose und mein Hemd an.«

Feinstein schüttelte den Kopf und schob ihn auf den Stuhl zurück. »Es wäre uns eine Freude, wenn du bleiben könntest. Salomea hat bloß eine Bedingung: Sie will lustige Geschichten hören, nichts vom Krieg. Das ist doch machbar, oder?«

Steinmüller sah ihn fragend an, ehe er nickte. Er bemerkte das vertrauliche Du Feinsteins.

»Herr Steinmüller, was wissen Sie über den Sabbat?«

»Salomea, bitte. Keine Lehrstunde. Wir wollen essen!«, warf Feinstein ein, bevor Steinmüller etwas erwidern konnte.

»Nichts«, schob er nach.

»Also, am Freitag vor der Dämmerung soll das Haus aufgeräumt sein, jeder ein Bad genommen haben, was ihr beide zweifellos ausgiebig getan habt, und Kleidung tragen, die lediglich am Sabbat getragen werden sollte. Gut. Auch das ist ja bei euch der Fall. Ich habe die Tafel gedeckt. Oben am Tischende sitzt das Familienoberhaupt. Das ist, ohne Zweifel«, sie machte eine Pause und Feinstein wie Regina verdrehten die Augen, »unser von allen anwesenden Damen herzlich geliebtes Bubele, der Marcus Feinstein.« Die letzten Worte hatte sie mit einem leichten jiddischen Akzent ausgesprochen.

Kurz darauf segnete Feinstein den grauenhaft schmeckenden Wein, ließ jeden aus dem Glas trinken und brach danach das Brot. Den Alkohol hatte er vom Militärrabbi unter der Hand bekommen. War es anfangs still und angespannt, lockerten sich ihre Zungen, als Feinstein eine neue Flasche mit einem Wein aus dem Rheingau geöffnet hatte. Im Hintergrund sang Fred Astaire *Puttin' on the Ritz*. Außer Regina wippte jeder mit dem Fuß und wackelte mit dem Kopf.

»Darf ich fragen, was Sie vor dem Krieg gemacht haben, Salomea?«, fragte Steinmüller.

»Ich habe in Wien und Paris Psychologie studiert und konnte, bevor ihr einmarschiert seid, das Studium beenden.«

»Ja, sie haben uns all unsere Träume genommen«, murmelte Steinmüller.

»Was haben Sie gemacht? Wollten Sie immer Polizist werden?«

Salomea blickte Steinmüller nicht nur an, sie studierte ihn. Als Psychologin wusste sie, dass man das Böse nicht sehen konnte. Jedes Milchgesicht hatte im Krieg unter Umständen Grauenhaftes an ihrem Volk vollzogen – oder hatte selbst Grauenhaftes erlebt. Doch dieser schmale Mann mit seinen langen Fingern, seinen vorsichtigen Bewegungen und den sparsamen Gesten war ihr durchaus sympathisch.

»Nein, das wollte ich nie werden. Mein Vater war Polizist. Er war Polizist – und Nazi.«

Steinmüller, das merkte Salomea, musste das sagen. Leise, aber bestimmt. Er konnte, so glaubte sie, nicht mit ihnen zusammensitzen, mit ihnen Sabbat feiern und ihnen das verschweigen.

»Nun, er war sicher ein Mann, der sich nach Stärke sehnte«, warf Regina ein, um die eingetretene Stille zu beenden.

»Das klingt gut, ist allerdings eine Ausrede, die wir alle gerade lernen in Deutschland«, antwortete Steinmüller.

»Und Sie? Wonach haben Sie sich gesehnt?«, fragte Salomea.

»Ich liebe die Musik und wollte an einem Konservatorium studieren.«

Regina wurde hellhörig. »Ich bin überzeugt, dass jeder gute Deutsche mindestens ein Instrument beherrscht. Wer Musik wirklich liebt und versteht, kann kein schlimmer Mensch sein«, dozierte sie und missbilligte mit einem bösen Blick das Augenverdrehen ihres Neffen.

Steinmüller erhob sich. »Ich glaube, ich werde aufbrechen.

Mein Rad steht noch im Präsidium. Fräulein Salomea, Frau Schiff, ich bedanke mich für Ihre Gastfreundschaft.« Er machte eine kleine Verbeugung, reichte der Älteren die Hand, die die Geste huldvoll annahm, und wollte sich Salomea zuwenden, wurde jedoch von Marcus unterbrochen.

»Du willst aufbrechen, Steinmüller? Da draußen regnet es Katzen und Hunde. Du gehst jetzt schön mit mir in den Salon, trinkst mit mir einen Scotch und besprichst das weitere Vorgehen. Ich will wissen, wer dieser Mann im Mantel war. Die Damen können derweil über gute und böse Deutsche debattieren oder die Küche aufräumen.«

Steinmüller reagierte nicht sofort und sah zu den beiden, bevor er antwortete. »Eine Frage, Frau …«

»Salomea, nennen Sie mich bitte Salomea!«

Marcus hielt die Luft an. Das hatte er offenbar nicht erwartet.

Steinmüller verbeugte sich erneut. »Harald.«

»Himmel, sind wir in der Tanzstunde, Steinmüller? Komm zum Punkt.«

»Ihre Verlobte ist Psychologin. Wir haben es mit einem Triebtäter zu tun. Das Häuten von Menschen ist keine klassische Beziehungstat aus Habgier oder Vertuschung. Vielleicht könnte uns Salomea bei unserer Einschätzung zum Täter helfen.«

»Oh, das würde mich sehr interessieren, ich habe Marcus schon danach gefragt, aber er ist ja ein …«

Ehe sie mehr sagen konnte, ging Marcus dazwischen. »Auf keinen Fall. Das kommt nicht infrage. Wir trennen hier Privates und Berufliches. Meine Freundin, also, meine Verlobte ist dafür nicht geeignet.«

Marcus wusste, dass das letzte Wort ihm das Genick brechen würde. Es war ihm rausgerutscht, doch an ihrem Gesichtsausdruck musste er bereits erahnen, dass es eine ton- und körperlose Nacht werden würde, sollte er nicht den autoritären Kurs verlassen. Gleichzeitig bemerkte Salomea Reginas erstaunten Ausdruck, denn ihr hatte er nichts von einer Verlobung gesagt. Wie auch? Es gab ja keine. Aber dieser Steinmüller hatte mit seiner Tanzstundenvornehmheit das Wort ins Spiel gebracht und er wollte offenbar nicht vor Salomea widersprechen. Überraschungsangriff!

»Okay, Salomea und ich sind also, wir sind nicht offiziell verlobt. Vielleicht ist das mit der Psychologie keine so schlechte Idee. Salomea wird jedoch zuhören und nur bei den relevanten Dingen auf unsere Fragen antworten.«

Vier Männer saßen beieinander. Sie hatten ihre Kinder und ihre Frauen verlassen. Sie hatten sich von ihren Eltern, so diese noch lebten, mit einer langen Umarmung verabschiedet und sie ahnten, dass sie ihre Söhne so bald nicht mehr wiedersehen würden. Die Männer waren allesamt Mörder.

Die Berghütte lag südlich des Tegernsees. Sie hatte illustre Gäste gesehen. Ernst Röhm und Hermann Göring hatten sich hier zur Nacht gebettet, nachdem man ihnen die Gamsen quasi vor den Lauf gescheucht hatte. Davor waren Mitglieder des Bayerischen Hofs zu Besuch gewesen. Die Amerikaner, die unten im Tal diverse Häuser und Kurheime besetzt hatten und ihre Soldaten zur Erholung herschickten, kannten nicht alle Hütten der Umgebung. Außerdem waren sie nicht an der Jagd interessiert und ließen sich hier oben nie blicken. Und hätte ein einsamer Wanderer tatsächlich einmal die Idee gehabt, seine Nase zum Fenster hineinzustecken, wäre ihm von den vier Bewohnern, die seit Monaten dort hausten, recht schnell und robust klargemacht worden, dass man weitergehen und vor allem schweigen solle. Oder sie hätten ihm eine Kugel in den Kopf geschossen.

Die Männer hatten zum Teil abenteuerliche Fluchten aus Kriegsgefangenlagern und Gefängnissen der Siegermächte hinter sich. Noch legten die Amerikaner und die Briten Stricke um die

Hälse der Kameraden, noch fielen in Landsberg und anderswo einst ehrenvolle, tapfere Offiziere zwei Meter tief in die Grube und wurden danach verbrannt, die Asche verstreut. Niemand wusste, wie lange das so gehen würde. Das Vaterland hatte andere Probleme, als sich um die geschlagenen Söhne zu kümmern. Einst bejubelt, jetzt schamvoll versteckt, mussten sich die vier nun wie Ratten durch die unsichtbare Kanalisation bewegen, flüchten, eine neue Heimat finden. Sie empfanden Wut über die Niederlage und die Demütigung, von Schuld keine Spur.

Ihr Helfer war Otto, Otto Wanger. SS-Oberst, ihr Held. Er hatte seinen Haufen durch die schlimmste Hölle geführt, war ebenfalls aus einem französischen Kriegsgefangenenlager geflohen und hielt nun wieder seine schützende Hand über seine letzten Leute und andere, die den Tod durch die Besatzer fürchten mussten.

Er trug einen langen Lodenmantel wie die Jäger im Herbst, doch als er eintrat, sich alle erhoben und militärisch grüßten, zog er ihn so schnell wie möglich aus. Er schwitzte. Die Hitze des Tages machte ihm zu schaffen. Ein kurzes Nicken. Die Männer setzten sich. Der Oberst oder ›der Alte‹, wie seine Männer ihn nur ehrfurchtsvoll nannten, hatte erneut für sie gesorgt. Glaubten sie.

Sein warmer fränkischer Dialekt beruhigte sie. Die Wochen auf den Almen des Bayerischen Oberlands in Angst vor der Entdeckung, vor Prozessen und letztlich dem Strick oder der Kugel hatten an ihren Nerven gezehrt. Der Krieg hatte sie verwundet, in allen Körpern steckte Metall von Granaten und Patronen, aber auch der Hass auf alles, was ihnen beigebracht worden war. Unwertes Leben, Bolschewisten und vor allem Juden. Sie waren einst die Außenseiter gewesen, dann hatte sie der Führer geholt und rehabilitiert. In diesem neuen Land wären sie nutzlos gewesen. Also ging es in den nächsten Krieg. Wieder Juden, wieder Dörfer und Landstriche verheeren. Das war das, was sie beherrschten.

»Männer, wir haben die Route. Wir haben allerdings keinen Schutz«, erklärte Wanger nüchtern. »Auf deutschem Gebiet seid ihr auf euch selbst gestellt. Es geht in der Nacht von Montag auf Dienstag los. Bis dahin werden die Amis ihre Patrouille hier oben nicht einsetzen. Am Dienstag, so sagen meine Kontaktleute, werden sie jedoch in den Hütten nach euch und anderen suchen. Es gab Hinweise von einstigen Volksgenossen, die sich beim Feind einen schlanken Fuß machen wollen.« Er blickte jeden der vier an. »Ihr werdet zwischen Sonntag und Montag aufbrechen. Ich werde euch kurz vorher euren Reiseproviant, also das nötige Kleingeld bringen.«

Ihre Gesichter verrieten Zweifel.

»Warum nicht jetzt?«, fragte ein dünner Mann mit randloser Brille. Er war der Arzt.

»Weil ich kein Risiko eingehen will. Das Netzwerk ist längst nicht so potent. Wenn ihr vorher auffliegt, haben wir wenigstens die Ausgaben gespart.«

Die Härte dieser Worte schockierte einige, schließlich hatten sie eingezahlt. Doch Wanger hatte sich nie mit Sentimentalitäten aufgehalten. Er sagte, was war und sein würde. Das verstanden sie.

»Als normale Kaufleute werdet ihr bis Genua gebracht werden und von dort nach Syrien reisen. Hier sind die Pässe. In jedem Pass stecken drei eng beschriebene Seiten Papier. Darin steht alles über das Leben, das ihr bislang unter diesem Namen geführt habt. Ihr seid nun andere. Lernt das schnell auswendig. Es wird eure Lebensversicherung sein. Sprecht euch niemals mehr bis Syrien mit euren richtigen Namen an. Ihr seid von heute an diese Menschen!« Er deutete mit seinem knochigen Mittelfinger auf die Pässe.

Einer der Männer wollte zugreifen, unterließ es jedoch, als Wanger die Hand hob.

»Die Amerikaner wissen offiziell nichts von euch. Das bedeutet, komplettes Abtauchen ist notwendig. Keine Orden, keine Fotos, keine Andenken an die Familie. Ihr lasst alles bei mir. Ich werde es sicher in einem Schließfach in der Schweiz deponieren. Wenn ihr Fuß gefasst habt, Gras über die Sache gewachsen ist, könnt ihr es in Zürich abholen. Wir werden derweil mit einer bislang geheimen Gruppe eure Angehörigen betreuen. Keiner wird Not leiden. Dafür sorgen wir.«

Kurzes Schweigen, dann folgte ein lautes Klopfen der Fäuste auf dem groben Holztisch. Wanger verteilte die Ausweise, sprach die Männer gleich mit den neuen Namen an und nickte ihnen aufmerksam zu.

»Wie hoch sind die Verluste?«, fragte einer der Männer leise.

Wanger sah ihn eindringlich an. »Sareiter, sein Vater, Sollbacher, Recker und seine Freundin Gundi.«

Der Mann pfiff durch die Zähne.

»Recker und Gundi waren nicht hilfreich. Aber das waren nicht wir.«

»Und die anderen?«

Wanger atmete durch. »Es hatte seine Gründe. Ihr wisst das!«

»Es waren einmal unsere Kameraden«, widersprach einer, der Wanger dabei nicht anschaute.

»Zwei wollten einen eigenen Weg mit unseren einstigen Feinden finden. Das hätte uns in Gefahr gebracht«, erklärte Wanger ruhig.

»Jetzt suchen uns die Amis und die Münchner Polizei.«

Wanger war so viel Widerspruch nicht gewohnt. »Auch dafür haben wir gesorgt. Es wird sich jemand finden, der für alles verantwortlich ist.«

»Dieser Steinmüller, den hatten wir doch unter Kontrolle. Und was ist mit diesem Juden, diesem Feinstein?«

Wanger wurde ungnädig. »Die werden bald ihre ganz persönliche Hölle erleben, so wie jeder, der sich uns in den Weg stellt.«

Die vier blickten sich vielsagend an.

»Wo ist der Katzelmacher?«

Wanger schmunzelte. »Er lebt.«

»Natürlich, das ist ja das Problem«, spottete einer der anderen.

»Nein, das ist kein Problem. Das ist eine Lösung für euch«, widersprach Wanger. Er ließ den Satz stehen. Niemand widersprach. Alle warteten auf eine Erklärung.

Die Dämmerung hatte eingesetzt. Zwei von ihnen waren Jäger, zumindest Wilderer gewesen, kannten sich in den Bergen und den Wäldern gut aus und wussten, dass es Büchsenlicht war, das in die Hütte hineinschimmerte und den Staub in der Luft sichtbar werden ließ. Den Schatten, der am Fenster hinter Wanger vorbeigezogen war, den bemerkten sie jedoch alle. Zwei griffen nach ihren MP 40, einer nach seiner Pistole.

Allein Wanger bewegte sich nicht. »Ich habe euch jemanden mitgebracht. Einen alten Freund!« Er pfiff und mit einem Ruck öffnete sich die Holztür.

Der Mann füllte fast komplett den Rahmen aus, sodass nur wenige Lichtstrahlen, einer Korona gleich, in den Innenraum fielen und die Männer blendete. Sie kannten ihn, sie wussten, was und wie er es getan hatte.

Es war der Katzelmacher, der Südländer. Ihr Maskottchen.

Wanger war einen Schritt auf seine Männer am Tisch zugegangen und legte die Hand mit den drei Fingern auf den Lauf der Maschinenpistole. »Er tut euch nichts. Im Gegenteil. Er ist eure Lebensversicherung. Unsere Syrer wollten genau ihn.«

Es folgte wildes Geschrei. Der Mann im Ledermantel hatte vier ihrer Freunde und Kameraden gehäutet, hatte alle in Angst und Schrecken versetzt.

»Eine Kugel ist für den Katzelmacher noch zu gut.«

Wanger hörte es sich geduldig an, bis er mit seinen verbliebenen Fingern im Mund einen Pfiff ausstieß und die Männer zum Schweigen brachte. »Das ist unser Katzelmacher. Ihr habt gesehen, was er kann. Er wird euch nach Syrien begleiten.

Sie haben genug Kämpfer wie euch. Doch sie haben keinen Katzelmacher. In wenigen Tagen wird es einen jüdischen Staat da unten geben. Sie wollen das um jeden Preis verhindern. Männer, das ist unsere Chance, die Geschichte ein wenig zurechtzurücken. Komm, Katzelmacher, komm herein. Das ist noch immer deine Familie.«

Der Mann trat ein, blieb vor den Männern stehen, zog langsam ein langes, glänzendes Messer aus dem Gürtel und legte es vor sich auf den Tisch. »Der Katzelmacher gehört zu euch.«

11

»Fünf tote Menschen, drei gehäutet, zwei in Stücke gerissen durch eine Mine oder Granate. Ist hier ein Lustmörder am Werk? Was sagst du als Psychologin dazu?«

Feinstein hatte seine Tante von seinem Fahrer ins Hotel bringen lassen und dann in der Küche den guten Kaffee herausgeholt, während Salomea und Steinmüller im Wohnzimmer saßen. Nach wie vor war er überzeugt, dass Salomea mit solchen Details einer Mordserie überfordert wäre. Aber dieser Steinmüller kannte da anscheinend keine Grenzen. Klar, er hatte keine Frau. Warum nur? Das musste er in Erfahrung bringen. Dieser Kauz hockte immerhin in seiner Wohnung, aß und trank jetzt um Mitternacht munter und mit viel Vergnügen Feinsteins Wurst-, Wein- und Brotreserven und plapperte mit Feinsteins Freundin.

Er kehrte mit der Kanne Kaffee zurück. »Steinmüller, Kaffee?«

»Gern, Feinstein.« Fast abwesend hielt Steinmüller seine Tasse hoch und hörte Salomea gebannt zu.

»Es gab schon immer solche Fälle. Mal schnitten Männer Brüste ab, mal sammelten sie Geschlechtsteile von Männern. Das Abschneiden ist wie eine Neuordnung des Körpers. Da modelliert jemand neu, wie ein Künstler, ein Bildhauer zum Beispiel. Nur dass es eben nicht ein Stein ist, sondern ein Mann. Klar ist, dass es sich um einen Mann als Täter handelt.«

Steinmüller nickte und sortierte weiter die Akten, die er aus dem Auto geholt hatte. Er hatte sie klugerweise mit zum Tatort nach Fröttmaning genommen. Jetzt waren sie Gold wert, fand Feinstein.

Er sah mit großen Augen auf seine Freundin. Wie eiskalt sie dozierte, erschreckte ihn. Er wollte widersprechen, aber es klang alles schlüssig.

»Warum macht dich das so sicher? Weil Frauen nicht so pervers sind?« Feinstein wollte wenigstens etwas Kluges beisteuern. Bislang redete Salomea und Steinmüller stellte schlaue Fragen.

»Leg dich auf den Boden, Marcus.«

»Wie bitte?«

»Das ist nicht so schwer.«

Widerwillig stellte Feinstein die Kaffeekanne auf den Tisch und legte sich auf den Boden, wo er sofort eine bleierne Müdigkeit verspürte. Es war spät, er wäre heute fast ertrunken. Doch das schien niemanden zu interessieren.

Salomea erhob sich, schob sich an Steinmüller vorbei, der natürlich ebenfalls aufgestanden war, und nahm das Wurstmesser vom Tisch.

»Vor mir liegt ein Mann mit etwa fünfundachtzig Kilo, mehr oder weniger. Ich wiege zweiundfünfzig Kilo. Das erste Opfer hatte laut Rechtsmedizin das gleiche Gewicht wie Marcus.« Sie beugte sich über Feinstein, legte die Klinge auf sein Schlüsselbein. »Ich schneide, so wie ich es in Wien in meiner Anatomievorlesung gelernt habe, am Hals vertikal über den Bauch und löse die Haut vorsichtig vom Untergewebe ab. Der Schnitt geht bis zum Schambein. Hier sauber die Haut vom darunterliegenden Gewebe zu trennen, ist eine immense Feinarbeit. Das macht man nicht so nebenbei.«

»Könntest du die Klinge etwas weiter von mir halten?«

»Stell dich bitte nicht so an, Marcus. Das ist für die Wissenschaft.«

Steinmüller konnte sich ein Lachen nicht verkneifen.

»Nun wird es kompliziert. Der Täter muss entweder das Opfer auf den Rücken drehen, um die Oberkörperhaut abzutrennen und sie als halbwegs ganze Hülle zu erhalten, oder er schneidet in einer Ypsilonform über die Beine. Allein das dauert, selbst wenn man versiert ist, Stunden. Als Frau wird mir das Umbetten des Körpers kaum gelingen. Ich bin nicht kräftig genug und tippe also auf einen Mann. Nun zu Ihrer Frage, Harald.«

Sie ließ Feinstein liegen und erhob sich. Noch immer schwankte sie bei Steinmüller in der Anrede. Mal duzte sie ihn, mal siezte sie ihn. Ihm schien es egal zu sein.

»Es gibt meiner Meinung nach zwei Varianten: Entweder ist es ein, wie du sagst, Lustmord, also ein Töten aufgrund einer Veranlagung wie Sadismus, oder es ist eine kaltblütige Beziehungstat.« Salomeas Wangen glühten.

Zum ersten Mal in ihrem Leben wandte sie das an, was sie seit ihrem sechzehnten Lebensjahr über das Wesen der Menschen, ihre Seele, gelernt hatte. Es war, als öffnete sich für sie eine Tür, ein Licht kam herein. Sie ging voran, setzte die Puzzleteile ihres Wissens zusammen und alles hatte wieder einen Wert, alles, was sie oben auf dem Dachboden in Paris studiert hatte, konnte jetzt im richtigen Leben angewandt werden.

Sie griff nach der Flasche Wein, doch Steinmüller kam ihr zuvor und goss ihr das Glas halb voll mit Riesling.

»Vielleicht lieber Kaffee, Darling?«, fragte Marcus, der sich erhoben und sich zu ihr aufs Sofa gesetzt hatte.

Sie ignorierte ihn und begann mit den Erklärungen, die Steinmüller, der sich den Kaffee selbst eingießen musste, mit einem Lächeln aufnahm.

»Die Lustvariante: Du tötest einen Menschen, professionell und gnadenlos. Das deutet darauf hin, dass der Täter das Töten im Krieg kennengelernt und sich daran gewöhnt hat. Vielleicht hat er es dort auch angewandt. Also die Art des Tötens. Drei Jahre danach will er es noch einmal tun. Es hat ihm gefallen. Die Zeiten haben sich allerdings geändert. Er kann nicht einfach so töten. Es wird jetzt bestraft. Was macht er? Er will sein Werk zeigen. Möglichst vielen. Er will also Aufsehen erregen. Warum? Ist also weniger das Töten der Spaß als vielmehr das Gesehenwerden? Will unser Täter wahrgenommen werden? Dann ist es eine Form der Nachricht. Seht her. Hier bin ich.«

»Meine Güte … fürchterlich.« Marcus stöhnte.

Steinmüller konnte seine Begeisterung für das analytische

Urteil kaum verbergen. »Sie deklinieren eine Tat wie eine Bach-Fuge durch. Es ist wie Mathematik, gefällt mir.«

»Doch das passt eben nicht mit dem Explosionspaar um die Ecke zusammen«, fuhr Marcus dazwischen.

»Richtig. Ein Meister zerstört nicht, er erschafft.«

»Also, Moment mal, Salomea, das ist kein Künstler, das ist eine Bestie.«

Sowohl Steinmüller als auch Salomea schauten Marcus wie einen begriffsstutzigen Schüler an.

»Das ist irrelevant. Trenn dich von dem Gedanken, dass es eine Bestie ist«, erklärte Salomea so geduldig wie möglich. »Es behindert dich. Versuche, ihn zu verstehen. Dann kommst du auf seine Spur. Du musst ihn nicht mögen, lediglich seine Taten nachvollziehen können.«

Marcus schwieg.

»So, zurück zum Hauptstrang. Das Paar passt nicht ins Muster, Willibald, euer Archivar, dagegen schon, zumindest dem ersten Anschein nach. Ihr habt jedoch gesagt, die Abtrennung im Brustkorbbereich wirkte nicht so professionell wie bei den anderen Toten.«

Steinmüller nickte. »Zwei Leichen sind identisch getötet worden. Bei Sollbacher und Sareiter konnte laut Obduktion ein äußerst professionell ausgeführter Kehlschnitt ausgemacht werden.«

»Ach?«, wunderte sich Salomea.

Steinmüller wühlte in der Akte. »Hier, ich zitiere: *Der Schnitt hat alle Weichteile des Halses bis zur Wirbelsäule, inklusive Trachea, Ösophagus, beider Vagalnerven, beider Karotisarterien und beider Jugularvenen, durchtrennt. Dadurch wurde die Hauptblutzufuhr zum Kopf unterbrochen. Nicht durchtrennt wurden die Wirbelsäule, das Rückenmark und die inneren Gefäße des Wirbelkanals. Die Wunde klaffte auf und der Blutstrom floss ungestört heraus.*«

»Auwei, das ist nicht schön«, murmelte Marcus.

»Aber schnell«, ergänzte Salomea und rief bei ihm einen scheelen Blick hervor.

»Gut, das war beim Archivar auch der Fall. Doch der hat nur sehr wenige Hautverluste erfahren. Wurde der Täter gestört? Oder hat der Häuter mit dem Mord an dem Pärchen und dem Archivar nichts zu tun?«

»Dann hätten wir zwei Täter, Steinmüller.« Marcus stieß hörbar Luft durch die Nase.

»Es gibt noch etwas«, fuhr Salomea fort. »Da ist der Junge. Ihr habt von dem Jungen im Fröttmaninger Wald erzählt. Er weiß von den Taten. Ein Lustmörder, soweit es mir bekannt ist, agiert allein. Ein Kind, in seiner ganzen Schutzbedürftigkeit, würde ihn bloß ablenken.«

Steinmüller und Marcus schauten sich schweigend an.

»Der Fall nimmt monströse Züge an«, brach Marcus die Stille. »In einem zivilisierten Land wäre das schon eine irre Geschichte, deren Aufklärung eine ziemlich aufwendige Polizeiarbeit erfordert hätte. Hier im kriegsversehrten München ist das kaum zu schaffen. Wir haben einen Berg an Arbeit vor uns. Ich muss erneut um Hilfe bei den Streitkräften bitten.«

»Wir haben noch eine andere Variante«, sprach Salomea ungerührt weiter. Sie bemerkte, dass die beiden Männer völlig übermüdet waren. Aber das, das war ihre Chance, aus ihrem selbst gewählten Käfig zu steigen. Sie spürte es. »Nehmen wir an, dass diese Morde allesamt nichts mit Perversion und Krankheit zu tun haben, sondern dass sie reine Beziehungstaten sind. Harald hat die Verbindungen zwischen den Männern und der Frau hergestellt, sie kannten sich. Euer Archivar ist der Vater eines der Opfer. Er scheint etwas gewusst zu haben, sonst hätte er nicht Material beiseitegeschafft. Und damit das alles schön vertuscht wird, kommen diese enthäuteten Menschen ins Spiel. So laufen alle in Richtung perverse Rache.«

Steinmüller musste gähnen, hielt sich die Hand vor den Mund und nickte. »So schlägt man zwei Fliegen mit einer

Klappe: Es können nur Juden oder andere Überlebende sein und die sind außerdem pervers. Man verbreitet Schrecken und rechtfertigt unter Umständen Angriffe auf die jüdischen Überlebenden in München.«

Marcus sah Steinmüller aus geröteten müden Augen an. »Meine Güte, das ist sehr um die Ecke gedacht. Es ist zwei Uhr morgens. Ich bin völlig erschöpft. Können wir eine kurze Pause machen und uns überlegen, in welche Richtung wir in den nächsten Tagen ermitteln? Ich möchte nämlich bei einem weiteren Mord nicht mit heruntergezogener Hose beim Gouverneur stehen und sagen müssen, dass ich nichts weiß.«

»Es wird keinen Mord mehr geben«, wandte Salomea ein. »Davon bin ich überzeugt. Er hätte euch töten können. Das hat er nicht. Das war eine Nachricht. Hört auf, mir hinterherzujagen. Ich bin fertig.«

»Gut, wir wissen, dass der mögliche Täter Jiddisch sprechen kann, dass er sich mit einem Jungen herumtreibt und einen schwarzen Ledermantel und einen außergewöhnlichen Hut trägt. Das ist schon einmal eine brauchbare Beschreibung«, fasste Marcus ungeduldig zusammen. Er wollte offenbar dringend ins Bett.

»Und wir wissen, dass da ein weiterer Mann war, den wir nicht erkannt haben«, stimmte Steinmüller zu.

»Ja, da war quasi die ganze Münchner Mörderbande und wir haben im Schlamm gelegen. Müde bin ich dennoch.«

Steinmüller verstand und erhob sich.

Salomea wollte etwas entgegnen, doch Marcus nickte. »Nimm den Wagen, schlaf dich aus. Morgen ist Samstag. Wollen wir den Fall wenigstens für zwei Tage vergessen?«

Steinmüller schmunzelte. »Machen Sie das. Ich fahre ins Präsidium, werde dort schlafen und morgen weitermachen. Ich halte Sie auf dem Laufenden.«

Er reichte Salomea die Hand, die das ebenfalls mit einem Lächeln tat und aufstand, um ihn zu verabschieden. Sie stand an der Tür, während er sich seine mittlerweile trockene Jacke überzog.

»Weißt du, Harald, es ist nicht lange her, dass ihr Deutschen uns auslöschen wolltet. Ich habe nach wie vor Angst, diese Treppen hinunterzugehen. Aber unser Abend, der war, der war so …«

Er nickte. »Der war anders und schön. Ich wünsche euch beiden einen guten Schlaf.«

Unten stand Steinmüller noch eine Weile neben dem Dienstwagen, einem BMW 326 in Weinrot, schaute hinauf zu den Fenstern des ersten Stocks und schüttelte unmerklich den Kopf. »Die wollten wir umbringen. Wahnsinn. Die wenigen Menschen, die ich mag in dieser Stadt.«

Der Regen hatte klare Frühlingsluft in die Stadt gebracht und vom Westen blies ein warmer Wind durch die Wipfel der Maximiliansanlagen und schenkte ihm den süßen Duft der Linden. Er schloss die Augen und sog die Luft tief in seine Lungen, rollte das Deck des Cabriolets nach hinten, zündete sich eine Zigarette an und startete den Wagen.

Aus dem Fenster des kleinen Turms der Villa sah Feinstein mit einem Lächeln hinunter, als er den weinroten Wagen über das Katzenkopfpflaster Richtung Friedensengel lenkte. Er war der einzige Fahrer auf der Prinzregentenstraße und das änderte sich erst, nachdem er auf der Brienner Straße zum Lenbachplatz gefahren war. Für einen Moment hatte Steinmüller das vage Gefühl, dass aus dieser Stadt erneut eine neue Zivilisation entstehen könnte, eine, die nicht mehr obrigkeitshörig und böse war, sondern demokratisch und humanistisch. Eine, die gut war.

Mit diesem Gefühl stoppte er an der Löwengrube, kratzte sich das stoppelige Kinn und merkte, dass die Müdigkeit, die während der Fahrt fast verschwunden war, jetzt mit Macht über ihn kam. Er schloss ab, rollte das Verdeck zurück und schrak zusammen. In einer Ecke trat eine dürre, verwahrloste Person in das gelbe Licht einer der wenigen Laternen.

»Kennst mich noch, Harry?«

Steinmüllers Angst kroch in Sekundenschnelle vom letzten Wirbel den Rücken hinauf in den Nacken, wo sich jeder Muskel versteifte.

Das war seine Nemesis vor ihm.

»Ich bin's, der Kurt.«

Bevor Steinmüller etwas erwiderte, schaute er sich unauffällig nach links und rechts um. Knapp fünfzig Meter von ihnen entfernt standen zwei Männer und unterhielten sich, lachten, blickten jedoch nicht zu ihnen herüber.

»Der Kurt, weißt. Der Geiger. Wir haben in Posen zusammen Musik gemacht.«

»Ja, weiß schon«, antwortete Steinmüller krächzend und räusperte sich.

»Alle waren sie da. Die Großkopferten. Und wir haben den Mozart gespielt.«

In Steinmüllers Gesicht schoss das Blut, es pochte in seinen Schläfen, der Kopf schien zerspringen zu wollen. Zum ersten Mal hatte er wieder den Wunsch, eine Waffe zu haben und seinem Gegenüber eine Kugel in das magere Gesicht zu schießen.

Ein weiteres Mal sah er zu den Männern in der Ferne, um Kurt nicht anschauen zu müssen. Es war nur eine kurze Irritation. Doch einen der Männer glaubte er zu kennen.

»Sogar der Himmler hat dir gratuliert, Harald, weißt du das noch?«

Abraham Grünstein hatte das Konzentrationslager überlebt, aber nicht überstanden. Er war eine kleine schwindsüchtige Gestalt, die als Erinnerung an die Jahre des Wahnsinns nach wie vor die Tuberkulose in sich trug.

Er wurde von den reichen Schiebern und Währungshändlern geduldet, man schusterte ihm kleine Botengänge zu, steckte ihm hier und da einmal einen Dollar zu und ließ ihn zusehen, wie die täglich sich ändernden Kurse der europäischen Währungen im Haus in der Möhlstraße bewertet wurden. Sie ließen ihn im Astoria an einem kleinen Tisch sitzen und mit einem Auge auf mögliche Razzien der Münchner Polizei und der US-Militärpolizei schauen. Niemand wusste, was Abraham in seinem Leben vor dem Holocaust getan hatte, woher er tatsächlich kam. Er sprach Jiddisch und konnte auch gut den Münchner Dialekt übernehmen, wie er überhaupt gern Akzente und Mundarten nachahmte, sie in Gesprächen einsetzte und damit Menschen fein verspottete.

Er verstand es, jeden und alles zu beobachten, tauchte immer da auf, wo es etwas zu sehen gab. Und auf dem Münchner Schwarzmarkt gab es 1948 eine Menge zu sehen. Für alle, die dort handelten, war entscheidend, wie der Kurs des Dollar im Verhältnis zu anderen Währungen stand. Wer den echten Tageskurs zuerst erfuhr, konnte davon ausgehen, an diesem Tag das beste Geschäft zu machen. Und Abraham war einer der Ersten. Obwohl er nur schlachten konnte.

»... so magst du schlachten von deinem Rindvieh und deinen Schafen ... wie ich dir geboten, und verzehre es in deinen Toren, wie es immer deine Seele begehrt.«

Am Freitag hatte er gut verdient, die Dollarscheine lagen in seiner Tasche zu einem festen Bündel zusammengerollt, schwer und sicher. Er hustete ab und zu. Das kurze Glück erfüllte seinen dürren Körper mit Wärme. Er müsse trockene Wüstenluft atmen, hatte ihm ein jüdischer Arzt gesagt. Der Winter kam in München früh. Bis dahin musste er nach Palästina ausgereist sein. Da, so dachte er, werde ich wieder gesund werden. Und die suchten bestimmt Metzger, die nach dem Ritus schächten konnten. *»Kein Aas dürft ihr essen ...«*

Er, der Abraham, der hatte das in Czernowitz, in der Bukowina, gelernt.

Er hatte den ganzen Abend vor der Villa in der Maria-Theresia-Straße gestanden, wollte seiner neuen Freundin Salomea das Bündel zeigen, hatte im Regen von der Sonne geträumt und gewartet.

Und dieser Traum von ihr und ihm, irgendwo bei Jerusalem. Er hatte ein Foto der Stadt gesehen. Es war eine Postkarte, irgendwann vor dem Krieg fotografiert. Die Klagemauer, Araber mit Turbanen und Rabbiner davor. Ein Beduine hielt an einem Seil ein Kamel, dahinter verschwommen die Kuppel einer Kirche oder etwas anderes. Abraham wusste das nicht. Aber der Rabbi, der ihm die Postkarte einst geschenkt hatte, bevor sie ihn draußen im Schnee hatten erfrieren lassen, da im Osten, in der Kälte von Auschwitz, der hatte gesagt, dass dies sein Ziel sein müsse.

»*Nur halte fest darauf, dass du nicht das Blut issest; denn das Blut ist die Seele, und du sollst nicht essen die Seele mit dem Fleisch.*«

Er murmelte die Worte, die ihm einst der Rebbe, der Rabbiner, zum Auswendiglernen gegeben hatte, als er sich humpelnd durch die Maximiliansanlagen hinunter zur Isar begab und die Nacht keine zwei Stunden mehr andauern würde.

Abraham trug die Karte in den letzten Jahren immer bei sich, selbst wenn er sich auszog und auf den Strohsack legte, der sein Bett war, unten im Pumpwerk an der Isar, da hielt er das Bild in der Hand, bis er einschlief. So fühlte er auch jetzt, wo der weinrote BMW vor seinen Augen davonfuhr, die Karte und wollte sich umdrehen. Sie würde nun bald schlafen. Das war gut für ihn. Ausgeruht sollte sie sein, wenn sie beide nach Palästina reisen würden. Der Amerikaner, der würde sowieso nach New York fahren. Der war bloß ein Passjude, einer, der nichts von ihren Geheimnissen wusste. Einer, der eine Uniform trug. Doch der Abraham, der ging zu der Salomea, und die stellte ihm Fragen und hörte zu. Unten rauschte die Isar, im Geäst der mächtigen Buchen, die wie schlafende Riesen über ihn wachten, rief ein Kauz. Niemand war hier um diese Uhrzeit, es war weit nach zwei Uhr.

Das Maxwerk lag einen Steinwurf von der Isar entfernt. Es diente der Energiegewinnung, war vor mehr als fünfzig Jahren im Stil eines Jagdschlösschens erbaut worden und besaß einen Dachgarten mit einem kleinen Turm. Dort lebte Abraham. Er hatte sich bei dem deutschen Turbinenwart dort eingekauft. Kaum zwanzig Quadratmeter war der Raum groß, ließ jedoch einen Blick auf die Isar zu. Der Raum roch, obwohl auf dem eigentlichen Dach des Werks, nach feuchtem Mauerwerk, nach Schimmel und nasser Kleidung. Im Sommer mochte das gehen. Aber Abraham plagten der Husten und die muffig stinkende Feuchtigkeit. Neben seiner Schlafstätte hatte er aus der Isar einen Kocher gefischt, den jemand wohl weiter oberhalb verloren hatte. Überhaupt war das Türmchen mit allerlei Fundstücken vollgestellt. Alte Munitionsreste hatte er in eine Ecke gestapelt, sogar eine Panzermine lag dort. Daneben lehnte ein Karabiner an der Wand, den er unter der Ludwigsbrücke im Geäst eines mitgerissenen Baums gefunden hatte.

Das Rauschen des Wassers über die Turbine, das Stampfen des Metalls, all das beruhigte ihn, wiegte ihn immer in den Schlaf. Ermattet fiel er auf seinen Strohsack. Neben ihm sein Messer, geschärft wie kein anderes. Die Klinge so groß wie das Tier, das zu schächten war. Er griff in die Hose und nahm das Bündel mit Geldscheinen heraus. Im flackernden Lichtkegel einer Kerze legte er die verschiedenen Scheine vor sich auf den Betonboden.

Der ›Grüne‹, ein regulärer Dollarschein mit einem alten Mann in der Mitte, den er nicht kannte. Dazwischen sogenannte Fünfdollarshanes, das Zahlungsmittel der US-Streitkräfte und nur für die bestimmt. Das stand in großen Lettern neben der eingerahmten Fünf. Vorsichtig ordnete er ein großes Quadrat mit den Scheinen an, zählte immer und immer wieder.

»Guten Abend, Abraham.«

Er schreckte zusammen, versuchte, nach dem Messer zu greifen, ein Fuß kam ihm jedoch zuvor und schob es beiseite.

»Das haben wir nun schon häufig genug benutzt, kleiner Abraham.«

Er konnte die Gestalt hinter ihm nicht erkennen, sosehr er die Augen nach hinten rollte.

»Ist es mit Tieren anders als mit Menschen? Ich frage rein interessehalber.«

Abraham war die Stimme vertraut. Er kannte sie, er wusste, was es bedeutete, wenn sie so sonor, so tief und nahezu beruhigend klang. Er hatte zu schweigen, denn unterbrach er diesen scheinbar freundlichen Redefluss, wäre Schmerz die unweigerliche Folge für ihn. Also nickte er.

»Messer finde ich hier. Dinge, die dir nicht gehören, finde ich hier. Pässe, Geld, Schmuck. Na, das willst du sicher alles für deine Reise nach Palästina behalten.«

Erneut nur ein Nicken.

»Du hast uns alle töten wollen, nicht wahr?«

Abraham erstarrte. Langsam verstand er. Er schüttelte den Kopf.

»Ach? Die haben sich die Haut selbst abgezogen?«

Abraham begann zu zittern, er konnte den Husten nicht kontrollieren, er rollte aus den Lungen hinauf in seinen Rachen und schüttelte ihn so, dass er sich krümmen musste.

Die Gestalt beugte sich trotz des Hustenanfalls zu ihm, hielt seinen Kopf fest, drückte ihm das Messer in die schweißnasse Hand und begann zu flüstern.

»Nimm das Messer und mache es selber. Du weißt, dass wir das auch tun können mit der Haut. Aber wir sind keine Profis. Es wird nicht so leicht werden.« Er hielt das Messer so fest, dass das Weiß seiner Handknochen zu sehen war.

»Bitte, bitte, ich …«

»Abraham!«

Er griff nach der Postkarte in seiner Hemdtasche. Die Gestalt ließ es zu.

»Ein Schnitt. Du weißt, wie es geht.«

Draußen dämmerte der Morgen. Der Kauz hatte genug gejagt, verkroch sich in seine Baumhöhle. Der Wind rauschte in den Wipfeln.

Tränen rannen über seine eingefallenen Wangen, weil er wusste, was nun passieren musste. Er schaute auf die Karte, nass vom Schweiß der Hände, wellig nach all den Jahren. Seine Gedanken flogen hinaus, er konnte sie nicht halten, konnte nicht fragen, warum sein Hals aufgeschlitzt war. Er ging einfach von dieser Welt mit erstauntem Blick.

So fand ihn der Turbinenwärter der Stadt München am Nachmittag. So sah ihn der Birmoster von der Polizei am frühen Abend. Da war er schon kalt, der Abraham. Kalt und tot, weil das Blut über den Beton gelaufen war statt durch sein Herz.

Und der Birmoster fand das Büchlein mit den Notizen, die Abraham über die Salomea aus der Maria-Theresia-Straße gemacht hatte. Und die Adresse, die kam dem Birmoster von der Polizei bekannt vor. Damit ließe sich etwas machen, etwas wie die Hölle.

12

Der Panzer war zu hören, bevor man ihn sah. Das Rasseln der Ketten kam näher. Unerbittlich. Wurde lauter. Er war mit den Verletzten im Bunker, keine Chance, dort herauszukommen, ohne sofort niedergemäht zu werden. Er schaute aus einem Spalt hinaus und erblickte das Ungetüm, wie es sich über den Graben in die Luft streckte, wie ein Drache, der vor dem finalen Biss noch einmal seine ganze Größe zeigen musste, um dann auf das Opfer niederzufallen. Er zog den Kopf ein, wartete darauf, dass die Tonnen an Metall auf den provisorischen Bunker aus Lehm, Grassoden und Birkenstämmen fallen und ihn ohne Zweifel zerbersten und begraben würden. Er schrie, schlug mit den Armen um sich. Da, das Aufprallen auf das Dach des Bunkers.

»Steinmüller, Schluss jetzt, du schreist ja das ganze Präsidium zusammen!«

Er öffnete die Augen, sah in das feixende Gesicht seines Chefs Feinstein.

»Ich rette dich gern. Was hast du geträumt? Lass mich raten, du wirst von wilden Juden mit Messern gejagt.«

Steinmüller wischte sich übers Gesicht, auf dem sich ein feiner Schweißfilm gebildet hatte, und erhob sich stöhnend von der Pritsche, während Feinstein mit gerümpfter Nase das Fenster öffnete.

»Männer können schon eigentümlich riechen. Salomea glaubt, das sei der wahre Grund für eine Ehe. Es geht um den Geruch. Ließe man Männer dauerhaft allein, würde der Geruch für Kriege sorgen. Der alte Adolf soll immer Blähungen gehabt haben. Niemand hielt es lange bei ihm aus. Stand, glaube ich, im *Time Magazine* oder war es *Stars and Stripes*? Egal. Er war jedenfalls Vegetarier. Ihr seid einem Gemüsefresser, einem Kaninchen mit Schnauzbart, hinterhergelaufen, Steinmüller.«

Steinmüller hatte angesichts des gut gelaunten Geplappers seines Chefs den dringenden Wunsch, wieder einzuschlafen, entschied sich jedoch für einen frühen Sarkasmus. Offensichtlich hatte Feinstein endgültig beschlossen, dass sie sich nun duzen konnten.

»Ich bin in meinem kurzen Leben von ganz unterschiedlichem Krach geweckt worden«, sagte Steinmüller. »Schreiende Spieße, Luftsirenen, Stalinorgeln. Aber du bist wirklich das Schlimmste. Ich habe ein Anrecht auf …«

»Richtig, auf einen Kaffee. Den bekommst du. Sogar ein Frühstück. Und frische Luft.«

»Großartig. Und wer bearbeitet den Fall?«, fragte Steinmüller schläfrig.

»Dein Kollege Birmoster und der junge Herr Kruder. Außerdem habe ich zwei weitere MP der Streitkräfte angefordert, die im Schwarzmarktumfeld einige unserer Informanten befragen werden. Es ist alles unter Kontrolle. Doch wir beide brauchen frische Luft.«

Steinmüller ahnte, dass Feinstein nie im Leben so freundlich gewesen wäre, wenn er nicht etwas von ihm hätte haben wollen.

»Wo ist der Pferdefuß?«, fragte er misstrauisch, als er sich zum kleinen Waschbecken in der Wachstube begab.

Feinstein hatte sich eine Zigarette angezündet, saß auf dem Fensterbrett und schaute hinunter in den Hof des Präsidiums, wo deutlich weniger Polizisten herumwieseln mussten, obwohl für sie auch der Samstag ein fast normaler Arbeitstag war. »Himmel, du hast immer noch nichts Ordentliches anzuziehen. Komm mit.«

»Feinstein, bitte. Ich habe ein Hemd, eine Hose und ein Jackett. Das reicht. Oder muss ich zu einer Hochzeit mitkommen?«

Feinstein lachte. »Überraschung.«

Nach einer Rasur und einer Katzenwäsche, die Steinmüller als Soldat perfekt beherrschte, standen sie vor dem Präsidium.

»Wir nehmen das Cabriolet«, entschied Feinstein.

»Wohin geht es?«

Feinstein hatte sich schon die Schlüssel beim Fahrdienst besorgt, saß grinsend hinter dem Lenkrad und scheuchte Steinmüller mit hektischen Handbewegungen auf den Beifahrerplatz. »Zum Bayerischen Hof. Da lade ich dich bei Tante Regina ab. Die hat dich ins Herz geschlossen. Irgendein Orgelkonzert draußen auf dem Land. Sie will nicht selber fahren, also übernimmst du das. Ich kenne mich da nicht aus. Aber du und die Tante gehen zum Orgeln und Salomea und ich haben Zeit für uns.«

Steinmüller schwieg und bezweifelte die Durchführbarkeit des Plans, freute sich jedoch umso mehr auf ein Gratisorgelkonzert.

Sie stand vor dem Eingang des Hotels und Steinmüller glaubte, dass wirklich alle Männer im Umfeld von hundert Metern auf diese Erscheinung blickten.

Sie trug ein strahlend blaues Sommerkleid mit gerafftem Oberteil, dezente Armringe aus Gold und ihr Haar hatte sie zu einem Kunstwerk gedreht. Sie winkte mit einer huldvollen Handbewegung. Kurz, vor dem Hotel stand eine Göttin. Sofort sprang Steinmüller hinaus, verneigte sich vor ihr und deutete einen Handkuss an, den Tante Regina huldvoll annahm, und Steinmüller zu sich zog, um ihm verschwörerisch ins Ohr zu flüstern.

»Der Junge glaubt, mich abschieben zu können. Doch Regina Schiff hat das längst durchschaut. Diese Schickse sitzt schon viel zu lange wie eine müde Erdkröte in dieser Villa. Die braucht frische Luft. Versprechen Sie mir, Harald, dass wir diesen Fluch jetzt und auf der Stelle brechen werden. Diese jüdische Rapunzel muss rausgelockt werden.«

»Was flüstert ihr da?«, rief Feinstein vom Fahrersitz misstrauisch.

»Das Personal will mitreden? Losfahren, Marcus«, rief sie laut und vernehmlich, dass der Portier, der Regina mit seiner behandschuhten Hand eine Reisetasche reichte, nur mühsam ein Schmunzeln verbergen konnte.

»Willst du verreisen?«, fragte Feinstein, auf die Tasche blickend.

Regina schnalzte mit der Zunge. »Junge, eine kluge Frau geht nie aus dem Haus, ohne für eine mögliche Übernachtung wo auch immer gewappnet zu sein. Und jetzt schau nach vorn.«

»Liebste Tante, der Harald Steinmüller und du, ihr seid ja profunde Freunde der klassischen Musik. Und ja, ich habe dir gestern versprochen, dass wir heute den Tag zusammen genießen wollen. Dieses Orgelkonzert jedoch …« Feinstein sah an einer Ampel in der Brienner Straße auf Höhe einer großen Ruine nervös nach hinten, wo Tante Regina huldvoll rechts Platz genommen hatte und angesichts des Fahrtwinds ihren Hut festhielt.

»… möchtest du gern mit deiner geliebten Tante und deinem kunstsinnigen Kollegen besuchen?«, ergänzte sie spitz.

»Nun, eher nicht. Also, Orgeln und ich, wir …«

Regina lachte. »Marcus Feinstein, du hast großartige Talente. Das Spielen von Instrumenten gehört allerdings nicht dazu. Sagen Sie, Herr Steinmüller, das war das Palais der Wittelsbacher, oder? Ich erinnere mich. Da hat der Kronprinz mit seiner Frau die Mobilmachung erklärt.«

Steinmüller nickte. »Ja, dann sind die Revoluzzer der Räterepublik reingegangen …«, setzte er an, wurde jedoch von Feinstein unterbrochen.

»… ja, und danach ist die Gestapo gekommen und hat im Keller gemordet.«

Feinstein drückte ein wenig zu heftig aufs Gas, sodass Regina und Steinmüller in ihre Sitze gepresst wurden.

»Marcus, anscheinend ist auch das Autofahren nicht deine Stärke. Gut, dass wir zu einem Orgelkonzert fahren und nicht auf der Flucht sind.«

Ihr Neffe verdrehte die Augen und Steinmüller mochte Regina von Minute zu Minute mehr.

Feinstein schien erleichtert, dass sein Plan, Regina abzuschieben, aufzugehen schien, und plauderte mit großer Freude. Auf der Fahrt nach Bogenhausen hielt er am PX-Shop der Streitkräfte in der Prinzregentenstraße, kam mit Schokolade, Kaffee und zwei Stangen Zigaretten heraus und warf sie Steinmüller in den Schoß.

Kurz darauf rumpelten sie wieder über das Kopfsteinpflaster der Maria-Theresia-Straße und hielten mit quietschenden Reifen vor der Villa. Ehe Feinstein den Wagen an Steinmüller übergeben konnte, sprang Regina aufs Trottoir und eilte auf hohen Absätzen zum Eingang des Hauses.

»Tante Regina, bitte. Salomea schätzt es nicht, dass ...«

Sie konnte ihn nicht mehr hören.

Feinstein wollte aussteigen, doch Steinmüller hob die Hand. »Wenn ich mich da einmischen darf ...«

Feinstein sah ihn irritiert an.

»Es gibt Situationen, die wir Männer getrost den Damen überlassen sollten. Das ist jetzt so eine. Nicht einmischen, zuschauen und aushalten.«

»Du bist ein Frauenkenner, was?«, grollte Feinstein.

»Nicht ansatzweise so wie du, aber ich habe gelernt, rechtzeitig in Deckung zu gehen.«

Glücklich riss Steinmüller die Stange Zigaretten auf, nahm sich eine Packung und rauchte kurz darauf genüsslich, während Feinstein zunehmend nervöser wurde und binnen weniger Minuten eine komplette Tafel *Hershey*-Schokolade in sich hineinstopfte.

Steinmüller musste lächeln. Er kannte den immensen Gegenwert dafür auf dem Markt eine Straße weiter.

»Was will Regina? Die Tante hat doch mit dir gesprochen, oder?«, fragte Feinstein nach Minuten des Wartens.

»Ich vermute, dass Salomea heute aus dem Haus kommt«, antwortete Steinmüller lakonisch, während er in den Himmel schaute, sich an den Schäfchenwolken und der warmen Frühlingssonne ergötzte und für einen Moment den Mann vergaß, dem er in der Nacht begegnet war.

»Salomea hat sich seit drei Jahren nicht mehr als zehn Meter von diesem Haus entfernt. Was soll das? Wie will sie das schaffen?«, murmelte Feinstein mehr zu sich selbst.

»Was ist ihr Ziel? Will sie hierbleiben?«, fragte Steinmüller.

»Nein, sie will nach Palästina.« Er machte eine Pause. »Mit mir ...«

Sie blickten einander an. Keiner sagte es. Beide wussten jedoch, was der andere dachte. Niemals.

Es klackerte. Absätze auf dem Pflaster vor dem Eingang. Sie schauten hinüber, wo zwei Frauen in ihren Sommerkleidern schlicht großartig aussahen. Salomea wirkte unbeholfen.

Regina hatte ihre Hand unter ihrem Arm geparkt, hielt sie und führte sie hinaus. »Darf ich vorstellen, Fräulein Salomea Friedländer, der Stern von Bogenhausen!«

Steinmüller und Feinstein applaudierten. Beide Damen deuteten eine Verbeugung an. Dann sprangen die Männer fast gleichzeitig aus dem Auto, um den Damen die Türen zur Rückbank zu öffnen. Salomea hatte einen kleinen Picknickkorb dabei. Sie zitterte, was Steinmüller bemerkte, aber nicht kommentierte. Stattdessen setzte er sich auf den Fahrersitz, gab Gas und fuhr holpernd aus der Stadt, Richtung Süden. Das Konzert sollte am späten Nachmittag am Tegernsee stattfinden.

»Was habt ihr eingepackt?«, fragte Feinstein.

»Wir haben nicht mehr viel. Du wolltest etwas aus dem Bayerischen Hof mitbringen«, klagte Salomea.

Feinstein deutete auf den Kaffee, die Stangen Zigaretten und die Schokoladenreste.

»Sehr gut«, kommentierte Regina spitz. »Da werden wir also bloß noch einen Filter und heißes Wasser besorgen und uns die Schokolade teilen.«

»Was hast du denn eingepackt, Salomea?«, schnappte er zurück.

»Wein und Gläser.«

Sie waren noch nicht verheiratet und führten bereits eheähnliche Dialoge, fand Steinmüller, mischte sich jedoch nicht ein.

»Wollen wir ein Ausflugslokal besuchen, bevor das Konzert beginnt?«, fragte Regina, nach wie vor mit dem Fixieren ihres Huts beschäftigt.

Salomea schüttelte vehement den Kopf. »So war das nicht vereinbart. Ich will in die Natur, ich will die Berge sehen, Wasser. Auf keinen Fall setze ich mich in einen bayerischen Biergarten und überlege mir, wer von meinen Tischnachbarn meine Familie auf dem Gewissen hat.« Sie hielt inne und lehnte sich dann nach vorn, um Steinmüller die Hand in einer Geste der Entschuldigung auf die Schulter zu legen.

Er nickte. Es war auch für ihn eine heikle Reise. Der Tegernsee barg Erinnerungen aus seiner frühen Kindheit. Und er konnte an jeder Ecke eine schaurige Nazigeschichte erzählen. Das war allerdings nicht der Sinn dieses Ausflugs. Drei Menschen wollten einfach nur Schönheit sehen, einmal weg sein vom Grauen ihrer Fälle und ihrer eigenen Dämonen. Allein Regina plauderte weiter in unverbindlichem Ton über die Gegend und ihre Erinnerungen.

»Mein Vater hat uns in einer Kutsche im Sommer 1912 hierhergebracht. Er hatte einen Termin beim Kronprinzen. Es ging um etwas Geschäftliches. Wir Kinder, Töchter zumal, hatten da ja kein Wissen. Wir sollten heiraten. Deswegen nahm er uns mit zum Hof, der im Sommer manchmal draußen im Schloss Tegernsee lebte. Meine Güte, das waren Zeiten! Die Frauen in den rauschenden Kleidern bis zu den Schuhen, eng die Taille verschnürt. Die Männer meist in prächtigen Uniformen. Man flanierte, grüßte auf angemessene Weise.«

»Tante Regina, ich war mir nicht bewusst, dass du in den Staaten zu einer Monarchistin geworden bist«, stichelte ihr Neffe vom Fahrersitz.

»Ach was, Junge. Der Adel hatte seine Zeit. Das ist alles Nostalgie. Doch in New York hatte ich immer großen Erfolg bei den reichen Bürgern in den Salons, wenn ich vom deutschen Adel erzählt habe.«

Sie hatten Warngau hinter sich gelassen und kamen nun nach Gmund, wo sie vor einer querenden Kuhherde anhalten mussten.

»Wohin?«, fragte Feinstein, der offensichtlich versucht war, sich mit Hupen den Weg durch die Rinder zu bahnen. »Wir haben zwei Stunden Zeit.«

Die Bäuerin sah sie mit einem Lächeln an und Steinmüller kam eine Idee. Er nahm eine gelb-schwarze Dose Kaffee der Marke *Chock full o'Nuts* und eine Stange Camel in die Hand, sprang aus dem Auto und lief zu der Viehtreiberin. Sie ließ die Kühe allein, einige trotteten von selbst in ihren Stall auf der anderen Straßenseite, andere blieben neugierig stehen, hoben den Schwanz, entleerten sich in aller Gemütsruhe und wankten dann auf den Wagen zu, wo Regina langsam kurzatmig wurde. Aber ehe eine der Kühe mit ihrer Zunge zu nah an sie herankam, erschien Steinmüller mit einem Korb aus dem baufälligen Hofgebäude und stieg lachend in den Wagen.

»Auf geht's. Wir fahren zur Hainzhöhe. Runter, am Bahnhof vorbei und am Kaltenbrunn rechts hoch. Ich kenne das.«

Feinstein lenkte den Wagen vorsichtig um die Tiere herum und folgte seinen Anweisungen.

»Sag schon, was ist dadrin?«, rief Salomea von hinten.

Steinmüller schüttelte den Kopf und behielt es für sich, bis sie unterhalb einer steilen Weide nördlich des Sees hielten und er die drei in die Höhe scheuchte. Salomea geriet nach den fast drei Jahren ihres selbst gewählten Exils sofort außer Atem, was Regina, die sich in New York mit Tennis und Schwimmen gesund hielt, zu einem spitzen Blick verleitete.

»Meine junge Dame, das ist nicht akzeptabel. So bist du nicht für dieses Wüstenland da unten geeignet. Da kommst du ja nicht mal im Hafen von Haifa vom Schiff.«

Kaum hatte sich Regina umgedreht, streckte ihr Salomea die Zunge heraus.

Es waren frische Milch, Käse, resches Sauerteigbrot und Schinken, die Steinmüller vor ihnen auf einer Decke ausbreitete.

Regina hielt ein Glas mit Weißwein und schaute hinunter ins Tal, konnte sich nicht sattsehen an der Schönheit dieser Natur. Der See lag grün schimmernd zu ihren Füßen. Am Horizont begrenzte eine Bergkette das Tal. Es gab schon Segelboote.

Steinmüller lag wie die anderen nach dem Mahl faul in der Sonne. Alles um sie war lebendig und schön.

»Woher kennen Sie den Platz, Harald?«, fragte Regina.

Er erhob sich und deutete nach oben zu einem Kruzifix. »Meine Mutter hat in Gmund, da unten etwa, in einer Villa Anfang der Dreißigerjahre geputzt. Ich bin mit ihr hinausgefahren, habe mitgeholfen und wenn sie noch nicht fertig war, bin ich hier hoch und habe auf sie gewartet.«

Beide ignorierten geflissentlich, wie sich Salomea und Marcus küssten.

»Hat sie den Krieg überlebt?«

Das war die Frage, die in dieser Zeit immer wieder gestellt wurde. Mal leise, mal nahezu sachlich.

Steinmüller nickte. Schaute schnell nach oben und zeigte auf einen Steinadler, der über der Gruppe kreiste. »Was man Überleben nennt. Sie lebt, aber in ihrer Welt.«

Regina fragte nicht weiter nach. »Das Spielen fehlt Ihnen, nicht wahr? Ich dachte das gestern Abend, als Sie Ihre Finger erst gedehnt und dann losgelegt haben. Dieser grauenhafte Polizeijob. Sind Sie das überhaupt?«

Er lächelte verlegen. »In diesen Tagen will kein Mensch deutsche Klavierspieler. In diesen Zeiten braucht es Menschen mit anderen Talenten.«

Diese Juden hatten ihn an diesen Platz gebracht. Sie hatten ihn einfach mitgenommen. Sie wussten nicht, dass nur wenige Kilometer entfernt seine Mutter in einem Kloster ihr restliches Leben wegdämmerte, auf ihren Sohn und ihren Mann wartete und er nie den Mut hatte, sie zu besuchen. Sie wussten nichts von dem Mann aus der gestrigen Nacht. Sie wollten, dass Harald Steinmüller ein guter Deutscher war. Es ging nicht um einen Menschen mit Talent, es ging um einen menschlichen Menschen. Regina aus New York sah das nicht. Wie auch?

»Wissen Sie, Harald, ich habe mir mein Leben ganz anders vorgestellt, als ich noch in Bayern gelebt habe. Ich wollte Sängerin werden und so bewarb ich mich am Konservatorium. Ich sang vor und wartete danach draußen auf das Ergebnis. Es dauerte lange. Irgendwann bin ich auf die Toilette gegangen. Und da hörte ich, wie sich zwei der Lehrerinnen über mich unterhielten. Sie sagten, ich habe eine schöne Stimme, sei jedoch Jüdin. Sie sagten schlimmere Worte. Das ist unwichtig. Sie lehnten mich ab. Also lief ich nach Hause zu meiner Mutter und erzählte ihr davon. Sie schaute mich streng an und fragte mich, ob ich meine schöne Stimme auf der Toilette gelassen hätte. Ich verneinte. Also drückte sie mir das Kinn nach oben und fuhr mich an, dass ich mein Talent überallhin mitnehmen könne, auch dorthin, wo man Juden ans Konservatorium ließe. Das müssen Sie sich sagen. Das Talent ist in Ihnen.«

Er nickte und sah an ihr vorbei nach Westen, wo sich über Lenggries schwarze Wolken auftürmten. Er wusste, wie schnell hier ein Gewitter aufziehen konnte, legte Regina die Hand auf die Schulter und wies auf den Horizont hinter ihr. Bevor er ihr erklären konnte, was er vorhatte, sah er ihr zum ersten Mal lange in die Augen und musste – husten!

Es war reine Verlegenheit. Schnell drehte er sich um und

lief zurück zum Picknick. Erste Tropfen fielen, Feinstein riss die Decke vom Boden und legte sie über Regina und Salomea, während Steinmüller zum Auto rannte. Ihm war klar, dass diese erfahrene Dame aus New York ihn, den schmalen Deutschen, gekonnt mit einem Blick aus der Kurve getragen hatte.

Er schob das Verdeck mit Mühe über die Sitze und verankerte es an der Windschutzscheibe. Rasch stiegen sie ein und fuhren mit rumpelnden Reifen den Feldweg hinunter. Blitze zuckten und kurz darauf rollten Donnerkaskaden durch das Tal und ließen die Scheiben des Wagens vibrieren. Der aufkommende Wind stieß Böen durch das angrenzende Waldstück. Heu wirbelte über eine Wiese. Vorsichtshalber hielt Feinstein den Wagen unter einer alten, kräftigen Buche.

Regina, der dieser Sturm das Outfit ruiniert hatte, sah indigniert auf ihre schmale *Reverso*-Uhr und tippte von hinten auf Feinsteins Schulter. »Mein lieber Neffe und Fahrer, ich möchte nur ungern daran erinnern, dass in zehn Minuten das Konzert im Tegernseer Schloss beginnt. Gern hätte ich meine Nase gepudert. Wie schätzt du unsere Chancen ein, diesem Tag noch ein wenig Kultur einzuhauchen?«

Statt zu antworten, startete Feinstein den Wagen und lenkte ihn hinunter zur Hauptstraße, schoss nach links und wäre um ein Haar auf einen auf der Straße liegenden Baum gefahren. So musste er abrupt bremsen, was Regina kreischen ließ und Steinmüller eine Beule am Kopf einbrachte, weil er gegen die Windschutzscheibe knallte.

Er blutete und hielt sich ein Taschentuch an die aufgeplatzte Haut. »Wir fahren nach links hoch«, murmelte er.

Feinstein trat das Gaspedal durch, um die Steigung zu schaffen. Kaum hatten sie die bewältigt, wurde der Regen dichter. Als sie eine Kreuzung erreicht hatten, erkannten sie, dass ein Fortkommen unmöglich war. Die Straßen waren überschwemmt, das Wasser lief nicht ab.

Steinmüller machte sie auf einen Gasthof mit einem angrenzenden Biergarten aufmerksam. »Das ist der Feichtner Hof. Lasst uns dort einkehren und abwarten. Das Konzert werden wir nicht mehr rechtzeitig erreichen.«

»Niemals!«, zischte Salomea von hinten.

Steinmüller zuckte zusammen. Es stimmte, Salomea hatte schon genug von alten Geistern aufgegeben.

Hilfe suchend schaute Feinstein zu Regina.

Die hatte Salomeas Hand genommen. »Zwei Männer, die auf uns aufpassen. Und wenn es eng wird, soll der bayerische Bauer dort einmal die ganze Härte einer New Yorkerin kennenlernen. Ich war in Harlem, da macht mir Gmund nichts aus. Ich will Musik hören. Wir haben dieses Land besiegt. Die haben mir das zu liefern!«

Salomea musste trotz ihrer Angst lachen. Dennoch zitterte sie, als sie aus dem Wagen stieg und sich in Feinsteins Arm flüchtete.

Vier Menschen aus der Stadt traten in einen dunklen Raum, der mit viel Holz und Schnitzereien ausgestattet war, in dem Männer mit langen Bärten und Lederhosen saßen und sie wenig einladend musterten. Von irgendwo hörten sie Lärm und Geschrei. An der Theke blickten die Männer sie wortlos an. Steinmüller und Feinstein grüßten, fragten, ob es etwas zu trinken gäbe, und setzten sich mit Regina und Salomea an einen runden Holztisch. Es gab Bier und für die Tante aus New York so etwas Ähnliches wie Wein. Doch sie trank es mit großer Grandezza, wie Steinmüller fand.

Nicht weit von ihnen wurde eine schwere Holztür aufgerissen, die zu einem Saal führte, und eine Braut in einem weißen Kleid rannte heraus, eine Treppe hinunter, wo sich laut eines Schilds die Toiletten befanden. Sie schien völlig aufgelöst.

Steinmüller beugte sich zu Feinstein. »So, die Damen sind weg, lass uns einen Moment auf den Fall zurückkommen.«

»Gern. Ich nehme an, du hast heute Nacht noch gearbeitet«, spottete Feinstein.

Steinmüller wiegte den Kopf. »Salomea hatte gestern, glaube ich, die richtige Theorie. Es ist kein Lustmörder, keiner, der das aus Freude macht. Der Mann in den Auen mit dem Ledermantel, der könnte der Mörder sein. Doch er wird von einem anderen so geführt wie ein Instrument oder ein Hund, den man auf die Beute hetzen und wieder zurückpfeifen kann. Das ist völlig wahnsinnig. Ich muss dir nicht sagen, was der letzte Krieg aus Menschen gemacht hat.«

»Also, wonach suchen wir?«

»Erst einmal, wonach suchen wir nicht? Er hat eine Entourage, wir suchen also keinen Einzeltäter. Er wollte mit den Morden etwas sagen, etwas bekannt geben. ›Ich töte SSler.‹ So, warum tut man das? Es ist auffällig, welche Kreise der Fall zieht. Unser Archivar musste sterben. Ausgerechnet derjenige, der uns wichtige Informationen hätte liefern können. Und der ist dann auch noch der Vater eines der Opfer! Es ist, als hätte es jemand auf uns abgesehen.«

Nun war es raus. Er hatte es sagen müssen. Das war Steinmüller nach der Begegnung mit Kurt, dem Geiger, im Kopf herumgeschwirrt.

Es war kein Zufall, dass der Mann aus alten Zeiten wie aus dem Nichts aufgetaucht war, gewusst hatte, wo er arbeitete und dass er nachts ins Präsidium fuhr. Steinmüller konnte nicht genau erklären, was es war, er sah jedoch eine Welle auf sich zurollen. Etwas, das ihn verschlingen konnte.

Feinstein pfiff leise. Das tat er immer, wenn er unschlüssig war.

»Harald, heute ist meine Freundin zum ersten Mal seit Jahren aus dem Haus gegangen. Heute verbringe ich zum ersten Mal seit 1936 meine Freizeit mit einem Nichtjuden aus Deutschland. Ich weiß, dass der Fall für dich wichtig ist. Ich weiß, wer dein Vater war. Und ich weiß, dass du aus seinem

Schatten treten willst. Aber ich glaube, wir sollten morgen weiter an diesem Fall arbeiten und heute leben!«

»Feinstein, ich habe gestern Nacht einen Mann ...« Steinmüller stockte und schaute auf den Tisch. Er konnte es nicht sagen. Kurt, der Geiger, und Harald, der Pianist, hatten vor vier Jahren vor Monstern Eingängiges aus Klassik und Operette gespielt. Wie sollte das jetzt, hier und heute, Marcus Feinstein verstehen?

»Ja, und?«, fragte der abgelenkt. Er beobachtete, wie Salomea mit der Braut die Treppe von den Toiletten hinaufstieg, dicht gefolgt von Regina, die auf Steinmüller deutete und ihn zu sich winkte.

»Egal«, murmelte Steinmüller.

»Können Sie nur Klassisches auf dem Klavier spielen, Harald?«, fragte Regina.

Er schüttelte den Kopf.

»Das ist das Mariandl.« Sie zeigte auf die blasse junge Frau im Brautkleid. »Das Mariandl hat heute geheiratet. Sie kommt aus dem Sudetenland, hat einen Hiesigen zum Mann genommen.«

Auch in der Stadt wusste man, was das bedeutete. Trotz derselben Staatsangehörigkeit waren Vertriebene auf dem Land Menschen zweiter Klasse. Man pferchte sie in Baracken unten am See und beutete sie als Knechte und Mägde aus. Da es sich bei vielen außerdem um Protestanten handelte, waren sie im katholischen Oberland erst recht nicht willkommen. Da war eine Heirat zwischen beiden Gruppen etwas Besonderes.

»Die Musikkapelle ist vom Gewitter aufgehalten worden und steckt irgendwo in Miesbach fest«, fuhr Regina fort. »Dadrinnen im Saal ist die Stimmung wie bei einem Leichenschmaus. Ich will, dass Sie da reingehen, sich ans Klavier setzen und die Menschen glücklich machen.«

»Mit dem Klavier, nicht mit heiteren Anekdoten vom Häuter«, flüsterte Feinstein Steinmüller ins Ohr.

»Das sind Bauern aus dem Oberland und lustige Menschen aus dem Egerland. Die wollen eine Tuba, eine Trompete, aber kein Klavier, Regina!«

»Zieren Sie sich nicht, Harald. Sonst muss mein Neffe Ihnen das dienstlich anweisen.«

Steinmüller trat in den Saal. Links saßen die Herren, die Alten, in dunkler Tracht, rauchten dünne Zigarren und pafften an Meerschaumpfeifen. Einige trugen noch ihre Hüte mit den Gamsbärten, andere saßen mit finsterer Miene hinter den Biergläsern und stierten die Neuankömmlinge an. Auf der anderen Seite waren die jungen Menschen, die ebenfalls Tracht trugen, jedoch wenigstens miteinander tuschelten. Neben ihnen erkannte Steinmüller auf Anhieb die kleine Gruppe der Vertriebenen, die ihren mühsam geflickten Sonntagsstaat mit stiller Würde trugen. Am Saalende saß der Bräutigam, neben sich offenbar die Schwiegereltern und einen Trauzeugen, der hektisch auf den Wirt einredete. Der Frischvermählte schaute verzweifelt zu seiner Braut, die sich mit verweinten Augen neben ihn setzte und ihm ins Ohr flüsterte.

Das Klavier stand vier Schritte links von ihm. Steinmüller klappte den Deckel hoch und überlegte fieberhaft. Fahrig strichen seine Finger über die Tatstatur. Nicht zu modern, nicht zu alt. Und auf keinen Fall traurig. Etwas, das alle kannten. Ländlich, keineswegs Gassenhauer aus der Stadt. Denn wenn die Menschen hier jemanden mehr hassten als die Amerikaner, waren es »Stoderer«, Städter.

Er begann mit dem Hochzeitsmarsch von Mendelssohn Bartholdy in einer deutlich zu schnellen Version, was die ersten Schmunzler und Stirnrunzler hervorrief, um in einer Bauernpolka von Strauss zu enden. Und tatsächlich traten die ersten Paare zum Tanzen an. Steinmüller spielte sich die Seele aus dem Leib zur Freude der anderen drei, die sich an den Rand der Gesellschaft auf eine Bank gesetzt hatten.

Die nächste Hürde stand an. Steinmüller hatte lange nicht

mehr gesungen. Doch jetzt, nach zwei Walzern und einer Polka, die er mehr oder weniger fehlerfrei gespielt hatte, musste etwas Romantisches her. Er wusste die Blicke in seinem Rücken, als er die ersten Töne spielte, die auch hier jeder kannte. Dann fing er zu singen an.

»Wenn bei Capri die rote Sonne im Meer versinkt
Und vom Himmel die bleiche Sichel des Mondes blinkt
Ziehen die Fischer mit ihren Booten aufs Meer hinaus …«

Es war nicht zwingend das Lied für eine bayerische Landhochzeit, aber selbst die brummigen Männer von Gegenüber begannen mitzusingen, sehr vorsichtig und leise.

»Und sie legen im weiten Bogen die Netze aus
Nur die Sterne, sie zeigen ihnen am Firmament
Ihren Weg mit den Bildern, die jeder Fischer kennt
Und von Boot zu Boot das alte Lied erklingt
Hör von fern, wie es singt …«

Steinmüller hob den Arm, eigentlich war das jedoch gar nicht mehr nötig. Denn nun sangen wirklich alle mit.

»Bella, bella, bella, bella Marie, bleib mir treu
Ich komm zurück morgen früh
Bella, bella, bella, bella Marie, vergiss mich nie.«

Beim zweiten Refrain traten verschwitzt und nass vom immer noch niederprasselnden Regen die Musiker ein, packten ihr Akkordeon, ihre Trompeten und die Trommel aus, bauten sich neben Steinmüller auf, der sie im letzten Moment sah und mit einem Nicken grüßte, ehe er das Tempo wieder wechselte und in einen Song einstimmte, den man hier ebenfalls kannte, der aber ein kleines Risiko barg.

Es war *In the Mood* von Glenn Miller und tatsächlich setzten die Musiker in den Song ein. Salomea und Marcus Feinstein hielt es ebensowenig auf der Bank, wie die anderen jüngeren Gäste, die aufstanden und zum Entsetzen der Alten swingten. Es war nicht aufzuhalten, erst recht nicht, als das Brautpaar dazukam.

Gegen Mitternacht, unter einem fetten weißen Mond, setzten sie sich in ihr Auto, grölten Lieder und verabschiedeten sich mit großem Hallo vom Brautpaar Richtung München.

»Niemals ist das Bayerische Oberland mit dem Gift der angloamerikanischen Unkultur mehr vergiftet worden als heute Abend. Und wer ist der Hauptschuldige?«, rief Feinstein und fuhr mit einem gefährlichen Schlenker auf die Autobahn.

Salomea und Regina kreischten und zeigten und tippten auf Steinmüllers Schulter, der von den Bauern mit Obstlern abgefüllt worden war und mehr schlecht als recht auf dem Beifahrersitz saß. Zum Schluss hatte er mit Regina getanzt und heimlich gierig ihr Parfüm aus Paris eingeatmet, während sie ihn fast hatte führen müssen.

Jetzt grinste er, machte den Versuch eines militärischen Grußes und prallte dabei mit der Stirn gegen das Seitenfenster.

Kurz bevor sie in der Maria-Theresia-Straße eintrafen, hatte Steinmüller *Das ist die Liebe der Matrosen* angestimmt, weil sein betrunkener Verstand fand, dass Bayern mehr Maritimes benötigte, Regina und Feinstein hatten mit dem englischen Text weitergemacht und Salomea konnte sich vor Lachen kaum auf dem Sitz halten.

Auf Höhe der Bechtolsheim-Villa entdeckten sie Jeeps und die Streifenwagen der Münchner Polizei. Feinstein hielt auf der linken Straßenseite, sprang aus dem Auto und erkannte zu seinem Entsetzen seinen Chef Clifton, der mit einem Mitarbeiter von Feinstein und einem Dolmetscher parlierte. Er drehte sich kurz um, um den anderen mit einer Handbewegung verstehen zu geben, dass sie erst einmal sitzen bleiben sollten.

»Was ist hier los?«

Clifton, der Feinstein schon gesehen hatte, wandte sich langsam zu ihm um. »Ah, Feinstein, schön, dass du da bist. Das trifft sich gut. Hast du zufällig deine Freundin Salomea Friedländer mitgebracht?«, fragte er, den Sarkasmus nicht unterdrückend.

»Ja, sie sitzt im Auto, warum?«

»Ich habe eine gute und eine schlechte Nachricht für dich. Wir haben den Mörder. Den Häuter!«

Feinstein hielt die Luft an. Ich sollte mich freuen, dachte er. Doch er fühlte Enttäuschung, weil nicht er es gewesen war, der den Täter dingfest gemacht hatte.

Clifton ließ den Satz lange genug stehen, um Feinstein dieses Gefühl ›auskosten‹ zu lassen. Er hatte die Hände auf dem Rücken verschränkt, die Brust gereckt und wippte auf seinen blank polierten Schuhen vor und zurück, als wäre er ein Lehrer, der einen Schüler beim Pfuschen erwischt hatte. »Mister Birmoster hat, während du, wie ich rieche, den Samstag über gefeiert hast, den Häuter aufgefunden. Nicht weit von hier.« Er deutete mit einem Rucken des Kinns zu dem Park hinter Feinstein.

»Großartig, das ist ja …«

»Ja, nicht dein Verdienst.«

Feinstein nickte müde. Das war ihm klar. Clifton würde ihn damit niedermachen wollen. Aber der Täter war gefunden. Das klang gut und damit war er frei. Dann war sein letzter Fall eben von anderen gelöst worden.

»Dass du lieber feiern und andere die Kärrnerarbeit machen lässt, das ist den Streitkräften der Vereinigten Staaten egal. Wir haben das Schwein von der Straße. Und eigentlich haben wir noch eine gute Nachricht. Das Schwein ist tot.«

Feinstein zuckte nervös mit den Augen. Ein toter Täter war nur im ersten Moment eine gute Nachricht. Clifton sollte nicht als kompletter Sieger vom Platz gehen.

»Ob das so gut ist, wage ich zu bezweifeln. Es gibt nach unseren Ermittlungen Hintermänner. Sollte der Täter tot sein, fehlt uns die Möglichkeit, ihn zu verhören«, widersprach Feinstein.

»Ach? Was du so alles weißt, Feinstein. ›Hintermänner‹ ist ein gutes Stichwort. Willst du gar nicht wissen, wie er heißt, der Täter?«

Steinmüller war mittlerweile schwankend zu der Gruppe gestoßen und hatte fragend Birmoster angesehen, der seinem Blick ausgewichen war.

»Abraham Grünstein, ein Schächter. Jude. Gebürtig aus einem Kaff im Osten. Hat für deine Glaubensgemeinschaft Tieren den Hals aufgeschnitten. Schien ein Meister seines Fachs zu sein. Wir haben ihn nicht weit von hier in einem Pumpwerk an der Isar gefunden. Er hat dort gelebt. In seiner Behausung fanden wir Tatwaffen, Kleidung und Papiere der Opfer und«, Clifton schaute zuerst in den Nachthimmel und dann Feinstein lange und prüfend an, »Aufzeichnungen und Anweisungen einer Frau. Wir haben sie schon studiert. Sie könnten wie eine Anstiftung zu den Morden gelesen werden. Doch dazu werden wir die Dame erst einmal verhören.«

Feinsteins Atem ging schneller. Etwas war über ihn gekommen, wie eine Riesenwelle. »Wo befindet sich die Dame?«

Clifton lächelte maliziös. »In deinem Wagen.«

Mit einer schnellen Handbewegung wies er zwei Militärpolizisten an, Salomea Friedländer aus dem Wagen zu befördern, sie in Handschellen zu legen und zu seinem Jeep zu bringen.

13

Er konnte nicht lesen. Hatte es nie gelernt. Aber er las Menschen. Wenn er wie jetzt am Abend in seiner Ecke mit dem Jungen saß, studierte er sie, ohne ihnen in die Augen zu blicken, ihre Aufmerksamkeit zu erregen oder sie gar zu provozieren. Er konnte auf eine wundersam obskure Weise seine große, massige Gestalt fast unsichtbar werden lassen.

Diejenigen, die ihn von der Ostfront kannten, nannten ihn ›Katzel‹. Wenn er nicht dabei war, sprachen sie vom Katzelmacher und das passierte seit Kriegsende nicht mehr in einem abfälligen Ton, eher waren ihre Worte von Angst und Vorsicht geprägt. Katzelmacher trug keine Pistole oder gar ein Gewehr. Das war nicht nötig. Sie hatten ihn an der Front nie etwas anderes in der Hand halten sehen als Messer. Lange, kurze, manche mit einem Metallgriff, andere bestanden lediglich aus scharfen Klingen, provisorisch in ein grob geschnitztes Stück Holz gesteckt und mit Band umwickelt.

Er war in den letzten Tagen mit Wild aus den Wäldern ringsum wiedergekommen. Seine Fallen waren legendär. Das Opfer bemerkte den Leckstein, beugte sich nach vorn, trat in eine Schlinge, wurde durch ein Gegengewicht nach oben gerissen und brach sich dabei das Genick. Fertig gehäutet hatte Katzelmacher das Wild in die Hütte gebracht, wo es nach zu vielen Männern auf zu engem Raum stank.

Sie waren mit dem Jungen unerwartet auf eine Achtergruppe angewachsen. Drei hatte Katzelmacher identifiziert. Wilderer, Jäger, Mörder aus seiner alten Truppe. Doch die anderen drei hatten mit ihrem Gewerbe nichts zu tun. Sie trugen Brillen, waren schmächtig und ihre Augen lagen tief in den Höhlen. Es waren Menschen mit Verstand. Und Katzelmacher musste lange ihren geflüsterten Gesprächen lauschen, ehe er verstand, wem er da das Fleisch aus dem Wald gebracht hatte.

Der Junge hielt sich eng bei ihm, so wie er es ihm aufgetragen hatte, aß still aus einem Blechnapf, den der Katzelmacher immer bei sich trug, und sah aus großen schwarzen Augen auf die Männer am Tisch, die über Landkarten gebeugt waren und diskutierten. Es waren ihre neuen Orte, die sie auf den Karten suchten, weit weg. Das verstand der Junge.

Das Leben in der Stadt, in einem Keller einer Ruine, hatte ihm nicht behagt. Aber Katzel hatte sich um ihn gesorgt. Nie würde er ihn verlassen, selbst wenn er einmal erwachsen sein würde. Wo Katzel war, da war auch er. Nur hier draußen in den Wäldern an der Grenze wollte er nicht bleiben, wo es nachts knackte, wo Wesen um die Hütte schlichen, wo die Bäume im Wind fauchten. Außerdem hatte es stark geregnet und die Feuchtigkeit war durch die Ritzen der alten Balken und die Löcher im Dach hineingekrochen. Alles war klamm. Das Bett, die Kleider.

Er war elf Jahre alt. Das hatte Katzel ihm gesagt. Und er hatte gesagt, dass er bald ein Mann sei. Er müsse wissen, wo in der Welt das Böse warte. Er, Katzel, hätte das ebenfalls so früh gelernt. Das hatte er ihm zugeflüstert, als er sich in der Nacht an den vernarbten, massigen Körper geschmiegt hatte. Katzel nannte ihn ›mein Bubele‹.

»He, Katzel, wann geht es denn los?«, rief einer der Männer in die Ecke.

Er strich dem Jungen über den Kopf und erhob sich mit einem kaum hörbaren Stöhnen. »Morgen in der Nacht. Wir gehen am Fluss entlang, hinauf zu einem Ort, den sie ›Glashütte‹ nennen. Wir warten dort in einem Heuschober.« Er wollte sich wieder umdrehen.

Einer mit schmalem Gesicht und schwarzer Brille war damit nicht zufrieden. »Warum warten wir nicht in dem Gasthof in Glashütte und fahren dann mit einem Lkw über die Grenze? Da oben in der Kaiserwacht in dem Grenzhäuschen ist nur ein französischer Gendarm. Der wird uns nicht groß kontrollieren.«

Katzel wandte sich ab. Der Brillenträger hatte nicht unrecht.

Nordtirol und damit Innsbruck war französisches Besatzungsgebiet. Und die Franzosen befanden sich seit zwei Jahren erneut im Krieg in Indochina und hatten wenig Personal in ihren Zonen zur Verfügung. So war der Grenzübergang zwischen Bayern und Österreich für die Grande Nation schwer zu überwachen.

Katzel hatte Wanger unten an der Sandstraße zwischen Wildbad Kreuth und dem Grenzübergang getroffen, um für den Jungen neue Papiere zu erhalten.

»Er heißt jetzt Ekhard von Gloswitz, Pflegesohn und Vollwaise aus Ostpreußen. Die Mutter, das musst du dir merken, war eine polnische Magd. Eltern tot, Familie irgendwo in Russland verschleppt. Das reicht, um den Jungen aufs Schiff von Genua nach Lattakia in Syrien zu bekommen. Von dort an dürft ihr keinen Hinweis mehr auf seine jüdische und deine Zigeunerherkunft geben. Das bringt euch da unten um. Diese sechs Männer sind sehr wichtig für dich. Du musst sie, egal wie, lebend nach Italien bringen. Sie sind deine Lebensversicherung und natürlich auch die des Jungen. In Italien wartet unser Mittelsmann auf dich. Er hat zwei Diamanten, drei Goldstücke und Dollardevisen für euch beide. Doch er wird sie euch erst geben, wenn die Gruppe auf dem Schiff ist. Hast du das verstanden, Katzel?«

Er hatte genickt.

»Kennst dich hier aus?«

Wieder ein Nicken. Wanger hatte ihm nicht die Hand gegeben, aber auf die Schulter geklopft, als er keinen Grund für ein weiteres Plaudern sah. Katzel war hinaus in den Regen zum Wald hinübergestapft und im Abendnebel verschwunden.

Nun saß er in seiner Ecke, den Arm um den Jungen gelegt, und beobachtete die schwätzenden Männer, wie sie aufgeregt von ihrer nahen Zukunft sprachen, wie sie erste Versuche unternahmen, Arabisch zu sprechen. Ihr Leben würde völlig anders werden. Da waren sie sich sicher. Es war jedoch ein Leben, kein Hängen an einem Seil im Landsberger Gefängnis.

Dafür lernte man eben Arabisch oder Spanisch. Katzel wusste, dass alle, die da um den groben und wackeligen Holztisch standen, unzählige Menschen auf dem Gewissen hatten. Er hätte es so nicht ausdrücken können. Dem Jungen hatte er nachts ins Ohr geflüstert, dass die Männer »viele Menschen, junge und alte, weggemacht hatten. Einfach so.«

Der Junge hatte auf einem Stück Brot gekaut und die Augen geschlossen.

»Also, Katzel, was hat Wanger gesagt?«, fragte einer der Männer ungeduldig.

Er zuckte unmerklich zusammen und ließ sich Zeit mit der Antwort. »Morgen Abend kommt er, bringt Reisegeld und dann gehen wir los. Ruhen sich bitte alle Herrschaften aus, ja? Brauchen Schlaf und Kraft.«

Danach strich er mit seiner großen, schorfigen Hand über das kleine Gesicht des Jungen und lehnte den Kopf gegen die Holzbohlen. Seine Hand verschwand unter seinem Ledermantel und umgriff den Schaft seines Lieblingsmessers. Noch eine Nacht, dachte er, bis er endlich einschlief.

Clifton war sich der besonderen Situation sehr wohl bewusst. Er hatte zwei Unteroffiziere der Militärpolizei herbeiordern und sie an der Tür postieren lassen. Birmoster sollte die Personalien der Dame aufnehmen, das Verhör dagegen auf keinen Fall selbst übernehmen. Das würde er machen. Niemand sollte denken, dass ein deutscher Polizist eine jüdische Überlebende befragen könnte. So sollte es aussehen, faktisch war es allerdings genau andersherum. Clifton war Soldat, kein Polizist. Birmoster sollte den Job machen und er würde danebensitzen.

»Zur Person, Fräulein Friedländer. Laut Ausweis sind Sie österreichische Staatsbürgerin gewesen.«

Salomea schwieg. Mit Mühe unterdrückte sie ein Zittern und sah auf ihre Finger, die so fest ineinander verknotet waren, dass die Knöchel weiß wurden. Sie war erschöpft. Nach wie vor hatte ihr niemand gesagt, warum sie hier saß. Sie verstand wenig Englisch, dieser Clifton hatte ihr vom toten Abraham, ihrem Patienten, erzählt und er hatte ihr nicht einmal Zeit gelassen, um den jungen Mann zu trauern, der ihr in den letzten Monaten das Herz geöffnet hatte. Der sollte ein Mörder sein? Dieser Junge, der so viel Schlimmes erlebt hatte? Wer kannte ihn besser als sie? Doch sie wollten nicht ihre Version hören. Sie wollten etwas von einem Buch wissen. Einem Buch, in das der junge Mann angeblich alles geschrieben hatte, was sie besprochen hatten. Ausgerechnet Abraham, der kaum lesen konnte. Ihr Fuß wackelte. Sie konnte es nicht verhindern. Mit Mühe hielt sie sich auf dem Stuhl.

Marcus war nicht da. Marcus, der, als die Soldaten sie aus dem Auto gezerrt hatten, Clifton die Faust ins Gesicht geschlagen hatte und auf die Soldaten losgegangen war. Der Tumult danach, das Schreien, das Blut in Marcus' Gesicht, das Anketten ihrer Hände oben auf der Pritsche des Army-Lkw waren nicht auszuhalten gewesen. Und alle Nachbarn waren aus ihren Häusern gekommen, hatten unverhohlen gelacht oder entrüstet zu ihr geschaut. Nur Steinmüller war hinauf zu ihr geklettert, hatte seine Jacke über ihre Schultern gelegt und sie zum Präsidium in die Innenstadt begleitet.

Aber dann waren sie getrennt worden und für wenige Minuten hatte er sie später in ihrer Zelle besuchen dürfen. Sie hatte stocksteif auf einem Holzstuhl gesessen, die Hände im Schoß gefaltet und hinaus aus dem Zellenfenster in die zu Ende gehende Nacht geblickt.

Er hatte sich einen zweiten Stuhl geholt und leise mit ihr gesprochen. »Salomea, alles wird sich bald aufklären.«

Sie hatte sich nicht zu ihm gewandt, sondern weiter zitternd und steif eine Armlänge von ihm entfernt gesessen.

»Sie haben bei dem toten Abraham Aufzeichnungen gefunden.«

»Er kann nicht lesen und schreiben«, murmelte sie.

Steinmüller stockte. »Wie dem auch sei. Darin behauptet er, du hättest ihn zu den Morden angestiftet – aus Rache. Daraus kann man einiges machen, wenn man dir nicht wohlgesinnt ist. Anstiftung zum Aufruhr oder Ähnliches. Deine jüdische Herkunft könnte dazu führen, dass sie dich schnell loswerden wollen. Ich weiß nicht, ob das Bestand haben wird. Es geht erst einmal um deinen Status. Bist du eine Displaced Person, wird sich die amerikanische Justiz um dich kümmern. Das kann Vorteile haben. Du wirst vermutlich schnell nach Palästina kommen. Das sind die Möglichkeiten.«

Vier Jahre hatte sie aus Angst vor Deutschen in Uniform auf einem Dachboden in Paris verbracht, ständige Furcht hatte sie zu einem licht- und menschenscheuen Wesen werden lassen. Und nun saß sie, obwohl diese Deutschen besiegt worden waren, in einem deutschen Gefängnis – unschuldig.

»Wichtig ist, dass wir einen Anwalt für dich finden und du auf keinen Fall irgendetwas beim Verhör sagst. Maximal gibst du Auskunft über deine Person. Name, Alter, Wohnort, Geburtsort. Fertig. Es ist nicht klar, ob du wegen deines Status mit den Amis oder mit den Deutschen redest. Also, pst.«

Er legte lächelnd den Finger auf die Lippen. Er hatte sich bei den letzten Worten weit zu ihr gebeugt und sie hatte es zugelassen. Sie ahnte, dass er ihr nichts Böses wollte. Oder besser, sie wollte es ahnen. Salomea hätte alles getan, um aus diesem Gebäude herauszukommen.

»Egal wie, Salomea, du wirst hier wieder rauskommen. Koste es, was es wolle!«

Jetzt erst drehte sie sich zu ihm um und blickte in seine Augen. Dieser Steinmüller hatte nichts von dem strahlendem Arierauftreten ihres Freundes. Die braunen Augen, das hagere Gesicht, die buschigen Augenbrauen. Konnte sie ihm vertrauen?

Über ihnen rauschte etwas durch Rohre, störte die Stille. Es mussten die Abflussrohre der Toiletten in den oberen Stockwerken sein. Es roch in diesen Zellen nach Abfluss.

»Harald, der Abi konnte nicht schreiben, nicht lesen. Der hat in seinem Heimatort ganz früh als Schächtergehilfe bei einem Rabbiner angefangen. Der hatte versucht, es ihm beizubringen, der Abi konnte es jedoch einfach nicht. Dann kam die Verfolgung. Der schrieb keine langen Texte. Der wollte bloß überleben.«

Steinmüller blickte hinauf zu den Rohren, die noch immer den Dreck von oben weitertrugen, hinaus aus der Stadt. »Salomea, du hast doch mit diesem Jungen viel gesprochen. Hat er in dieser Unterkunft an der Isar mit einem Mann zusammengelebt?«

Salomea schüttelte den Kopf. »Abi war ein Einzelgänger. Er hat ein Konzentrationslager überlebt. Da ist man nicht mehr gern in Gesellschaft anderer.«

»Wie groß ist Abraham gewesen?«

»Nicht wesentlich größer als ich, warum?«

»Wir haben diesen Mann an der Isar gesehen. Wir haben dir vorgestern davon erzählt. Der Mann ist gigantisch groß, der Junge hat eine Narbe.«

Sie nickte. »Aber von einem Jungen habt ihr nichts erzählt.«

»Nein, der ist unwichtig. Der ist immer nur an den Tatorten aufgetaucht. Mir ist er aufgefallen, weil er am Kopf eine lange Narbe hatte, als habe jemand versucht, ihn zu skalpieren.«

Salomea riss die Augen auf. »Das ist der Isaak. Der Abi hat ihm die Messer geschärft, das hat er mir erzählt. Ein Junge sei zu ihm gekommen, weil der Abi das wie kein anderer gekonnt hat. Und der Junge hat ihm Messer mitgebracht. Keine normalen Messer. Das hat der Abi mir erzählt. Er hatte sich mit dem Jungen ein wenig angefreundet.«

»Weißt du, wo dieser Isaak zu finden ist?«

Salomea schüttelte den Kopf.

»Gut, das sind alles wichtige Dinge, die ich noch herausfinden muss. Ich werde jetzt erst einmal versuchen, an Feinstein heranzukommen. Der ist …«

»Ich weiß, der ist in Schwierigkeiten. Meinetwegen«, ergänzte Salomea leise.

»Jetzt kommt der Kollege Birmoster. Denk dran, kein Wort. Lediglich Angaben zur Person.«

Sie nickte mit fahlweißem Gesicht.

Feinstein hatte Clifton mit einem schönen Rechtsschwinger auf das Katzenkopfpflaster geschickt, bevor ihn zwei GIs mit sanfter Gewalt in den Jeep befördert und ins Präsidium gebracht hatten.

Nun saß er in seinem Büro, vor ihm stand sein Vorgesetzter mit einer zugeschwollenen rechten Gesichtshälfte und krempelte sich die Ärmel hoch.

»Weißt du, Feinstein, du denkst, dass ich dir das Maul poliere. Weil ich für dich so ein kleiner Redneck aus dem Süden bin, einer, der nur frittierte Hühnchen mit Reis frisst, langsam redet und denkt. Aber das wird nicht passieren. Ich werde dir bloß etwas erzählen.« Clifton setzte sich auf einen Stuhl direkt vor ihn. »Fangen wir mit dir an. Da kommt gleich, sehr schlecht gelaunt, ein Militärstaatsanwalt in dein Büro. Er hat erfahren, dass ein Offizier der US Army von einem Untergebenen attackiert wurde. Das ist, du wirst es sicher wissen, ein Verbrechen. Noch sitzt du auf deutschem Boden. Bald jedoch, mein jüdischer Freund, sitzt du auf einem Schiff zurück in die USA. Die Länge der Strafe ist unerheblich. Du wirst, dafür werde ich mich einsetzen, in ein Gefängnis in meiner Heimat kommen. Dort, wo die Sonne dir deinen jüdischen Kopf verbrennt und meine weißen Freunde dich hart rannehmen. Die mögen es nicht, wenn einer von uns von einem Moses oder Schmuel aus Yankeeland geschlagen wird.«

Feinstein lächelte und zuckte mit den Schultern. »Sind vermutlich alles deine Geschwister. Das macht ihr doch da unten im Süden so, wenn die Frauen knapp sind. Anschließend ist die Schwester oder Oma dran.«

Clifton griff in Feinsteins Hoden und presste sie zusammen.

Feinstein stöhnte und biss die Zähne zusammen, bis Clifton losließ. »Okay, du nimmst lieber den Onkel und den Bruder. Dachte ich mir schon.«

Die Ohrfeige fegte Feinstein vom Stuhl. Clifton kniete sich auf den am Boden liegenden und immer noch in Handschellen fixierten Feinstein.

»Und dann wäre da deine Freundin. Die will ja ins Gelobte Land. Jetzt gehe ich dahin und werde ihr die neuen Reisedaten mitteilen. Erst die Verurteilung, dann die Abschiebung. Und weißt du, wohin? Genau, in die russische Zone Wiens. Die suchen aus welchen Gründen auch immer Angehörige der Familie Friedländer. Vielleicht fragst du sie mal, warum die Russkis so scharf auf sie sind.«

Feinstein traute diesem Südstaatenbauern alles Mögliche zu. Zum einen war Salomeas Familie von den Nazis vollständig ermordet worden, zum anderen gab es ein Alliiertenstatut, das eine Ausweisung aus einer Zone so einfach nicht zuließ. Clifton wollte ihn demütigen und zu einer unbedachten Äußerung zwingen.

»Ach, du glaubst mir nicht? Schau einer an. Du hast vergessen, mit wem ich kürzlich im Casino im Haus der Kunst gespeist habe. Das waren Herren vom Russischen Institut. Und die haben mir gesagt, dass das Fräulein Friedländer russische Studenten während ihrer Zeit an der Sorbonne in Paris an französische Behörden verraten haben soll. Na ja, nun wollen unsere Freunde aus Moskau doch einmal mit deiner Freundin sprechen. Allerdings glaube ich nicht, dass das bei Kaviar und Krimsekt passieren wird. Und mein Tipp, eigentlich wollte Fräulein Friedländer bald in der Sonne Palästinas einen Judenstaat aufbauen. Ich denke, aber ich bin ja nur ein Redneck, ich denke, sie wird in einem russischen Arbeitslager am Ural enden. Da scheint deutlich weniger die Sonne, habe ich mir sagen lassen.« Er erhob sich, trat mit der Spitze seines Schuhs in Feinsteins linke Niere und pfiff ein Lied, ehe er den Raum verließ und ihn in Angst um Salomea zurückließ.

Kurz darauf erschien der junge Polizist Kruder mit einem Tablett, den Steinmüller vor ein paar Tagen angeschleppt hatte. »Das soll ich vom Kollegen …«

»Steinmüller?«, ächzte Feinstein.

»Ja, genau. Er hätte erst an Speck in einer Milchsuppe gedacht. Jetzt habe er lediglich Kaffee und ein wenig Brot bekommen. Ob das so recht sei, hat er gefragt.«

Steinmüller hatte eine besondere Art Humor. Mahlzeiten mit Fleisch und Milch waren für gläubige Juden verboten, Speck insbesondere. Davon wusste der junge Kruder nichts. Feinstein musste lächeln und das war wohl das, was Steinmüller damit bezweckt hatte.

»Es ist eine Militärpolizeieinheit von der McGraw-Kaserne hierher unterwegs. Sie werden wohl verlegt. Ihr Schlag gegen Ihren Boss ist nicht unsere Sache«, plauderte Kruder aus, während Feinstein hastig aß und trank.

Beim zweiten Bissen in das Brot bemerkte er ein Stück Papier im Mund, spuckte es jedoch erst aus, als Kruder gegangen war, um vor der Tür zu warten. Feinstein hatte ihm gesagt, er wolle beten. Als Feinstein las, was Steinmüller ihm hastig auf das Papier gekritzelt hatte, musste er erneut lächeln. Dieser schief gewachsene Deutsche war eine echte Überraschung in der letzten Runde des Boxkampfes.

»Tätlicher Angriff auf einen Vorgesetzten. Beleidigung. Dazu unter Alkoholeinfluss mit einem Wagen der örtlichen Polizei unterwegs. Lieutenant Feinstein, Sie stecken bis zum Hals im Dreck, das wissen Sie!« Ein Militärstaatsanwalt der alten Schule saß ihm gegenüber. Colonel David Cooper hatte eine Glatze und eine klare Vorstellung von Recht und Hierarchie in der Truppe. »Sie gehen dafür in den Bau. Und es könnte gut sein, dass wir Sie unehrenhaft entlassen. In den Staaten wären Sie schon auf dem Weg nach Fort Leavenworth.«

Feinstein zuckte unwillkürlich zusammen. Das war der Name des härtesten amerikanischen Militärgefängnisses. Er hatte nicht damit gerechnet, dass die Justiz so schnell und hart zuschlagen würde. Doch er machte sich mehr Sorgen um Salomea. Nun war klar, dass Clifton hinter der ganzen Sache stecken musste. Er wollte eine schnelle Lösung und zauberte einen Täter aus dem Hut, der zufällig auch noch Aufzeichnungen über Salomea neben sich liegen gehabt hatte. Das stank. Dazu die Informationen von Steinmüller.

Sein Kopf schmerzte, der Alkohol verschwand, der Kater kam. Wenn dieser Mann vor ihm die volle Härte durchzog, war er morgen auf dem Weg in die Staaten – ohne Salomea. Die wiederum wäre in Deutschland einer Anklage zur Beihilfe zum Mord ausgesetzt, ohne seine Hilfe. Es war ein Albtraum.

»Was haben Sie zu den Vorwürfen zu sagen?«, fragte Cooper mit genervter Stimme. »Da liegt die Aussage eines GIs und eines Münchner Polizisten auf dem Tisch, wonach Clifton Sie auf unangemessene Weise zuerst berührt haben soll.«

Feinstein musste grinsen. Das war Steinmüller. Ohne Zweifel. Der Hund hatte dem schwarzen GI klargemacht, was dieser Clifton so über Rassen dachte. »Ja, so war es.«

»Gut, das klären wir später. Der Alkohol, gestehen Sie das?«

»Ja, wir waren unvorsichtigerweise auf dem Land bei den Bauern.«

Cooper grinste. »Verstehe. Ich habe im Casino mit einem alten Kameraden aus dem Marine Corps gefeiert und …« Er zögerte. »Ich habe nicht vor, mit dieser unangenehmen Auseinandersetzung zwischen Offizieren meine Zeit zu verschwenden. Ich bin in den Bergen bei Garmisch mit Freunden aus der Militärjustiz verabredet, um Gämsen zu jagen. Da stört dieser Hahnenkampf nur. Ein Übergriff auf einen höherrangigen Offizier ist trotzdem kein Kleinkram, Feinstein.«

Es klopfte. Herein traten ein sehr dicker und ein sehr kleiner Mann. Cooper machte ein erstauntes Gesicht und drehte sich um. Der Dicke stellte sich zuerst vor.

»Guten Tag, mein Name ist Samuel van Raay, ich bin …«

»Ich weiß, Sie sind der Staatskommissar für politisch Verfolgte. Das ist allerdings ein Militärverfahren und da sind Zivilisten fehl am Platz.«

Der kleine Mann mit der randlosen Brille steckte in einem viel zu großen gestreiften Anzug, trug dazu noch eine rote Fliege und eine weiße Nelke im Revers. »Ich bin Doktor Cohn und vertrete die Angelegenheiten meines Mandanten Marcus Feinstein. Ich habe eine Zulassung als Militäranwalt für die amerikanische Zone. Hier sind meine Papiere.«

Er legte ein Dokument auf den Tisch und Cooper studierte neugierig den Inhalt.

Feinstein hatte den Eindruck, eine Clowntruppe aus dem Zirkus wäre gerade erschienen.

»Sergeant Major, ich habe bereits mit Ihrem Gouverneur gesprochen. Er war natürlich ungehalten, so früh aus dem Bett geklingelt zu werden. Doch er will sich Ihrer Jagdgesellschaft in Garmisch gern anschließen, lässt er ausrichten. Wenn Sie mich mit meinem Mandanten nun ein wenig ungestört plaudern lassen. Ich bin außerdem sicher, dass wir diese unschöne Angelegenheit schnell und unbürokratisch lösen können.«

Cooper lachte sarkastisch auf. »Ihr junger Mandant hat einen Vorgesetzten tätlich angegriffen. Das sagt zumindest der Vorgesetzte. Das ist keine unschöne Angelegenheit unter Gentlemen. Das ist eine verdammte Straftat.«

»Sicher, wenn es sich so zugetragen hat. Es gibt ja zwei weitere Aussagen, wie ich hier lese, und es war Nacht. Es ist Major Clifton, von dem wir beide wissen, dass er in seiner Heimat eine gewisse Vergangenheit hatte, nicht wahr?«

Cohn mochte schräg aussehen, aber er war bestens in der US Army vernetzt.

»Mag sein, Herr Cohn. Auch verdammte Rassisten aus dem Süden haben jedoch einen Anspruch, von ihren Untergebenen nach den Regeln der Army mit Respekt und Anstand behandelt zu werden.«

Cohn nickte. »Natürlich. Es hilft der Army bloß nicht, wenn in diesen besonderen Zeiten ausgerechnet einer der fähigsten Offiziere öffentlich angeklagt wird. Wie sieht das in der heimischen Presse aus?«

»Ich bin nicht der Presseoffizier, ich bin der Militärstaatsanwalt, wenn ich Sie daran erinnern darf.«

»Ohne Zweifel. Wussten Sie, dass die Tante meines Mandanten Regina Schiff ist?«

Cohn hatte das alles in einem näselnden, enervierenden Ton vorgetragen und Cooper hätte ihn offensichtlich liebend gern rausgeworfen. Zwei Worte hielten ihn davon ab: ›Gouverneur‹ und ›Schiff‹.

Er erhob sich gähnend. »Ich trinke jetzt einen Kaffee. Danach gehört Ihr Mandant«, er machte eine Pause, streckte sich und klopfte Feinstein auf die Schulter, »wieder mir.«

Kaum hatte Cooper den Raum verlassen, ging van Raay an den Tisch, tastete unter der Platte und griff nach dem Telefonhörer, bevor er unter der Tischlampe fündig wurde. Er legte einen Finger auf die Lippen und bedeutete den anderen beiden, sich das Gefundene anzusehen. Es war tatsächlich eine Wanze, Feinstein hatte sie schon einmal beim Abwehrgeheimdienst der Army gesehen. Doch dieser Fund war außergewöhnlich. Wer hörte ihn ab? Die eigenen Leute?

Van Raay trat an ein Regal, wo Feinstein ein Radio aufgestellt hatte, ein Geschenk seiner Tante aus New York. Er drehte den Einschaltknopf nach rechts, suchte nach einer Frequenz und fand AFN Munich, den Armeesender der Amerikaner.

Soweit es das Kabel zuließ, schob er das Gerät in Richtung Lampe, ehe er Feinstein und Cohn in eine andere Ecke des Raums dirigierte.

»Cooper ist unser Mann. Der Gouverneur ist sein Freund aus Zeiten in Princeton, und der verstorbene Mann deiner Tante, der alte Schiff, war ein großer Spender für Coopers Fakultät in Princeton.«

Feinstein musste schmunzeln. Das war die Elite Amerikas. Man kannte sich, man half sich.

»Wer immer dich ins Gefängnis schicken will, ist ein Profi«, fuhr van Raay fort. »Und davon gibt es in München immer noch einige Gruppen. Herr Cohn wird dir helfen, das Land zu verlassen.«

»Ich bleibe. Ich will den Fall weiterführen.«

»Das ist nicht das Wichtigste, Jüngelchen. Du musst hier weg.«

Feinstein verstand nicht. »Die haben den Mörder!«

Van Raay sah ihn spöttisch an und schüttelte unmerklich den Kopf. Er nahm einen Zettel aus der Jacke und schrieb etwas darauf, bevor er ihm zuredete. »Übermorgen Nachmittag geht von Marseille ein Schiff nach Haifa. Zwei Passagescheine liegen in Bogenhausen im Büro der AJDC in der Möhlstraße. In wenigen Tagen wird unser Staat dort unten in Palästina gegründet. Du gehst mit Salomea dorthin. Salomea kommt spätestens morgen früh raus, wenn ich Glück habe. Es ist ein Deal. Wir fragen nicht weiter nach dem Fall mit unserem Abraham. Wir alle wissen, dass er es nicht gewesen ist. Doch du gehst mit Salomea nach Palästina. Das ist deine letzte Chance. Bleibst du, werden dich die Amerikaner und vor allem dieser Clifton zerquetschen. Dich und Salomea. Ihr müsst fliehen!«

Steinmüller hatte sich von Salomea verabschiedet und war in den Gang vor den Zellen hinausgetreten. Er fühlte sich völlig zerschlagen, frustriert, alles lief aus dem Ruder. Er suchte in der Jackentasche nach einer Zigarette. Um nicht im Zellentrakt bei den Inhaftierten mit seiner Raucherei unnötig Neid zu erzeugen, lief er hinunter zum Archiv, wo Willibald am Montag nicht mehr erscheinen würde. Von oben hörte er Cliftons dröhnende Stimme, der die Treppe herunterkam. Er wollte ihm aus dem Weg gehen, zwängte sich in eine Ecke und ließ ihn passieren, ehe er sich ins Erdgeschoss begab und die Treppe zu seinem Büro hinaufstieg. Es war vielleicht nur Einbildung, er hatte jedoch den Eindruck, dass die Kollegen, die er kannte, ihn keines Blickes würdigten. Einige schauten auf dem Flur zu seinem Büro ostentativ zur Seite.

Er öffnete die Tür. Birmoster beugte sich über einen Melitta-Porzellanfilter und goss heißes Wasser ein.

»Ist bloß Muckefuck, aber trinkbar«, rief er, ohne sich umzudrehen.

»Danke dir.«

Auf einem Tisch an der Wand lagen die Beweisstücke aus der Behausung des angeblichen Täters. Ein Notizbuch, die Kennkarte eines Opfers mit dem Namen und der Unterschrift von Dietrich Sareiter, auf der das Hakenkreuz überklebt worden war. Der Passierschein für Willibald. Eine Aluminiumblechdose der Wehrmacht mit dem eingravierten Namen *Hans Sollbacher*, ein kleiner Schminkspiegel mit den Initialen *G K* für Gunda Koch. Dazu etliche Dollarscheine und anderes Hab und Gut ohne erkennbare Beziehung zu den Opfern. Woher sollte Abraham diese Gegenstände gehabt haben, wenn nicht von seinen Opfern?

Birmoster stellte seinem Kollegen den frisch aufgebrühten ›Kaffee‹ aus Zichorie und Roggen auf den Tisch. Lässig legte er eine rot-blaue Dose mit dem Aufdruck *Pervitin* daneben. Steinmüller lächelte. Was vom Krieg so übrig blieb. ›Panzerschokolade‹ hatten sie es genannt.

»Macht die Hausfrau glücklich«, murmelte Steinmüller einen alten Werbespruch des Aufputschmittels und kippte zwei

Pillen mit dem üblen Kaffeeersatz hinunter. Gerade rechtzeitig, bevor Birmoster mit seiner Suada begann.

»Du fährst ausgerechnet mit dem Itzig und seiner Verwandtschaft in die Berge und lässt mich und unsere Kameraden mit dem Mörder allein. Was ist das? Willst dich beliebt machen bei den Besatzern? Das hat wohl nicht ganz geklappt.«

»Ich hatte einen freien Tag, seit Wochen zum ersten Mal. Was ist das Problem?«

Birmoster kam ganz nah. Er roch nach dem schalen Bierhefesud, den sie am Bahnhof ausschenkten. »Der Russe wird uns bald den Hahn abdrehen. Die Ersten, die anschließend über den Großen Teich verschwinden werden, sind die feigen Amis. Denn einen Krieg gegen die Russkis gewinnen die nicht. Wer wüsste das besser als wir? Allesamt Feiglinge und Waschlappen. Also werden wir allein mit denen sein. Was glaubst du, wer wirft dann eine Atombombe auf unser Land? Mit wem sollten wir uns anfreunden?«

Steinmüller zuckte mit den Schultern. »Mit den Russen? Ich spreche noch ein paar Brocken und das Land habe ich auch schon kennengelernt.«

»Harry, du gehst auf sehr dünnem Eis. Wir sind bald wieder am Drücker. Die Amis werden uns zurücklassen. Und dann kommt ganz schnell wieder der alte Schlager: *Licht aus. Messer raus. Drei Mann zum Blutrühren.*«

Steinmüller verzog das Gesicht. Der Muckefuck war scheußlich.

»Kaffeebohne auf den Tisch genagelt, Eimer Wasser drüber gegossen«, erklärte Birmoster, merkte aber, dass sich Steinmüller nicht mit ihm unterhalten würde, und stand schweigend vor ihm, ehe er sich verärgert abwandte.

Steinmüller erhob sich, ging zum Tisch, nahm sich das Notizbuch und las in den Aufzeichnungen des jungen Abraham. Was sollte er mit Birmoster bereden? Er hatte recht, sich mit den Juden einzulassen, war gerade einmal drei Jahre nach dem

Krieg nicht möglich. Sie hassten ihn. Wer hätte das nicht getan? Und diese Auszeit war falsch gewesen. Steinmüller hatte sich einen freien Tag und einen Abend gegönnt, während Birmoster weitergearbeitet hatte. Das war Kameradenschweinerei gewesen. Birmoster hatte den Täter gefunden und der Mörder war tot. Fall gelöst. Sie mussten nur die Toten mit dem Täter in Verbindung bringen. Das *Pervitin* wirkte.

Euphorie kroch in ihm hoch.

Doch der Pferdefuß war der Verdacht, Salomea könnte beteiligt sein. Das war einfach zu absurd. Er hatte sie kennengelernt. Sie sollte einen jungen Mann zu diesen Taten angestiftet haben? Das konnte er nicht glauben. Andererseits war da der Hass, die Wut auf die Deutschen. Was hätte er gemacht an ihrer Stelle? Einen jungen Mann instrumentalisieren, um fünf Menschen abzuschlachten und in die Luft zu sprengen? Gut, sie hatte nie die Wohnung verlassen wollen, hatte also einen Täter suchen müssen. Dafür war sie gestern jedoch zu schnell zur Landpartie mitgekommen. Die Gedanken drehten sich in seinem Kopf, er konnte keinen zu Ende denken. Er brauchte Schlaf oder Bewegung.

Es klopfte.

»Steinmüller, unten am Empfang will dich eine Dame sprechen.«

Er blickte erschrocken hoch und fragte hastig nach dem Namen.

Der Kollege zuckte mit den Schultern. »Sie wollte ihren Namen nicht nennen, sagte aber, dass es wichtig sei und du sie kennen würdest.«

Steinmüller stand auf, legte das Büchlein zurück auf den Tisch und verabschiedete sich von Birmoster.

»Um fünf Uhr nachmittags kommt der Polizeipräsident, will uns sprechen und sich bedanken. Du bist hoffentlich dabei«, ermahnte er Steinmüller.

Er nickte. »Heute ist wieder Kameradschaftsabend, oder?«

Birmoster schüttelte den Kopf. »Nein, heute fällt der aus. Ich bin eh nicht da.«

Steinmüller trat hinaus in den Flur und rannte fast die Treppen hinunter. Das Blut pulsierte wild in seinem Kopf. Er musste eine Pause machen, eine Zigarette rauchen. Hinter dem Empfangsbereich lehnte er sich an eine Säule und zündete sich die Camel an. Sein Herz raste, Bilder im Kopf verwandelten sich in reale Vorstellungen. Er hörte Stimmen, laut und nah, andere Geräusche verschwanden. Schloss er die Augen, drehte sich alles, ihm wurde übel. Ein tiefer Zug. Nur kein Anfall.

»Herr Steinmüller?«

Er zuckte zusammen und wandte sich ruckartig um. »Frau Sareiter?«, rief er erstaunt.

Die hagere Frau war komplett schwarz gekleidet. Ihre Augen lagen in tiefen Höhlen, die Wangen waren eingefallen, die ohnehin schmalen Lippen kaum wahrnehmbar. Er wusste, dass sie einst sehr hübsch gewesen sein musste. Doch nun war sie ein Gespenst, ein trauerndes Gespenst.

»Was kann ich für Sie tun?«

»Mein Schwiegervater, der Willibald, der ist auch tot.« Sie sagte das nahezu tonlos, ohne jede Emotion.

»Das tut mir leid. Es war mir nicht bekannt, als ich Sie in Trudering aufgesucht habe.«

Sie nickte. »Es ist gut so. Willibald war kein guter Mann. Er hat seinem Sohn zur SS geraten. Er hat ihm geraten, mich zu …«

Sie musste es nicht weiter ausführen. Das blaue Auge war noch zu sehen.

»Und jetzt?«

Sie schwieg. Er reichte ihr eine Zigarette, die sie ablehnte.

»Meine Güte, Frau Sareiter, das ist alles schrecklich«, konnte er lediglich sagen. Zu mehr, zu einer Geste des Trostes war er jedoch nicht in der Lage. Hier, wo überall Augen waren.

Sie sah ihn lange an. »Wissen Sie, Herr Steinmüller, ich

werde nicht mehr lange in Deutschland sein. Mein Freund ist Amerikaner. Er will mich mitnehmen.«

»Oh, das ist, also …«, begann er.

»Großzügig, meinen Sie?«

Er bemerkte, wie unhöflich das klingen musste.

Sie half ihm. »Ich erwarte ein Kind von ihm.«

»Und die Kinder von …?« Es wurde nicht besser. Gespräche mit Frauen waren nie seine Begabung gewesen.

»Nehme ich mit. Ich werde mit fünfunddreißig Jahren noch einmal ein neues Leben beginnen, raus aus den Trümmern, dem Land der gesenkten Köpfe.«

Steinmüller verstand. So viele hatten nach 1945 nicht mehr an einen Aufbau, an eine Zukunft in diesem Land geglaubt und waren ausgewandert.

»Wo geht es hin?«, konnte er nur fragen.

»Nach Montana. Er sagt, unser Kind wird ein Cowboy.« Zum ersten Mal musste sie lächeln.

Er wollte sich bereits verabschieden, als sie ihn am Arm berührte. »Da ist noch etwas. Etwas habe ich Ihnen nicht erzählt. Ich bin hier, um Ihnen das zu sagen.«

»Ja?«

»Mein Mann wurde nicht von einem Juden getötet!« Sie sagte den Satz lakonisch, es klang wie eine Bemerkung über das Wetter.

»Wie kommen Sie zu dieser Behauptung?«, fragte er leise. Das Pochen im Kopf schmerzte immer mehr. Er musste sich zusammennehmen, nicht seine Schläfen zu massieren.

»Andere hatten bessere Gründe als Rache.«

»So? Wer denn?«

Sie schob ihn hinter die Säule, wo sie glaubte, ungestörter zu sein. »Dietrich wollte ein neues Leben beginnen. Er sagte mir, dass ihn irgendwann die Vergangenheit einholen würde. Er wollte weg.«

»Wohin?«

»Nach Südamerika. Zwei seiner Freunde waren schon dort, irgendwo im Süden des Landes. Sein Oberst hatte es ihm versprochen. Da gäbe es eine neue Organisation um das Fliegerass Hans-Ulrich Rudel, die sich um Leute wie Dietrich kümmern würde.«

»Dann hat man ihn getötet.«

»Ja, Ihr Kollege Birmoster hat es mir heute Morgen mitgeteilt. Es soll ein junger Jude sein. Aber das glaube ich nicht.« Sie lachte sarkastisch.

»Warum nicht?«

Sie schaute sich um, ehe sie leicht den Kopf schüttelte. »Mein Mann wollte weg. Wir stritten uns. Die Kinder lehnten ihn ab. Natürlich, er war in ihren schlimmsten Zeiten, im Bombenkrieg, nicht da gewesen. Er wollte gehen, uns irgendwann nachholen. Doch daraus wurde nichts. Er zerstritt sich, weil der Oberst ihn nicht nach Südamerika hatte gehen lassen wollen.«

»Verzeihen Sie, Frau Sareiter, wie hieß der Oberst, erinnern Sie sich?«

»Wanger. Der wollte mehrere aus dieser Truppe von der Ostfront aus Deutschland rausbringen. Oberst Wanger.«

»Ja, ich erinnere mich«, erwiderte Steinmüller und blickte sich nervös um, weil er nun erst recht interessierte Zuhörer fürchtete. Er erfuhr gerade zwischen Tür und Angel etwas über eine Naziveteranengruppe. Das waren Informationen, die für die Alliierten interessant waren, die noch immer nach alten Netzwerken suchten.

»Jedenfalls traute Wanger meinem Mann nicht, hielt ihn nicht mehr für zuverlässig oder brauchbar. Es gab einen schlimmen Streit. Dietrich wurde ausfällig, wie immer. Er kam wütend und betrunken zurück. Schrie daheim, er würde alle auffliegen lassen. Er spuckte auf das Foto an der Wand. Daran erinnere ich mich gut. Mein Sohn wurde wach, Dietrich schlug ihn. Ich stellte mich dazwischen. So kam das blaue

Auge zustande. Am nächsten Tag wollte er mit einem Ami sprechen, den er vom Schwarzmarkt in Bogenhausen kannte. Einen Major Kliffen oder so.«

»Und warum war er so zornig?«, fragte Steinmüller gedämpft.

»Ich weiß nicht. Er sprach nicht darüber. Und er hat für die ja sehr viel riskiert. Der Dietrich hatte für die Flucht dieser Gruppe extra die Jagdhütte in Kreuth von seinem alten Spezl erbettelt.«

»Für die gesamte Gruppe?«

Es wurde immer besser. Was hätte er für ein Büro gegeben, wo er Marga Sareiter in Ruhe und ohne Zuschauer hätte befragen können. Er war sich sicher, dass diese Frau mit ihrem Wissen den Schlüssel zu dem Häuterfall hatte, und war elektrisiert.

»Sagen Sie, Frau Sareiter, diese Jagdhütte, wo liegt die?«

Sie atmete schwer. »Ich weiß nicht, warum ich Ihnen das alles erzähle.« Sie stockte.

»Nun ja«, versuchte es Steinmüller, »Sie gehen und wollen einen klaren Schlussstrich ziehen. Ihr Mann und dessen Vater leben nicht mehr. Sie sind bald in Amerika. Ihre Kinder werden fragen, wer ihren Vater und den Großvater getötet hat. Nur jetzt, nur hier können Sie das klarstellen und uns helfen.«

Sie blickte ihn durchdringend an. Er schien etwas in ihr berührt zu haben. »Die Jagdhütte liegt in Kreuth, auf dem Weg nach Österreich, kurz vor der Grenze. Dietrich und ich haben da ein paar Tage nach unserer Hochzeit verbracht. Morgen wäre er abgereist, weil am Dienstag eine Jagdgesellschaft kommt. Ich wäre rausgefahren und hätte dort sauber gemacht. Deswegen weiß ich das so genau.«

Steinmüller sah an Marga Sareiters Schulter vorbei, wie Birmoster die Treppe herunterkam. Wenn er ihn mit der Frau entdeckte, würde er sofort Verrat wittern. Aber es war bereits zu spät. Birmoster hatte die beiden erspäht. Er ging mit schnellen Schritten auf sie zu.

»Wenn Sie gleich angesprochen werden, tun Sie bitte so, als wollten Sie nach dem Kollegen Birmoster fragen. Und geben Sie mir jetzt die Hand. Schnell.«

»Mei, die Marga. Schaust ja verstört aus. Du, was brauchst?«, fragte Birmoster, ohne Steinmüller eines Blickes zu würdigen.

»Frau Sareiter hat dich gesucht wegen Willibalds Eigentum unten im Archiv.«

Sie nickte.

»Ist das so, Marga? Na, dann komm mal mit. Wir müssen ja auch wegen der Beerdigung vom Willibald sprechen.« Birmoster drehte sich zu Steinmüller um. »Wir sehen uns bestimmt gleich noch mal oben, nicht wahr, Harald?«

»Ja, geht's schon mal vor. Ich besorge mir Zigaretten.«

»Da bin ich sicher, dass du bei unseren Amifreunden eine Quelle hast«, erwiderte Birmoster spitz, bevor er Marga Sareiters Arm umfasste und sie zum Treppenaufgang dirigierte.

Kaum war er verschwunden, drehte sich Steinmüller hinter eine Säule und atmete durch, ehe er sich eine neue Zigarette anzündete.

Es gab eine Gruppe. Eine, die vielleicht für die Morde verantwortlich war. Natürlich. Die hatten Sareiter aus dem Weg geschafft und es einem Juden in die Schuhe geschoben. Doch was war das für eine Gruppe? Heute war Sonntag. Morgen würden sie fliehen. Er musste dorthin, wenn er den wahren Täter finden, wenn er Salomea freibekommen wollte. Durch die Eingangstür sah er einen Jeep mit zwei MP-Soldaten in den Hof fahren. Das war die Eskorte für Feinstein. Ohne den würde er es nicht schaffen. Er brauchte ihn, wenn er den Fall lösen wollte.

Eilig lief er hinaus zum Jeep, grüßte die Soldaten freundlich und erklärte mit einem schrecklichen Akzent auf Englisch, dass das Verhör mit First Lieutenant Feinstein länger dauern würde, der Staatsanwalt benötige noch eine halbe Stunde. Die beiden blickten sich unschlüssig an, glaubten aber der hageren Gestalt, die auch andere Kollegen grüßte und wohl zum Präsidium gehörte.

Steinmüller lief zurück ins Gebäude, hetzte über die Treppen hinauf in den vierten Stock und blieb vor Feinsteins Sekretärin Dorfmeister stehen. Er atmete tief ein und aus und erklärte ihr die Situation.

Kurz darauf erschien Feinsteins Sekretärin in seinem Büro, wo sich gerade der Militärstaatsanwalt, van Raay und Cohn voneinander verabschiedeten.

»Herr Cooper, die MP ist im Hof und würde Lieutenant Feinstein nun abholen«, sagte sie. »Und eine Frau Schiff aus New York will Sie sprechen. Sie steht unten und ist etwas ungehalten, wenn ich das so sagen darf.«

Cooper trat zum Fenster. »Okay, machen wir morgen weiter, Feinstein. Ich bringe Sie hinunter«, bestimmte er, als er sich wieder umdrehte.

Die Sekretärin räusperte sich. »Dafür wurde schon gesorgt. Ein Polizist aus dem Haus macht das im Regelfall. Er wartet vor der Tür.«

Kaum hatte Feinstein das Zimmer verlassen, zog Steinmüller ihn auf dem Flur in eine Nische.

»Marcus Feinstein, Clifton will dich fertigmachen. Dich und Salomea. Der Nächste werde ich sein.«

»Ich weiß.«

»Schön. Wir haben noch eine Patrone im Lauf. Wenn du mir vertraust, lösen wir den Fall. Ich weiß jetzt, wo die wahren Häuter sind. Sie wollen in wenigen Stunden fliehen.«

Feinstein schaute ihn verdutzt an. »Wo?«

»In Kreuth. Da müssen wir hinfahren.«

»Ich bin unter Arrest.«

»Ja, ich weiß.«

»Und?«

»Ohne dich komme ich da nicht hin. Du kannst mit mir in

den Fuhrpark fegen, ein Auto nehmen und in den Landkreis Miesbach fahren. Ich nicht. Dafür brauche ich eine dienstliche Anweisung meines Liaison Officer. Der bist du!«

»Ich soll also gegen das amerikanische Militärrecht verstoßen und fliehen, damit du ein Auto bekommst, um nach Kreuth zu fahren? Du bist wahnsinnig.«

»Ja, bin ich. Aber ich bin auch Salomeas letzte Chance. Die verschwindet zu den Russen, wenn wir uns nicht beeilen. Dahinter steckt …«

»Clifton, ich weiß.« Für eine Sekunde verharrte Feinstein. Sollte er diesem schrägen Vogel wirklich glauben?

Doch unten wartete die Military Police. Und wenn er erst einmal einsaß, hätte er keine Chance auf Ermittlungen. Was hatten Cohn und van Raay ihm gesagt: »Flieh!«

»Was, wenn sie Salomea jetzt wegbringen?«

»Marcus, es ist Sonntag. Die Überführungen nach Wien gehen erst am Montagnachmittag. Deine Leute werden sich um Salomea kümmern.«

Fünf Minuten später saß Feinstein auf einem BMW-Motorrad und Steinmüller im Beiwagen. Er könne virtuos Klavier spielen, hatte er lapidar im Fuhrpark erklärt, jedoch kein Zweirad fahren.

»Kein Wunder, dass ihr den Krieg verloren habt«, spottete Feinstein, ehe er den Lederhelm überzog, Gas gab und aus dem Hof fuhr, vorbei an den GIs am Jeep, die sie nicht beachteten.

14

Sie hatte es tatsächlich getan. Schwitzend und verängstigt auf der Toilette der Absteige gesessen und zugehört, wie Wanger die vier Männer einander vorgestellt hatte. Mit einem Bleistiftstummel die Namen und Ränge in kleinster Schrift aufgekritzelt und sich den Zettel in eine Körperöffnung gesteckt, bevor sie sich von ihrem alten Liebhaber verabschiedet hatte.

»SS-Standortarzt Josef ...«

Clifton nickte. »Danke, gib mir den Zettel einfach«, unterbrach er sie rüde.

Er langte nach ihrer Hand und zog ihr das Papier weg, ehe er sich erneut einen Eisbeutel aufs Auge legte. Alles lief nach seiner Vorstellung. Die Deutschen hatte er im Griff. Sie würden in der Nacht aufbrechen und nur er wusste, wer sie tatsächlich waren. Dieser verdammte Feinstein und sein Judenliebchen saßen fest. Der Fall war geklärt. Er lehnte sich entspannt zurück und ließ Gertrud mit dem großen Mund arbeiten.

Sie war bemüht und hatte ihm in den letzten Wochen sehr geholfen. Doch wie so viele Deutsche verstand sie nicht, dass der Krieg niemals vorbei war. Er ging weiter. Bald war da ein neuer Feind. Überhaupt waren da immer Feinde. Und Menschen wie Gertrud traten kurz auf dem Schlachtfeld auf und verschwanden wieder. Wie die Bewohner Hiroshimas, die Juden in Ausschwitz oder eben einige Frauen in München. Sie wusste etwas, womit sie nicht umgehen konnte. Das war wie eine Waffe in der Hand einer falschen Person. Das konnte für die Umgebung gefährlich werden.

Sie wischte sich den Mund ab, ging ins Badezimmer und wusch sich. Er hatte von einem französischen Offizierskollegen Parfüm und Seife aus Paris bekommen. Dazu eine Flasche Champagner. Das alles hatte er getan, weil sie ihm gesagt hatte, dass sie wohl schwanger sei. Und so glaubte sie, es gäbe etwas zu feiern, eine Verlobung gar.

Sie hatte jedoch nicht bemerkt, dass er nie über die Bruderstraße in ihr Haus trat, sondern über einen Hinterhof eines Hauses in der Unsöldstraße kam. Und sie wusste auch nicht, dass er kurz zuvor im Casino am Haus der Kunst gesessen, dort über die Küche das Gebäude verlassen hatte und nun zurückgehen wollte.

Erst einmal hatte er aber noch eine Aufgabe zu erledigen. Er öffnete das Fenster. Es goss in Strömen. Eine Regenfront überquerte München. Niemand schien auf der Straße zu sein. Wind wehte in die karge Wohnung, ließ die Seiten einer Illustrierten aufwirbeln. Böen ließen die Gardine tanzen, der Stoff flog hinaus auf das Fensterbrett.

Er öffnete die Tür. Jetzt drückte der Wind stärker hinein, blies die Regentropfen aufs Parkett.

Die Badezimmertür schwang auf. Sie trat schimpfend heraus, bemerkte nicht, dass er neben dem Schrank an der Tür stand, und rannte zum Fenster, um es zu schließen. Mit einem Schritt war er bei ihr, griff mit einer Hand in ihre Scham und packte mit der anderen ihren Arm, hob sie hoch und warf sie wie ein Möbelstück hinaus auf die von Regenpfützen übersäte Straße, wo sie mit dem Kopf zuerst aufschlug. Es war kein Schrei des Entsetzens. Der Schrei hatte eher etwas Überraschtes.

Sechzig Kilometer südlich, an der Grenze zur französischen Besatzungszone, hatte Katzel die Innereien des gerade geschossenen Junghirschen fein säuberlich auf eine Plane gelegt, das Wichtige vom Unwichtigen getrennt und machte sich nun an das Fell. Isaak sah ihm aufmerksam zu.

Er hatte in den drei Jahren von seinem Ziehvater alles gelernt. Das, was er aufgrund seiner immer noch kindlichen Gestalt nicht mit Kraft lösen konnte, machte er mit Tricks wett, die der Alte ihm beigebracht hatte. Nie hatte Isaak Katzel bei anderen Handarbeiten sorgfältiger und liebevoller sehen dürfen.

»Tiere haben Seele. Immer. Menschen nicht immer.«

Er hatte das auf Jiddisch gesagt, eine Sprache, die er, so hatte er es einmal Isaak erklärt, nur gebrauchte, wenn sie nicht mit den anderen Männern beieinandersaßen.

»Für die ist der Katzel der Zigeuner. Schlimm genug, dass sie mit einem wie ihm auf Reisen gehen müssen. Das Jiddische, weißt du, Isaak, das Jiddische hat der Katzelmacher vor dem Krieg von seinen Freunden im Gerberviertel gelernt«, hatte er ihm zugeflüstert.

Und Isaak beherrschte es, weil es der Rabbi ihn gelehrt hatte. Wenn Isaak die Angst überkam, die seit der Zeit im Lager sein ständiger Begleiter war, kroch er zu Katzel, legte den Kopf auf die mächtigen Oberarme und begann zu nicken. Der legte dann sein Messer zur Seite, schlang den Arm um ihn und fing leise an zu singen.

Es waren immer traurige Lieder, Isaak liebte sie dennoch, denn die Angst verschwand.

Als sie den Hirschbock endgültig zerlegt und das Fleisch in Portionen in Säcke gesteckt hatten, machten sie eine Pause. Die Arbeit hatte beide angestrengt.

»Ich bin für die der Katzelmacher. So haben sie mich genannt. Aber ich bin kein Katzelmacher. Ich bin der Gabriel. Nur du weißt das. Du darfst mich so nennen. Das sind meine Geschenke: mein Name und mein Schutz. Denn nie wird dir einer Leid zufügen, weil der Gabriel auf dich aufpasst.« Er wischte das warme Blut, das an der Klinge entlanglief und auf den Boden tropfte, an dem nassen Gras ab, trocknete es gründlich mit seinem dreckigen Hemd ab und erhob sich. »Heute Nacht musst du an meiner Seite bleiben. Du darfst nicht wegrennen oder weinen. Du musst stark sein.«

Isaak blickte in Gabriels Augen. Nie zuvor in seinen elf Jahren auf dieser Welt hatte er einen stärkeren, mächtigeren Mann gesehen als ihn. Gabriel hatte ihn durch Flüsse getragen, hatte ihn gepflegt und, als ein russischer Soldat ihn hatte aufhalten wollen, da hatte er dem einfach das Genick gebrochen. Isaak hatte es gehört und er hatte gelacht.

Gabriel hatte ihn jedoch mit beiden Händen in die Höhe gehoben, sodass seine kleinen Füße in der Luft gebaumelt hatten, und ihn leise ermahnt, damals an der Donau, während sie auf dem Weg zurück nach München gewesen waren.

»Töten, Isaak, ist einfach. Du nimmst Luft, brichst Knochen, stichst Herz, trennst Rückgrat. Mensch geht kaputt. Dann kommen die Gespenster. Das ist das, was du aushalten musst. Ihre Gespenster. Menschen gehen nicht. Menschen werden Gespenster. Kommen nachts. Sitzen auf deiner Brust. Nehmen dir Luft. Also, töte nur, wenn du das musst. Wie mit Tieren. Nur wenn du Hunger hast. Wenn du das Geld brauchst. Und nie, weil es dir Spaß macht, verstehst du mich?«

Er hatte aus schierer Angst, Gabriel zu verlieren, eifrig genickt.

Inzwischen waren drei Jahre vergangen. Sein Beschützer war zum Lehrer und später zum Vater geworden, an den alten hatte Isaak keine Erinnerung mehr und wollte keine haben.

»Was passiert heute Nacht?«, fragte er und warf den leichteren Sack mit Fleisch auf seine schmalen Schultern.

»Heute Nacht machen sich alle bereit. Heute Nacht kommt der Oberst und bringt ihnen den Proviant. Das sind Goldmünzen und Diamanten. Denn die Männer haben Angst, in dem neuen Land arm zu sein. Also werden sie, das hat der Gabriel herausgefunden, den Proviant verstecken. Gabriel darf da nicht dabei sein, wenn er kommt. Doch ich kenne das Versteck.«

»Wo?«

Der Alte beugte sich zu Isaak und flüsterte ihm ins Ohr: »Sie schlucken es herunter!«

Er bekam große Augen. Vorsichtig legte Gabriel einen blutigen Finger auf seine wulstigen Lippen. Schweigend stapften sie über die Almwiese, rutschten über den schlammigen Hang hinunter, sprangen behände über Felsen und Steine und überquerten den Fluss, ehe sie nach einer Stunde die Hütte erreichten.

Vier Männer warteten auf das Essen, als die beiden zur Tür hereintraten und die Säcke zum Kanonenofen trugen.

Einer trug eine Brille, war im Krieg Arzt gewesen und hatte Menschenversuche gemacht. Einer zog das Bein nach, weil ihm ein russischer Granatsplitter die Wade bei Smolensk weggerissen hatte. Dort, wo sie das Dorf niedergebrannt und die Kinder in die Kirche gesperrt hatten. Einer schrie nachts, bis die anderen ihm die Hand auf den Kopf legten. Er schrie, weil er vier Jahre lang eine Spur des Leids und Elends von Litauen bis zur Bukowina gelegt hatte, indem er Menschen Eiergranaten in den Mund geschoben hatte. Das alles hatten sie einander in plauderhaftem Kumpelton erzählt. Und Isaak hatte es mit anhören müssen.

Und der Letzte, der immer abseits saß, der war der Gefährlichste, fand Gabriel. Isaak nannte sie ›Humpel‹, ›Brille‹, ›Schreier‹ und ›Schweiger‹, wenn sie im Wald über die Gruppe sprachen. Keiner hätte hier draußen ohne sie überleben können. Alle waren entweder krank, versehrt oder reine Stadtmenschen wie der Schweiger.

»Der hat selbst nie getötet, aber bestimmt Ideen gehabt, wie man Menschen am besten und schnellsten tötet. Die Sorte, die schweigt die meiste Zeit und liest in Büchern. Vor ihm fürchtet sich auch der Gabriel«, hatte er dem Jungen erklärt.

»Katzelmacher, wir haben uns den Weg auf der Karte noch einmal angesehen. Bist du sicher, dass dein Junge das schafft?«, fragte die Brille.

Gabriel wollte lachen. Keiner von ihnen würde jemals so ein Pensum bewältigen wie der Junge, der, ohne zu murren, Kilometer im Wald vorwärtskam. »Ja, bin ich. Der Junge hört besser als wir alle. Wir haben zu viel Knallen gehabt. Der Bub ist jung, hört, wenn wir beobachtet werden. Besser als Hund.«

»Also ist er nur eine Töle«, rief der Mann ohne Wade höhnisch, obwohl Isaak neben ihm stand und das Fleisch zerteilte.

Sie hatten zu viele Tage zu lange zusammengehockt, Kriegsgeschichten ausgetauscht, sich langsam in den Schlaf gesoffen und Pläne für die Zukunft ausgetauscht. Doch jetzt war es Zeit aufzubrechen. Einen Tag länger, das spürten alle, und es würde zu einer Eskalation kommen. Einige hielten den Jungen für einen Juden, Katzelmacher hatte es bestritten. Er sei ein Zigeuner aus seiner weitläufigen Sippe. Aber seine stille und beobachtende Art missfiel ihnen. Sie wollten unter sich bleiben. Der Knirps war ein Fremdkörper.

Einem der Männer fiel eine Pfanne aus der Hand. Das Öl darin, bereits heiß, ergoss sich über dessen Füße, weil er nicht ausweichen konnte. Isaak stand neben ihm.

»Herrschaftszeiten, dein Balg macht auch alles falsch. Ich könnte …«

Der Mann mit dem Buch pfiff leise durch die Zähne und sofort war Humpel still und duckte sich weg. Wer immer der Buchleser war, er hatte selbst noch drei Jahre nach dem Krieg Autorität. Jedoch weniger wegen des Ranges, bemerkte Gabriel, sondern weil die anderen schlicht Angst vor ihm hatten, eine Angst, die Gabriel aus dem Krieg kannte, wenn sie mit bestimmten Männern die Häuser durchkämmt und die Juden auf die Straße getrieben hatten. Dieser Typ Mann hatte nie geschrien, war still die Reihen abgeschritten und hatte wortlos einige direkt vor den Augen anderer erschießen lassen. So einer war der Büchermann. Ein Herrscher über Leben und Tod.

»Katzel? Komm zu mir. Setz dich zu mir. Bitte!«, rief er.

Gabriel gehorchte, zwinkerte Isaak, der ihn fragend anblickte, beschwichtigend zu, bevor er sich zu ihm auf die Bank hockte. Der Bücherwurm war nicht größer als ein Meter siebzig, Gabriel überragte ihn um fast zwei Köpfe.

»Komm, wir gehen auf eine Zigarette vor die Tür. Die Männer werden gut zu deinem Jungen sein.«

Er erhob sich und hielt Gabriel sogar die Tür auf.

Der Regen hatte aufgehört. Die Sonne war hinter Lenggries untergegangen, ein wenig Restlicht war verblieben, sodass die Männer zumindest schemenhaft ihre Gesichter sehen konnten.

»Unsere letzte Zigarette auf deutschem Boden, was?«, versuchte es der Büchermann. »Ich bin seit gestern der Reinhard. Wer bist du? Ich meine, du heißt ja nicht immer schon Katzelmacher.«

Gabriel schüttelte den Kopf. »Namen vergessen im Krieg, mein Herr. Verschwunden. Irgendwo in Russland. Bleib der Katzelmacher.«

»Na gut. Ich habe viel von dir gehört. Oberst Wanger hat von dir berichtet. Du hast für die Kompanie die Eisen aus dem Feuer geholt, nicht wahr?«

Erneut schüttelte Gabriel den Kopf, diesmal langsamer. Instinktiv spürte er, dass er vorsichtig sein musste. Dieser Mann war gefährlich. Wenige Stunden bevor sich alles ändern sollte, ging eine sich anschleichende Gefahr von diesem Mann aus.

Der, der sich Reinhard nannte, zog den Rauch tief in die Lungen, blies ihn mit spitzem Mund aus und spuckte die Tabakreste nicht von den Lippen, sondern entfernte sie bedächtig mit den Fingern. »Du hast ihnen die Haut abgezogen!«

Da war es. Das war der erste Schuss. Gabriel konnte viele Dinge, Reden gehörte jedoch nicht dazu. Er schwieg lieber oder sagte nur wenig. »Weiß nicht mehr.«

»Katzelmacher, komm schon. Wir haben alle Dreck am Stecken. Alle waren wir bei der ein oder anderen dummen Sache dabei. Sonst säßen wir ja nicht hier und müssten frisches Wild essen, seit Tagen! Nichts für ungut, du bist ein guter Jäger. Aber noch einmal Pilze und Reh und ich fange an, mich an den Wehrmachtnotrationen zu vergehen.« Der Büchermann lachte meckernd. »Was sind deine Pläne für Syrien? Weißt du, wo das ist?«

Gabriel nickte. Isaak hatte aus einer Schule ein Buch mit

vielen Karten gestohlen und es ihm gezeigt. Man fuhr mit einem Schiff an Italien vorbei, wo es Zitronen gab, das hatte Isaak ihm gesagt. Und dann fuhr man um einen Stiefel und dann sehr lange über ein Meer. Irgendwann war man da. Da war viel Sand. Und ein Haus für sie. Isaak könnte zur Schule gehen. Das hatte der Oberst versprochen. Er würde eine Uniform kriegen.

»Ich werde mit den alten Kameraden zusammenkommen und wieder losziehen«, murmelte er leise.

Reinhard lächelte. »Ja, das musst du tun. Wir sind alte Landsknechte, verstehst du? Wir ziehen in den Krieg, weil wir nichts anderes können. Wir sind das Chaos. Wir sind die Zerstörung. Wir kommen, damit neues, besseres Leben entsteht. Wir sind die Sensen, die dem Bauern bei der Ernte helfen. Wir sind die Lilith!«

Gabriel verstand nicht, was der Mann ihm sagte. Wer war Lilith? Doch er verstand, dass er auf der Hut sein musste.

»Du bist zum Beispiel ein starker Mann. Du hast mit uns überlebt. Du wirst wieder gebraucht. Du bist die Sense, die wir erneut gegen die Juden anwenden. Nicht mehr in Russland, Polen und Rumänien. Diesmal geht es in den Orient. Wir werden ihre Nemesis sein, sie immer und überall dort schlagen, wo sie sich zusammentun. Das ist unsere Bestimmung. Deswegen begleitest du uns. Weil du das kannst.«

Das verstand Gabriel. Er verstand jedoch ebenfalls, dass er nie so sein könnte wie dieser Mann. Nach wie vor zeigte er keine Reaktion. Und das verstörte diesen Reinhard zusehends. Er hatte ihn aushorchen wollen. Aber Gabriel hatte gelernt, wie ein Stein zu sein.

»Also, wir wissen Bescheid. Mehr noch. Wir haben das sogar alles, wie wir Deutschen so sind, für dich notiert. Wann du wo und wie mit dem Wanger und seinen Landsknechten im Osten unterwegs warst. Ist alles bei mir. Geht mit. Damit du nicht auf falsche Gedanken kommst. Ich bin bei euch

Zigeunern immer auf der Hut. Da liegt man nachts im Bett und plötzlich schneidet ihr einem den Hals auf für ein paar Kartoffeln oder Silberschmuck.«

Jovial stupste er Gabriel an, der seine Hand am Rücken in die Hose steckte, als wollte er sich kratzen. Tatsächlich hatte er den Griff seines besten Messers umfasst.

Noch war es zu früh.

15

Die BMW R75 war ein großartiges Motorrad – wenn man es beherrschte. Marcus Feinstein tat es nicht. Steinmüller ließ sich seit über zwei Stunden im Beiwagen durchrütteln, denn Feinstein hatte bewusst Straßen abseits der Autobahn gewählt, weil er Kontrollen fürchtete.

»Du musst auch einmal andere Gänge benutzen«, rief Steinmüller.

Feinstein drehte sich zu ihm um und sah ihn spöttisch an. »Das ist eine BMW und kein Steinway. Wenn ich die Maschine stimmen lasse, frage ich dich noch mal.«

Steinmüller schüttelte den Kopf.

Kurz darauf zuckelten sie vor einer lang gezogenen Kurve hinter einem Pferdefuhrwagen her. Feinstein gab Gas, verschaltete sich und bremste in der Kurve nicht rechtzeitig, sondern fuhr schlicht geradeaus. Im hohen Bogen hob die Maschine von der Straße ab und landete nach einigen Metern mit einem gewaltigen Scheppern in einer Wiese. Der Beiwagen brach ab. Steinmüller fiel vornüber, schlug mit dem Kinn auf das Blech des Beiwagens. Feinstein kippte nach links, stürzte vom Sitz und rollte mehrfach über das nasse Gras, bevor er nahezu betäubt liegen blieb.

Oben auf der Straße trottete das von einem alten Pferd gezogene Fuhrwerk weiter, ehe das Ross auf einen Pfiff hin zum Stehen kam. Steinmüller war noch bei Bewusstsein, hing aber wie eine Marionette, der man die Fäden abgetrennt hatte, über dem Blech. Benzingeruch lag in der Luft. Feinstein blutete an der Stirn, versuchte aufzustehen, torkelte, schlug hin und wollte zu Steinmüller kriechen. Er krallte die Finger in den Boden, riss ganze Soden heraus und schob sich nach und nach in Richtung Beiwagen, als sich das Benzin an dem heißen Motor entzündete. Der Tank explodierte mit einem Knall, Metallteile schossen nur wenige Zentimeter über Feinsteins Kopf.

Er drückte, so fest er konnte, sein Gesicht ins Gras. Dann wurde alles schwarz.

»Mein Giiiet, wooos machst denn ihr daaa hiiier?«

Der Mann war alt und Feinstein sah in das von der letzten Abendsonne angestrahlte zerfurchte Gesicht eines Sudetendeutschen, der sich mit dem Dialekt verriet. Der Alte trug erst Steinmüller wie einen nassen Sack über seiner Schulter, kehrte dann zurück und zog Feinstein am Kragen über die Wiese. Im Abendhimmel flackerten die Flammen, doch der einsetzende Regen hatte sie bereits gelöscht, als sie das Fuhrwerk erreichten. Sie hatten diesen Mann gerade einmal vierundzwanzig Stunden zuvor gesehen.

»Ich kenne euch. Ihr habt den wichtigsten Tag meiner Tochter gerettet!«

Jetzt begriff Feinstein. Das war der Schwiegervater der Braut, auf deren Hochzeit Steinmüller aufgespielt hatte.

Im sanften Singsang seiner böhmischen Heimat sprach der Alte auf sie ein. »Das war sehr wichtig. Sie können sich das nicht vorstellen. Wir sind hier nicht wohlgelitten.«

»Entschuldigen Sie, wir müssen nach Kreuth. Irgendwie. Wir sind Polizisten«, murmelte Feinstein, der sich mit einem nicht gerade sauberen Lappen das Blut aus dem Gesicht wischte.

Der Alte nickte und schwieg.

Steinmüller lag auf dem Heu des Fuhrwerks, stöhnte und wälzte sich, schien jedoch halbwegs beieinander zu sein.

»Ich bin der Marcus«, versuchte Feinstein es mit einem Gespräch.

»Ich bin der Cerny Paul. Dein Freund, der hat uns die Hochzeit gerettet. Wir von der Brautfamilie, wir waren ja für die Musik zuständig. Und der andere Schwiegervater, der war mordsmächtig ärgerlich auf uns. Aber dann ist der Junge dahinten gekommen. Ein feiner Junge. Hat der eine Frau?«

Feinstein blickte ihn verdutzt an. »Äh, nein. Also, ich glaube nicht. Warum?«

»Na, ich hab noch eine Tochter.«

Feinstein musste lachen, auch wenn es schmerzte.

Sudetendeutsche waren im Oberland bei vielen Einheimischen verhasst. Er wusste das von den wöchentlichen Treffen beim Gouverneur. Immer wieder mussten schlimme Auswüchse gegen Vertriebene, verübt von Einheimischen, geregelt werden. Einer seiner Offizierskameraden hatte hier ein Jahr lang damit zu tun gehabt, die Familien aus Böhmen und Mähren bei den Bauern unterzubringen.

»Du glaubst nicht, wie die behandelt worden sind. Die letzten Knechte haben die auf dem Marktplatz wie Vieh angeschaut und je nach Arbeitskraft mit auf den Hof genommen. Das war wie auf einem Sklavenmarkt im Süden«, hatte er mit Abscheu erzählt.

Feinstein hatte ihm leise geraten, das nicht zu hoch zu hängen, weil die US Army kein Interesse an einem Bürgerkrieg hatte und viele der Vertriebenen durchaus hundertprozentige Nazis waren. Vielleicht saß er gerade neben einem. Der hatte ihm und Steinmüller allerdings das Leben gerettet und oben auf dem Bock des Fuhrwerks war kein Platz für Politik. Er wollte nach Kreuth.

»Um elf Uhr geht der letzte Bus von Gmund hinauf nach Glashütte. Wir sind auf einem Hof, nicht weit vom Bahnhof. Dort fährt der Bus ab. Er ist für die Männer der Papierfabrik Louisenthal. Die haben sicher Platz. Meine ältere Tochter, die Mariandl, arbeitet dort. Mich wollten sie nicht. Ingenieure werden nicht gesucht.«

Feinstein sah ihn verwundert an. »Sie sind Ingenieur?«

Der Alte nickte. »Ja, Maschinenbau. Studierte sind nicht willkommen«, murmelte er.

Sie erreichten in der tiefen Dunkelheit den Hof.

Steinmüller lag im Heu, als er hörte, wie ein Bauer den alten Mann anbrüllte. »Du Hundsfott, du dreckiges. Tschech, verdammter. Das Vieh braucht das Heu und du trödelst umeinand.«

Steinmüller hatte vor Gmund wieder das Bewusstsein erlangt, war jedoch vom langsamen Gezuckel des Fuhrwerks eingeschlafen. Nun brummte ihm der Kopf und das Gezeter war nicht hilfreich. Er drehte sich zur Seite, schob ein wenig Heu beiseite und beobachtete, wie der ältere Mann mit gesenktem Kopf vor einem Männchen stand und sich anschreien lassen musste. Dabei schwang der Zwerg einen Ochsenziemer und spuckte knapp neben den Sudetendeutschen, dessen Familie ängstlich unter dem Vordach des Hofs stand und sich nicht traute einzugreifen. Er wusste von den Spannungen zwischen Vertriebenen und den Oberländlern. Das war nicht anders als im Norden. Wo Menschen zusammenrücken mussten, waren Solidarität und Nächstenliebe schnell vergessen. Die einen hatten hastig eine Heimat gesucht, die anderen wollten nicht ihren ohnehin kargen Raum und Lohn teilen. Nur, beide Gruppen hatten verloren. Den Krieg, ihre Heimat, ihre Zuversicht.

Feinstein war nicht zu sehen, jetzt aber zu hören. Steinmüller beugte sich weiter nach vorn und genoss die Vorstellung. Er brüllte in breitestem Ami-Englisch auf den Bauern ein, sprang vom Bock, lief auf ihn zu, riss ihm den Ziemer aus der Hand und hielt ihn drohend über das Bäuerlein, ehe er es in gebrochenem Deutsch wüst beschimpfte und zwang, sich bei dem Knecht mit Studium zu entschuldigen. Das Bäuerlein weigerte sich. Spuckte vor ihm aus. Steinmüller ahnte, was kommen würde.

Mit voller Wucht schlug Feinstein den Knauf in das Gesicht des Bauern und Steinmüller musste seinen Logenplatz schnell verlassen, um das Schlimmste zu verhindern.

»Wir sind alles gute Bayern, auch der Herr Feinstein, und wir gehen gesittet miteinander um«, rief Steinmüller alle zur Ordnung, während er benommen vor sich hin wankte.

»Komm, Marcus, es ist gut. Er hat es verstanden. Wir gehen. Die Flüchtlinge müssen länger bleiben und wir müssen arbeiten!« Steinmüller legte ihm einen Arm um die Schulter und zog ihn weg.

Feinstein riss sich noch einmal los und ging auf den Bauern zu. »Ich komme wieder. Und wenn ich mitkriege, dass du den Cerny oder irgendeinen seiner Familie schlecht behandelt hast, brenne ich dir alles ab, hast du mich verstanden?«

Der Bauer schien für einen Augenblick die Option eines Grinsens in Betracht zu ziehen, zog im entscheidenden Moment jedoch zurück.

»Ist das Ihr Fahrrad?«, fragte Feinstein nahezu jovial. Ehe der Bauer nicken konnte, hatte er das Rad genommen und aus dem Hof geschoben. »Steht am Bahnhof in Gmund. Da können Sie es abholen.« Er sah auf die Uhr. »In zehn Minuten fährt in Gmund der Bus ab. Los geht's.«

So saß Feinstein im Sattel und Steinmüller auf der Radstange. Ein Bild, das gnädigerweise aufgrund der Dunkelheit den meisten Menschen in Gmund verborgen blieb.

Sie mussten warten. Ein Schuster aus Bad Wiessee hatte ihnen gesagt, dass der Bus immer Verspätung habe. »Mal fällt der Holzvergaser aus, mal wird er von einer Kontrolle der Amis aufgehalten.«

»Wir kommen meist nie vor Mitternacht heim!«, schimpfte eine Dame, die nach Mottenkugeln roch.

Das Bahnhofsgebäude war mit Menschen aus dem Süden des Tals voll besetzt. Hier sammelten sich jene, die nach Tauschgeschäften vom Land zurück in die Stadt reisen mussten. Andere hatten schon ihre Arbeit in den Pensionen, Sanatorien und Hotels im Tal verrichtet.

Es war eine Zwischenzeit. Da jene, die mit Mühe nach Tauschbarem suchten, dort jene, die für die ersten Urlauber arbeiteten. Er erinnerte sich, wie er vor zwei Jahren, gerade ein

Jahr nach dem Zusammenbruch, hinausgefahren war, um die Goldmünzensammlung und Orden seines Vaters bei urlaubenden Offizieren der US Army zu tauschen, und bereits damals auf die ersten Sommerfrischler getroffen war, die mit Rucksack und Lederhose hinauf in die Berge wanderten, während in München die meisten Menschen hungerten. Eigentlich, dachte Steinmüller müde, gab es nie eine Stunde null, einen Punkt, an dem alle gleich arm oder gleich verzweifelt waren.

Dieser Bahnhof war das beste Beispiel dafür. Hier saßen die Flüchtlinge, die in Barracken unten in Abwinkl am See hausten, dort die distinguierten Herren aus der Stadt, die schon wieder in den Trümmern erfolgreiche Geschäfte machen konnten. Es roch nach Zigaretten, Pfeifentabak und verzweifeltem Schweiß. Er brauchte Luft. Der Bus wäre sicher zu hören.

Feinstein und Steinmüller setzten sich auf die Bahnsteigkante der Tegernseer Bahn, die heute nicht mehr fuhr, und blickten hinaus in die Nacht. Hinter den Blaubergen zuckten Blitze, ein Gewitter ging südlich davon irgendwo bei Innsbruck nieder und würde in der Nacht zu ihnen ziehen. Kein Wetter, um Außeneinsätze zu leisten, dachte Steinmüller düster.

Sie waren völlig auf sich allein gestellt, keine Waffen, kein offizieller Auftrag. Sie waren vogelfrei. Feinstein riskierte gerade alles, seine Karriere in der Army und das Leben seiner Freundin, nur weil Steinmüller ihm von einer Gruppe alter Nazis erzählt hatte. Er wollte Gerechtigkeit. Mit aller Macht. Doch nun hockte er hier. Verzweifelt. Verdreckt. Verletzt.

Steinmüller spürte seine Resignation. »Gut, Feinstein. Wir sitzen fest. Aber wenn du weiterhin diese amerikanische Unart des schnellen Aufgebens pflegst, gehen wir beide unter.«

»Amerikanische Unart?«

»Ja, wenn es bei euch eng wurde, hattet ihr die Air Force. Mangel und Improvisation kennt ihr nicht. Wir schon. Wir haben das sechs Jahre gemacht.«

»Bekomme ich gerade eine Lektion in deutschen Tugenden? Das ist das Letzte, was ich jetzt brauche.« Er richtete sich auf, um sicher etwas Gehässiges zu erwidern, wurde jedoch mit einem Fingerzeig von Steinmüller abgelenkt.

»Der Bus.«

Fauchend und ruckelnd hielt das Gefährt auf dem Platz neben dem Bahnhofshäuschen. Sofort strömten die Menschen zum Bus und drängten auf die Holzbänke. Steinmüller musste seinen Dienstausweis zeigen, um noch Plätze zu ergattern. Ein hagerer blonder Mann winkte ihnen zu und wies auf zwei freie Sitze vor ihm. Dankbar ließen sie sich nieder.

»Ihr seid's von der Polizei?«, fragte er leise.

Steinmüller drehte sich um und nickte widerwillig.

»Ich bin der Quercher aus Wiessee. Grüß Gott, habe die Ehre. Was macht's denn hier?«

Hände wurden geschüttelt.

»Ermittlungen«, antwortete Steinmüller knapp.

»Gegen wen?«

»Alte Parteibonzen, Nazis halt«, murmelte er.

Quercher pfiff durch die Zähne. »Das wäre mal an der Zeit, haben sich sowieso schon wieder viele hier niedergelassen.«

»Ach?«

»Na klar, hat sich nicht geändert. Wo es schön ist, kommen krumme Hunde immer zusammen«, erklärte Quercher.

»Ja, das stimmt. Deswegen müssen wir gemeinsam etwas gegen diese Hunde unternehmen«, schaltete sich Feinstein in das Gespräch ein.

»Ich gehe gegen keinen mehr vor. Ich mache nur noch Schuhe heil«, wich der Mann zurück. »Aber wenn ich und meine Frau, die mich fünf Jahre nicht gesehen hat, weil ich beim Russen in der Gefangenschaft war, mal einen Sohn kriegen, dann geht der zu euch, versprochen!«

Sie lachten. Kurz darauf fuhren sie durch einen Kurort, hielten an einem Platz mit mehreren Baracken für Flüchtlinge.

Der Fahrer rief »Abwinkl« und einige, die mit dem Kopf am Fenster eingeschlafen waren, schreckten hoch. Der Bus leerte sich fast zur Hälfte. Es war weit nach Mitternacht, als er endlich auf einer Schotterstraße im Kreuther Ortsteil Glashütte stoppte und Feinstein und Steinmüller erschöpft ausstiegen. In einem Gasthaus neben einer Kapelle brannte noch Licht.

»Hast du eine ungefähre Ahnung, wo diese Hütte liegt? Es ist stockdunkel, wir sind völlig übermüdet«, nörgelte Feinstein.

»Vielleicht rufst du die Air Force und bombst alles weg. Wir gehen jetzt in diese Wirtschaft. Es werden vermutlich bloß Schmuggler sein, die Grenze ist keine halbe Stunde Fußweg entfernt. Also sollten wir tunlichst vermeiden, wie Polizisten aus München zu wirken. Es wäre schön, wenn du auf spektakuläre Auftritte als New Yorker Polizist verzichten könntest. Wir wollen Dinge tauschen, die die Herrschaften aus Österreich oder Italien mitbringen, verstehst du?«

Feinstein schwieg.

»Wie viel Geld hast du dabei?«, fragte Steinmüller ungeduldig.

»Genug für die Bauern hier!«, erwiderte Feinstein arrogant.

Es roch nach Schweiß und Tabakrauch. Sechs Männer saßen an einem Tisch, einige spielten Schafkopf, andere rauchten still ihre Pfeife und starrten die beiden Männer mit unverhohlener Ablehnung an. Keiner war jünger als sechzig, eines der vielen Resultate des Kriegs. Gerade auf den Dörfern fiel auf, dass Steinmüllers Zweiundzwanzigerjahrgang unglaubliche Verluste hinzunehmen hatte. Die beiden Münchner fielen schon wegen ihres jungen Alters auf.

Steinmüller grüßte die Wirtin, eine alte Frau mit geflochtenem grauem Haarkranz und einer Schürze über einem mageren Becken.

»Was macht ihr denn so spät noch hier?«, fragte sie und schaute besorgt zum Tisch mit den Alten.

Steinmüller versuchte sein Bestes, möglichst Oberbayerisch zu sprechen, um nicht sofort den Einheimischen seine Herkunft zu verraten. »Wir wollen tauschen«, murmelte er und beugte sich über die Theke, auf der frisch gespülte Steinkrüge trockneten.

Einer der Alten erhob sich und schlurfte zum Abort. Feinstein, der sich mit dem Rücken an die Theke gelehnt hatte, um die Männer im Blick zu haben, nickte ihm freundlich zu, erntete jedoch nur ein schwaches Kopfschütteln.

»Wir sind keine Bank. Hier gibt's nichts zu tauschen«, keifte die Alte zurück, dass es auch die Alten verstehen mussten.

Regen setzte ein, prasselte auf die Dachschindeln und gegen die Fenster.

»Wir haben Dollars, wollen Medizin aus der französischen Zone«, sagte Steinmüller deutlich lauter. Es war egal. Hier steckten sie garantiert alle unter einer Decke.

»Die Männer sind Waldarbeiter. Die fällen Bäume und triften sie die Isar obi. Die tauschen nichts. Die haben ja alle selber nichts«, fauchte die Wirtin.

Steinmüller griff in seine Tasche und legte die wenigen Dollarnoten von Feinstein auf die Theke.

Mit einem verächtlichen Schnaufen schob die Alte das Bündel auseinander. »Hundert Dollar, und was genau wollt ihr haben?«

Steinmüller hatte sich in der Hektik darüber keine Gedanken gemacht. Penizillin wollte jeder. Doch sie standen ja noch auf dem Boden der amerikanischen Zone, wo dieses Medikament leichter zu bekommen war als auf der anderen Seite der Grenze. In seiner schieren Not fiel ihm tatsächlich etwas ein. Wieder langte er in seine Tasche und kramte die Dose *Pervitin* hervor. Das, so wusste er, war in der französischen Zone leichter zu besorgen. Die Bestände waren von der Grand Armée schnell beschlagnahmt worden und kamen nun in den Nachkriegsjahren unter die Leute. Draußen huschte ein Schatten am Fenster vorbei, aber er konnte nichts erkennen. Der Alte auf dem Abort lässt auf sich warten, dachte er besorgt.

»Das haben wir schon, kommt heute Nacht rüber«, sagte die Wirtin leise.

»Und wer geht heute rüber nach Innsbruck?«, fragte Steinmüller.

Alle schwiegen. Niemand sah zu ihnen. Steinmüller wartete auf eine Reaktion. Tatsächlich stand nach endlosen Sekunden einer der Alten auf und humpelte auf Feinstein zu. Ihm fehlte ein Auge, eine riesige weiße Narbe zog sich von der Stirn über die leere Augenhöhle hinunter zum Hals. Er rechnete mit einer Tirade, mit einem »Schleicht's euch«. Stattdessen baute sich der Mann vor Feinstein auf und zog ruckartig den Kopf nach hinten, um ihn mit voller Wucht gegen Feinsteins Stirn prallen zu lassen. Der sackte wortlos zu Boden. Steinmüller wollte eingreifen, hatte jedoch den Alten vom Abort nicht mehr im Sinn. Der Schlag traf ihn an der Schläfe. Verzweifelt suchte er Halt und sackte dann über den bereits am Boden liegenden Feinstein.

Die Wirtin blickte über die Theke hinweg und schüttelte den Kopf. »Mei, die Stoderer.«

Quietschend wurde die Wirtshaustür geöffnet, Wind und Feuchtigkeit zogen in das warme Innere. Der Rahmen wurde komplett von einer Person in einem langen Ledermantel ausgefüllt.

»Da sind sie, Katzelmacher!«, rief die Wirtin.

Der Mann, von dessen breitkrempigem Filzhut das Wasser auf die groben Holzbohlen tropfte, nickte.

16

William Beau Clifton hatte das Porterhousesteak mit großem Genuss verzehrt. Nur noch Fettreste und der Knochen lagen auf dem Teller, die Tischdecke war mit Flecken übersät. Er schaute auf seine Uhr, eine deutsche Junghans, die er einem sterbenden Wehrmachtssoldaten in der Normandie von der Hand gerissen hatte. Er hatte ihn angesehen und ihm eine Kugel zwischen die Augen geschossen. Später hatte er die Munition bei Sterbenden gespart.

Sigismund Jansen hatte ihn beim Essen ausdruckslos beobachtet. Der schmale Deutsche war übernächtigt. Er hatte in den letzten Wochen fast Tag und Nacht gearbeitet, um mit seinen Leuten, die er schon während des Kriegs geführt hatte, den Amis einen besseren Überblick über die russischen Aktivitäten zu geben. An diesem späten Abend war Jansen der einzige Zivilist im Casino. Doch das störte die Anwesenden nicht. Immer wieder luden hochrangige Offiziere der Army und des Geheimdienstes Kontaktpersonen zum Essen ein, um Informationen zu erhalten oder gemeinsame Pläne zu schmieden.

Während Clifton einen Brandy hinunterstürzte, erinnerte sich Jansen, wie er einst mit Himmler in diesem Gebäude eine Kunstausstellung besucht hatte. Zu diesen Zeiten sei ein ungehobelter Südstaatenbauer nicht einmal in die Nähe des Hauses der Kunst gelangt. Aber der ehemalige Major der Wehrmacht war zu seiner Zeit in der Abteilung Fremde Heere Ost mit vielem ›Kroppzeug‹, wie er es nannte, in Kontakt gekommen, er war also den Umgang mit Pöbel gewohnt und konnte diesen Menschen das Gefühl von Aufmerksamkeit und Wertschätzung entgegenbringen. Alle Menschen aus dem Dreck liebten Wertschätzung mehr als Vermögen.

»Wie weit sind Sie mit Ihrer Gruppe, Jansen? Erzählen Sie, ich will ins Bett.«

Jansen stellte das Glas mit dem Weißwein aus Franken auf den Tisch und lehnte sich ein wenig nach vorn, um unnötige Zuhörer zu vermeiden. »In den nächsten Tagen wird dieser Herr Ben-Gurion den Staat ›Israel‹ ausrufen. Ihre britischen Verbündeten wollen am 14. Mai, wie wir hören, das Mandat für Palästina endgültig niederlegen. Dann ist der Weg frei für die Juden. Das wird wiederum unseren arabischen Freunden nicht gefallen. Sie werden also sofort diesen Streifen Land angreifen. Allerdings sind deren Truppen nicht ansatzweise gut ausgebildet. Ihr Land, die USA, wird die Juden unterstützen.«

»Jansen, halten Sie mir keine geopolitischen Vorträge. Wo und wie sind Ihre Leute involviert?«

Jansen versuchte, nicht auf die Flecken auf der Tischdecke zu starren. »Ägypten steht. Männer sind vor Ort. Einige sind mit dem dortigen Offizierskorps in engen Verbindungen. Syrien wird schon stark bearbeitet. Hier ist es wichtig, dass wir einen klugen und umsichtigen Organisator in Damaskus stationieren. Die Syrer wollen die Männer möglichst schnell haben. Unser nächstes Paket geht heute Nacht über die Grenze. Ich kann für eine reibungslose Überführung garantieren.«

Clifton nickte. »Gut, gut. Wer ist das also genau da oben in Kreuth, Jansen?«

Das war ein Frontalangriff. Beide arbeiteten zusammen. Wer von Jansens alten Kameraden aus SS und Abwehr jedoch wann und wohin ging, wollte der Deutsche sicher für sich behalten, zumal Clifton kein hochrangiger Offizier war, sondern lediglich die mittlere Führungsebene in der neu gegründeten CIA darstellte.

»Es sind vier Männer, das wissen Sie ja. Zwei alte Kämpfer von der Ostfront und einer aus dem Reichssicherheitshauptamt für den Bereich Naher Osten, spricht fließend Arabisch, hat bereits in Bagdad gelebt – vor dem Krieg. Dazu kommt ein Panzertechniker. Er ist von den Syrern gewünscht worden.«

Clifton grinste. Zwei Jahre hatte der einstige Militärgeheimdienst OSS nach dem Krieg deutsche Offiziere in Fort Hunt, Virginia, ausgefragt und ausgebildet. Jetzt war aus dem Office of Strategic Services die CIA geworden. Die brauchte das Wissen der alten Wehrmachtsspione umso mehr, denn die Leute selbst waren völlig unwissend. Clifton, der sich nichts sehnlicher wünschte, als den Armyalltag hinter sich zu lassen, besorgte und betreute diese Männer für die CIA. Er war sich der Drecksarbeit, die er da machte, sehr wohl bewusst. Doch er kannte keine Alternative. Zurück nach Kentucky, ausgemustert, mit einer kargen Offiziersrente an ein College gehen? Er musste sich nur den Geruch des Mississippi in Erinnerung rufen, um weiter an seinem Ziel zu arbeiten. Die CIA, das war ein reiner Ostküsteneliteklub. Zeit, dass sich da etwas änderte. Er war bereit. Er und diese Nazis, die man noch brauchen würde. Bald käme ihre Zeit. Bislang war nicht sicher, ob dieser Dienst, in dem die alten Nazis arbeiteten, einer neuen deutschen Regierung unterstellt werden sollte oder ob er als verlängerter Arm der CIA funktionieren konnte.

»Hören Sie«, sagte Clifton, »ich weiß, dass es für Sie vielleicht moralisch fraglich ist. Diese Herren sind dort unten für uns allerdings von unschätzbarem Wert, wenn die Briten weg sind. Für Sie und für uns! Egal, wer uns regiert.«

Einer wie Jansen brauchte keine Demokraten als Vorgesetzte. Er hatte genug von denen an Klaviersaiten aufgehängt gesehen. Schwache Idealisten mit Schwärmereien für Mitbestimmung. Seine Leute waren anders und die besten wurden von ihm und dem Generalmajor in alle Welt geschickt, wo sie auf ihre Aufgaben und Befehle warten sollten. Jansens Plan war langfristig angelegt. Er dachte immer drei Schritte im Voraus. Bald würden die Russen die neuen Feinde sein. Und wie hieß es so schön: Der Feind meines Feindes ist mein Freund. Also würden die jetzt mit Ekel und Abscheu betrachteten Deutschen bald die besten Freunde der Amerikaner werden. Und die wiederum bedankten sich für die neue Nähe mit Kontakten in all jene schlimmen Ecken der Welt, wo der feine Amerikaner ungern gesehen werden wollte. Zum Beispiel in Syrien.

Clifton sah an Jansen vorbei und beobachtete das Eintreten eines älteren Paars. Die Frau kannte er nicht, den Mann dagegen sehr wohl: Militärstaatsanwalt David Cooper, den er eigentlich bei einer Jagdgesellschaft in Garmisch-Partenkirchen wähnte. Hatte er Feinstein schon einsperren lassen? Etwas läuft nicht richtig, dachte Clifton mit einem leichten Drücken in der Magengegend, meist ein sicheres Zeichen für drohendes Ungemach.

»Clifton, mein Lieber, da sitzen Sie also.«

Sofort erhoben sich Clifton und Jansen, verbeugten sich und der Deutsche gab der Dame einen angedeuteten Handkuss, was diese huldvoll entgegennahm.

»Darf ich vorstellen?«, fuhr Cooper fort. »Frau Schiff aus New York City.«

Sie lächelte ihr feinstes Lächeln, während Clifton verzweifelt versuchte, den Namen zuzuordnen, was ihm partout nicht gelingen wollte. Er konnte jedoch in dieser Situation nicht Cooper direkt danach fragen. Form und Etikette waren nicht Cliftons Stärke. Er hatte sich bei Offizierskollegen ein wenig abgeschaut, doch er war eben nicht damit groß geworden. Das schien bei Jansen ganz anders zu sein. Er begann zwar mit hartem Akzent, aber formvollendet zu plaudern. Clifton verfolgte, wie diese Frau Schiff höflich und distanziert zugleich auf die Fragen des Deutschen einging.

»Mister Clifton, aus welchem Teil unseres schönen Landes stammen Sie, wenn ich fragen darf?«, wechselte sie entschlossen den Gesprächspartner.

»Kentucky, Ma'am.«

»Wunderbar. Ach, da war ich erst letztes Jahr zum Derby. Das macht Ihren Staat so unvergleichlich, zusammen mit dem Bourbon.«

Alle lachten.

»Sie sind sicher vor dem Krieg auch immer dort gewesen. Das ist ja gerade, nicht wahr? Immer am ersten Wochenende im Mai«, plauderte sie.

Clifton war sich sicher, dass sie aus seiner Antwort heraushören wollte, aus welcher Schicht er stammte. Natürlich kannte er das Pferdederby von Louisville in Kentucky – aus der Zeitung! Menschen vom Fluss wie er hatten mit dem Derby nicht im Entferntesten zu tun. Für sie waren Pferderennen wie Debütantinnenbälle in New York Veranstaltungen von einem anderen Planeten. Er kannte bestenfalls Squaredance-Abende, wollte sich das allerdings nicht anmerken lassen.

»Ich bin nicht so ein Pferdenarr, Ma'am, ich komme vom Mississippi.«

Frau Schiff nickte. »Ja, die guten Leute vom Land. Wie unser wunderbarer Präsident Abraham Lincoln, ein großer Held, nicht wahr?«

Das war eine direkte Kampfansage. ›Old Abe‹ war im Süden etwa so beliebt wie eine Pockenepidemie. Jeder im Norden wusste das. Er hatte die Konföderierten besiegt und die Staaten südlich der berüchtigten Mason-Dixon-Line verheert zurückgelassen.

David Cooper merkte das und versuchte, das Schlimmste zu verhindern. »Nun, Clifton, feiern Sie den großartigen Ermittlungserfolg?«

»Nein, Sir. Ich bespreche mich mit unserem Verbindungsmann Jansen. Er hilft uns im Kampf gegen die Russen, war vorher bei der Abwehr, Sie verstehen?«

Natürlich verstand der Staatsanwalt. Sie saßen mit einem ehemaligen Wehrmachtsoffizier an einem Tisch. Da war es unklug, ins Detail zu gehen, wenn eine Zivilistin dabei war.

»Herr Jansen, Sie kennen sich aus Ihrer Zeit bei der Wehrmacht also mit den Russen gut aus?«, fragte Cooper dennoch. »Das ist ja hilfreich. Onkel Josef mag uns gerade nicht so, nicht wahr?«

Der Deutsche nickte, eine Spur zu devot, fand Clifton.

»›Onkel Josef‹, ein schöner Ausdruck für einen Diktator«, erwiderte Jansen mit einem feinen Lächeln.

»Er ist unser Alliierter, mit ihm bringen wir euch Deutsche zurück in die Zivilisation.« Cooper lachte.

»Das bezweifle ich«, entgegnete Jansen.

»Ach?«

Der Deutsche atmete tief durch, ehe er zu Frau Schiff blickte, die ihn mit großen unschuldigen Augen ansah, als spräche er über das Wetter.

»Nur zu, Frau Schiff ist vertrauenswürdig«, erklärte Cooper mit einem Grinsen.

Jansen wartete einige Sekunden, bevor antwortete. »Es ist ein Kampf der Ideologien. Der Kommunismus hat in den Augen der Russen den Faschismus besiegt. Doch der weitaus größere Gegner der Sowjets ist der Kapitalismus. Kann man in allen Werken der Herrschaften aus dem Osten nachlesen. Und wie wir aus der jüngeren Geschichte wissen, hilft es, sich frühzeitig mit Büchern der Diktatoren zu beschäftigen.«

Cooper lachte bitter, nickte aber zustimmend. Der Deutsche spielte darauf an, dass die wenigsten Hitlers *Mein Kampf* gelesen hatten.

»Die Russen wollen ihren Machtbereich erhalten und ausweiten«, fuhr Jansen fort. »Das erste Mal werden sie das unter Beweis stellen, wenn sie die USA und die anderen Westmächte aus Berlin werfen. Das werden sie auf jeden Fall tun. Berlin ist für die Russen ein weitaus größeres Symbol als für die USA, England oder Frankreich. Und wer soll sich ihnen in den Weg stellen? Die Franzosen haben in Indochina einen neuen Krieg, in England hungern Menschen wegen der Schulden, die sie bei euch Amerikanern haben. Und ihr? Europa liegt weit weg von den amerikanischen Wählern. Also denkt Onkel Josef Stalin, das hole ich mir. Und für so eine Petitesse lasst ihr nicht die Atombombe fallen. Stück für Stück werden die Russen ihre

Hände nach Regionen ausstrecken, mal hier in Europa, mal im Vorderen Orient. Da vor allem, denn da liegt das Öl, das uns im Krieg so gefehlt hat. Das werden die Krisen in der Zukunft sein: Öl und Wasser. Darum wird es gehen. Das weiß der Russe, das wissen Ihre Leute noch nicht. Wir Deutschen haben unsere Lektion gelernt. Kein deutscher Mann wird auf Generationen hin jemals wieder den Wunsch haben, in dieses Land zu gehen. Also, was bleibt?«

»Das frage ich Sie«, entgegnete Cooper.

Jansen zuckte mit den Schultern. »Es wird ein Hase-und-Igel-Spiel werden. Wer wird welche Länder und welche Regionen zuerst mit seiner Ideologie dominieren? Der Westen oder der Osten, Kapitalismus oder Kommunismus? Das wird der Krieg der Zukunft sein.«

»Wissen Sie, Herr Jansen«, wandte Cooper ein, »das hat mir stets an euch Deutschen gefallen. Ihr seid ganz groß in der Theorie, hattet auch schon immer die besseren Philosophen. Doch wenn es an die Umsetzung geht, werdet ihr schrecklich kompliziert. Dann wird der Theorie alles unterworfen, keinerlei Flexibilität. Da müssen Völker ausgelöscht werden, weil die Theorie besagt, man wäre ein Herrenvolk. Blöd nur, wenn man wie Sie nach gerade zwölf Jahren Ideologie am Katzentisch mit den dummen Pragmatikern aus den USA sitzen muss und froh ist für jede weggeworfene Zigarette. Denn Ideologie macht nicht satt.«

Jansen wollte etwas erwidern, verstand aber, was ihm der Staatsanwalt sagen wollte. Er solle den Abend nicht mit Gequatsche verschwenden und besser verschwinden. So erhob er sich. »Es ist spät, ich will Sie nicht mit großer Politik langweilen, Frau Schiff. Ich hoffe, Sie haben noch einen schönen Aufenthalt in unserem Land im Aufbau.«

»Herr Jansen, vielen Dank für diese Lehrstunde. Ich bin immer dankbar, wenn ich etwas von schlauen Menschen lernen darf. Vielleicht höre ich ja etwas Kluges von Ihrem Freund aus

Kentucky?« Sie sah aufreizend zu Clifton, der innerlich vor Wut schäumte.

Jansen verabschiedete sich mit einem tiefen Diener.

»Wie verlief die Befragung meines Untergegeben?«, fragte Clifton, kaum dass Jansen aus dem Casino verschwunden war.

»Ach die«, gab Cooper zur Antwort, winkte nach dem Kellner und zündete sich eine Zigarre an. »Hören Sie, mir ist vom Gouverneur dringend ans Herz gelegt worden, in der jetzigen Situation möglichst wenig Aufregung im Korps zu haben. Der beschuldigte Feinstein wird sich bei Ihnen am Montag in aller Form entschuldigen. Ihm wird ein Monatsgehalt entzogen und eine Beförderung auf Ihrer Ebene steht erst einmal nicht an.«

Clifton konnte es nicht fassen, was er da hörte. »Das heißt was? Wo ist Feinstein?«

Der Kellner war an den Tisch getreten, ein schwarzer Amerikaner mit weißen Handschuhen und einem ebenso weißen Anzug, der dem Staatsanwalt einen Aschenbecher auf den Tisch stellte.

»Regina, was darf es sein?«

Sie lächelte Cooper an, wandte sich dann dem jungen Mann zu und erklärte: »Nun, zu Ehren unseres Vertreters aus den Südstaaten würde ich gern mit einem Mint Julep beginnen. Kennen Sie den, mein Freund?«

Der Kellner schüttelte unsicher den Kopf. »Ich kann einmal an der Bar fragen.«

»Ach nein, kommen Sie. Setzen Sie sich einen Augenblick zu uns. Wo stammen Sie denn her, junger Mann?«, fragte Regina Schiff und zog dem Kellner am Ärmel, sodass dem nichts anderes übrig blieb, als sich auf den freien Stuhl neben Clifton zu setzen.

»Aus Missouri, Ma'am.«

»Wie aufregend! Ich erkläre gern, wie man diesen großartigen Cocktail kreiert. Und der Herr Clifton aus Kentucky lernt sicher auch gern dazu. Also sechs Zentiliter Bourbon, Minzzweige, Puderzucker ...«

Während Regina Schiff dem jungen Mann Nachhilfe in der Herstellung eines Cocktails gab, wandte sich Clifton nach links zum Staatsanwalt. »Im Interesse der amerikanischen Sicherheit ist es hilfreich, wenn Feinstein in Haft bleibt.«

»Ach? Wieso?«, fragte Cooper leise.

Clifton überging den Spott in der Stimme, was seiner Aufregung geschuldet war. »Der Mann ist kein sicherer ...«

Cooper schaute ihn mitleidig an. »Mir ist das Gerücht zu Ohren gekommen, dass Sie in Ihrer Funktion als Liaison Officer der CIA gern zuliefern. Das ist mir einerseits egal, andererseits gehören Sie offiziell zur US Army und ich wäre nicht besonders erstaunt, wenn Ihre Vorgesetzten in Wiesbaden das nicht genauso sähen.«

»Was wollen Sie mir sagen, Sir?«

»Hören Sie, Clifton, da drüben steht der Adjutant des Gouverneurs, Tom Jaeger. Vielleicht möchten Sie den Sachverhalt mit ihm erörtern. Ich für meinen Teil werde mit New Yorks schönster Frau jetzt ein wunderbares Prime Rib verspeisen, wenn Sie erlauben.«

Clifton hatte den Mund noch geöffnet, als er sich wieder zurückwandte und Regina Schiff ansah. Sie hatte mittlerweile den schwitzenden Kellner entlassen, der sich erleichtert zur Bar aufmachte. Nach wie vor fiel ihm nicht ein, woher er diese Frau kennen konnte. Aber das war egal. Er musste mit Jaeger sprechen.

Er erhob sich und verabschiedete sich flüchtig, was ein Hochziehen der Augenbrauen bei Regina Schiff hervorrief.

»Jaeger, hallo. Ich brauche Ihre Hilfe.«

Der Adjutant, blondes kurzes Haar, blaue Augen und ein von einer schweren Brandwunde gekennzeichnetes Gesicht, drehte sich zu ihm um.

»Clifton, interessant, dass Sie es sich hier gut gehen lassen«, eröffnete er mit deutlich zu despektierlichem Ton. Immerhin befand er sich zwei Dienstränge unter Clifton. Doch er konnte ihm die Informationen geben, die er dringend brauchte.

»Warum denn nicht, Jaeger?«

»Nun, ich habe eben Ihren Deutschen vor der Tür gesehen. Ich hoffe, Sie haben ihn im Griff. Wir im Büro des Gouverneurs haben da unsere Zweifel.«

»Wie bitte?«

Jaeger zog ihn hinter eine Garderobe, wo sie unbeobachtet zu sein schienen. »Hören Sie, Clifton, dieser neue Geheimdienst, der sich CIA nennt, hat in unserer kleinen Truppe aus Zivilisten und Armeeangehörigen einen schlechten Ruf. Wir sind nicht gewillt, all Ihre Spielchen mit dem Juden mitzuspielen.«

»Ich habe …«

»Einen Scheiß haben Sie gemacht. Sie haben die Wohnung Ihres Untergebenen durchsucht. Sie haben seine Freundin verhaften lassen. Sie haben beide ohne richterlichen Beschluss sofort verhaftet. Und das alles, weil Sie glauben, einen Täter zu haben. Das ist dünn. Und das findet der Gouverneur sehr, sehr merkwürdig, wenn ich etwas zu dünn finde. Aber damit nicht genug. Sie erzählen in einem Verhör, dass Sie die Freundin von Feinstein in die russische Zone ausliefern lassen. Clifton, das können Sie vielleicht bei Ihren Rednecks im Süden machen, wo Sie die Neger noch aufknüpfen. Hier wird es das jedoch nicht mehr geben. Die Russen sind längst nicht mehr unsere Freunde und das sollten Sie, der ja so gern eine große Nummer beim Geheimdienst wäre, wissen. Und wenn wir schon dabei sind, Ihr deutscher Freund, was hat der Ihnen denn erzählt, wen er da für uns«, Jaeger machte eine Pause, schaute sich um und drehte den Kleiderständer neben sich zur Seite, um sich sicher zu sein, dass ihn niemand hören konnte, »in andere Länder bringt?«

»Ich bin vollständig über die Identität und den Reiseweg

der Herrschaften im Bilde, Jaeger«, antwortete Clifton so unverbindlich, wie er konnte, obgleich er diesem verdammten Karrieristen und Negerfreund am liebsten auf der Stelle eine Kugel in den Kopf gejagt hätte.

»So, das wollen wir hoffen. Unsere englischen Freunde, genauer der Nazijäger Michalsky, hat uns gewarnt, dass sich ein talentierter Raketen-und-Nuklear-Techniker, den wir gern in unserem Team von Wernher von Braun sähen, aus dem Staub gemacht hat. Er war einer seiner engsten Mitarbeiter. Dazu sollen einige der feinsten Kriegsverbrecher, die die SS und die Wehrmacht so zu bieten hatte, mit in dieser Gruppe reisen. Sie verstehen sicher, worauf ich hinauswill.«

Clifton sah ihn wütend an. War das etwa dieser verdammte Panzertechniker, von dem ihm Jansen nebenbei nonchalant erzählt hatte? War er von den Krauts gelinkt worden? »Nein, ein Raketentechniker ist nicht dabei.«

Jaeger lächelte das übliche Schreibtischhengstlächeln. »Wenn Sie da so sicher sind, freue ich mich auf unser Montagsmeeting beim Gouverneur. Bis dahin dürfte das ja geklärt sein. Wenn nicht, wäre ich an Ihrer Stelle bereits auf dem Weg. Denn dieser ominöse Rocket Man hat außerdem ein paar hübsche Unterlagen dabei, die äußerst heikel sind. Mehr kann ich Ihnen nicht sagen! Also, vielleicht bewegen Sie sich, statt hier im Casino großen Agentenspinnereien nachzugehen.«

»Wohin?«, fragte Clifton unschuldig.

»Wohin Sie gehen sollen? Himmel, Clifton! Na dahin, wo sich diese Truppe gerade unserer Rechtsprechung entzieht, genauer unserem Galgen in Landsberg. Und wenn das so ist, tragen Sie die Verantwortung. Glauben Sie mir, Clifton, da ist der Faustschlag vom Feinstein ein kleiner Stich. Sie sitzen gerade mitten auf dem Klo und der Torpedo läuft auf Sie zu. Passen Sie bloß auf, dass er Sie nicht mit hinuntergelassener Hose erwischt. Sie entschuldigen diesen unterkomplexen Vergleich.«

Jaeger klopfte dem konsternierten Clifton auf die Schulter und begrüßte freundlich einen Bekannten, der gerade von den Herrentoiletten kam und sich die Hände an einem Mantel des Ständers abtrocknete.

Clifton rannte aus dem Casino und auf den Jeep zu, in dem sein Fahrer saß und mit nach hinten gekipptem Kopf schnarchend schlief.

»Raus, Johnny, ich nehme den Jeep.«

Der Fahrer fiel fast von seinem Sitz und konnte gerade noch aussteigen, ehe Clifton auf den Fahrersitz kletterte und davonbrauste.

Er hielt vor seiner Wohnung, rannte die Treppe hinauf, fiel in seinem Schlafzimmer auf die Knie und riss eine Kiste unter dem Bett hervor. Dann rannte er mit der Kiste zurück zum Jeep und fuhr mit quietschenden Reifen Richtung Südosten auf die Autobahn. Er schaute auf die Uhr. In zwei Stunden wurde es Mitternacht. Er konnte es bis zu dieser Hütte schaffen, bevor sich diese verdammten Nazis aus dem Staub machten. War da wirklich ein wichtiger Raketentechniker in der Gruppe? Und er hatte beim Kardinal alles mitvorbereitet. Keiner von der CIA würde ihn decken. Er wäre geliefert. Doch vorher würde er diesem Jansen eigenhändig die Haut abziehen.

17

An der Hütte hatte der Eigentümer einen Schuppen anbauen lassen. Im Winter diente er als Holzscheitlager. Aber zur Jagdzeit hingen von Metallhaken, die am großen Mittelbalken befestigt waren, die toten Tiere, Gämsen und Hirsche. Sie wurden von den Jagdpächtern sauber abgezogen und ausgenommen, ehe sie der weiteren Verwendung anheimfielen. Jetzt hingen die beiden Männer kopfüber daran.

Er hatte sie noch nicht ausgezogen. Stattdessen saß er auf einem Schemel und blickte die zwei wortlos an, manchmal stieß er mit seinem Fuß sachte gegen ihre Schulter, damit sie ein wenig hin- und herschwangen. Es gefiel ihm, wie das Seil unter dem Gewicht des einen knarzte, während der leichtere kaum Geräusche verursachte. Er hatte den jungen Männern eindrücklich klargemacht, warum Schreien keine gute Idee wäre. Also hingen sie schweigend mit roten Köpfen vom Balken und schauten hinauf zu ihm.

Draußen machten sich Männer auf, die Hütte zu verlassen. Sie waren leise wispernd zu hören. Jemand trat an die Tür, öffnete sie jedoch nicht. Er sah zu seinen Gefangenen und legte den Finger auf die Lippen.

»Katzel, wir sind kurz weg«, kam es von draußen. »Der Oberst wird uns deinen Anteil geben. Du bleibst mit dem Jungen da und kümmerst dich um die beiden Schnüffler, richtig?«

»Ja, grüßt mir den guten Herrn Wanger. Wenn ihr zurückkommt, sind die geschlitzt worden«, rief Gabriel, den Kopf Richtung Tür gedreht, ein Messer in der linken Hand drehend. Er wartete, bis die Männer nicht mehr zu hören waren, ehe er sich wieder den beiden am Balken zuwandte.

Auf das Dach prasselte der Regen, irgendwo rauschten Windböen durch die Wälder.

»Ihr seid von der Polizei. Warum seid ihr hier?«

»Um einen Mörder zu finden. Was machst du hier?«, rief der Größere.

Gabriel stieß brutal mit dem Fuß gegen dessen Brust. Der Mann hustete gequält, stöhnte auf und musste ausspucken. Das Seil quietschte.

»Wie heißen Sie?«

Gabriel strich sich über das grobe Gesicht, beugte sich zu dem Schmächtigen, der sich nicht konzentrieren konnte.

»Ich bin Gabriel Pämp. Nicht Katzel, nicht Katzelmacher. Ich bin der Gabriel Pämp aus München.«

Das war schon einmal ein Anfang. Steinmüller ahnte, dass es nun auf das ankam, was er und wie er es sagte. Entweder konnten sie einen spektakulären Fall lösen – oder wären bald ohne Haut.

»Ich bin der Herr Steinmüller. Das ist der Herr Feinstein. Wir haben fünf tote Menschen in München gefunden.«

»Da sterben jeden Tag Menschen.«

Steinmüller schnaufte durch die Nase. Da hatte er recht. »Haben Sie die alle getötet, also diese fünf Menschen?«

Pämp schüttelte den Kopf. »Was Sie wissen. Der Gabriel hat viel Menschen geschlitzt. Er weiß das.«

»Das war sicher alles rechtens«, wollte Steinmüller helfen. Er ahnte, dass sich dieser Riese etwas von der Seele, so es sie gab, reden wollte.

»Nein. Er wird in die Hölle kommen. Bei Gott, das weiß der Gabriel. Aber er hat … er hat … immer versucht, Menschen …«

Steinmüller konnte es kaum glauben. Von seiner Position aus meinte er, diesen Gabriel Pämp weinen zu sehen. Konnte das sein? Ein weinender Killer?

Steinmüller spürte, dass er einer Ohnmacht nahe war. Er sah Sternchen, das Blut, das aus seinem Rumpf in den Kopf drückte, ließ nur noch wenige Minuten Sprechen und konzentriertes Nachdenken zu.

»Ja, was hat der Gabriel?«, fragte er leise.

Dieser Mann sprach immer in der dritten Person von sich. Wollte er mit den Taten nichts zu tun haben? Distanzierte er sich von den Morden? Es war ein Versuch wert, mit einer harmlosen Frage vielleicht?

»Warum wird der Gabriel Katzelmacher genannt?«, fragte er weiter.

Schweigen. Der Mann schien nachzudenken.

»Weil … weil …«

Schweigen.

Die Holztür, die zum Schuppen führte, wurde quietschend geöffnet. Pämp drehte sich ruckartig um. Der Junge stand im Rahmen.

»… weil er ein Zigeuner ist, sagen sie«, rief er.

Der Riese erhob sich, der Schemel kippte um. Mit ausgebreiteten Armen lief er auf den Jungen zu, als wollte er nicht, dass er die Männer zu sehen bekam.

»Isaak, geh zurück. Das ist nichts für dich, bitte!«

Steinmüller konnte nicht glauben, wie zart dieses Monstrum mit dem Jungen redete, der dem Namen nach auch noch ein Jude war. Alles wurde absurder. Altnazis auf der Flucht mit einem Zigeuner und einem Judenjungen.

»Ich habe sie gesehen. Ich weiß, dass sie da sind. Die Männer sind gerade erst weg. Du kannst sie später …«, sagte der Junge.

Mit einer Hand presste Pämp den Mund des Jungen zu, mit der anderen hob er den Schemel hoch. Der Junge wand sich aus der Umklammerung und stellte sich zwischen ihn und Steinmüller.

»Gabriel, du musst sie abhängen. Du darfst sie nicht töten. Das sind Polizisten. Wenn du sie tötest, kommen mehr Polizisten. Wir dürfen das nicht. Das ist nicht recht.«

»Was ist schon das? Die recht hatten, sind tot«, glaubte Steinmüller zu hören, als ihm so schwindlig wurde, dass er kaum mehr sehen konnte.

Der Junge trat hinter Gabriels Rücken und flüsterte ihm ins Ohr.

Es dauerte einen Moment und der Riese beugte sich tatsächlich nach links, griff nach dem Seil, das an einem Seitenbalken verknotet war und Steinmüller und Feinstein in der Luft hielt, und löste den Knoten vorsichtig. Er muss unglaubliche Kräfte haben, dachte Steinmüller erstaunt, denn er trug nun mit seinen Händen das gesamte Gewicht, stemmte die Füße gegen den Boden und löste Stück für Stück des Seils, ehe sie erst auf ihren Schultern, dann auf dem Rücken lagen. Sie waren nach wie vor gefesselt. Die Erleichterung, nicht wie Wild oder Vieh abgeschlachtet zu werden, durchströmte jedoch beide. Sie streckten und krümmten sich, um die Anspannung aus ihren Leibern zu drücken, bevor sie sich mit einem Ruck auf die Knie bewegten. Der Junge half zuerst Feinstein. Jetzt bemerkte Steinmüller, wie dieser Pämp wieder auf seinem Schemel saß, auf dem Schoß hockte der Junge, in der Linken hielt er ein großes Messer.

»Der Gabriel will nicht töten.«

Steinmüller nickte. »Er ist ein Zigeuner. Aber warum ist er mit diesen Nazis zusammen?«

Schweigen.

»Sie haben den Gabriel mitgenommen wie einen Hund, damals im Krieg. Wollten ihn abrichten, aus Buchenwald haben sie ihn geholt«, erklärte der Riese mit leiser Stimme. »Weil der Gabriel so gut die Haut vom Tier lösen konnte, so gut wie kein anderer im Landkreis. Und da haben sie gesagt: ›Wenn du deine Familie wiedersehen willst, kommst mit uns. Dann hilfst uns, den Russen zu besiegen.‹ Und da bin ich mit. Weil ich doch meinen Sohn und meine Tochter und meine Frau und meine Mutter – die wollte ich alle sehen. Das haben sie mir versprochen. Habe ich alles gemacht, was sie mir aufgetragen haben. Schlimme Sachen. Schlimm.«

»Es war Krieg. Und diese Männer hier, die haben noch viel schlimmere Sachen gemacht«, ging der Junge dazwischen.

»Woher weißt du das?«, fragte Steinmüller irritiert.

»Sie haben damit geprahlt, als ich in der Küchenecke gesessen habe. Sie haben erzählt, wie sie Jungen wie mir Minen umgebunden und sie in die Luft gesprengt haben.«

Wie dem Paar in Bogenhausen, dachte Steinmüller.

»Was ist danach passiert?«, fragte er den Riesen.

»Dann war der Krieg vorbei. Eben Krach. Dann Stille. Jeder ist irgendwo hingelaufen. Die Polen. Die Deutschen in eine Richtung, die Russen in die andere. Wir sind auch zurück. Der Gabriel und der Isaak. Wollten in München leben. Alle haben sie uns fortgejagt. War ja keiner mehr da von der Familie. Waren alle zu Asche gemacht worden.« Er hielt inne, senkte den Kopf, schloss die Augen und schien ein Gebet zu murmeln.

»Doch dann kam der Oberst«, erklärte der Junge. »Und wir haben in der Ruine im Keller gelebt. Hatten nichts. Oberst Wanger, der hatte Brot und Medizin für den Gabriel. Weil der Gabriel das Jod brauchte.«

Steinmüller entdeckte den großen Kropf, den der Riese unter seinem Kinn unter einem Tuch zu verbergen versuchte.

»Er hat uns versprochen, dass er uns hilft. Wenn der Gabriel wieder für ihn schlitzt.«

»Wie oft?«, fragte Steinmüller.

»Na, bloß die zwei Soldaten, die nicht mitkommen wollten. Die uns verraten wollten. Die habe ich geschlitzt. Die waren nur schon tot …«

Steinmüller war jetzt hellwach. »Das heißt, du hast gar keinen Menschen getötet?«

Der Riese schüttelte den Kopf. »Nein, lediglich geschlitzt. Getötet haben die.«

»Was ist mit dem Archivar Willibald? Dein Junge war draußen an den Klärteichen in Fröttmaning, richtig?«, setzte Steinmüller nach.

»Auch schon tot. Habe Isaak gezeigt, wie es geht. Hat er nicht gut gemacht.« Er sah zu dem enttäuscht blickenden Jungen. »Noch nicht, aber bald. Bald kann der Isaak ebenfalls schlitzen!«

Steinmüller atmete tief durch. Er saß hier mit einem Monster, der Schlitzen als Berufsbezeichnung betrachtete. Großartig. Er musste weiterfragen, um nicht die Nerven zu verlieren.

»Und das Paar in Bogenhausen auf dem Schwarzmarkt?«

»Das waren wir nicht. Das war auch nicht der Oberst. Das war …«

Feinstein mischte sich ein. »Bevor wir weiterreden …«

Steinmüller blickte ihn überrascht an.

»Diese Männer, die da gerade vor der Tür waren, was haben die vor? Kehren die zurück?«, fragte er.

»Das ist nicht dein Ernst!« Steinmüller war fassungslos. Vor ihm saß die Lösung aller Fragen der letzten Woche. Und da kam der Pragmatiker Feinstein und hatte eine Frage über ein paar Männer. Er ignorierte Feinstein. »Ich kann dir helfen, Gabriel. Dir und deinem Jungen können wir helfen. Du …«

Irgendwo draußen hörten sie das Aufheulen eines Motors.

Katzelmacher reckte den Kopf, hob die Hand, um die anderen zum Schweigen zu bringen. Doch es war zu spät, ein Tritt gegen die alte Tür des Schuppens und da stand er. Richtete das Gewehr auf sie und ließ mit seinem Ausdruck im Gesicht keine Zweifel aufkommen, dass er es ernst meinte.

»Du, Katzel, wirst sie für mich töten. Langsam und sorgfältig«, rief er, fast fröhlich.

18

Hier war Schluss. Er hatte unterwegs erneut den Ersatztank nutzen müssen, um mit dem Jeep nach Kreuth zu gelangen. Das Tal endete mit einem massiven Bergrücken, den Blaubergen, die jetzt in der Nacht und dem einsetzenden Regen nicht zu sehen waren.

Vor Mitternacht überquerte er die notdürftig reparierte Brücke über die Weissach und fuhr hinauf zu dem einst königlichen Anwesen des Wildbads. Clifton kannte sich aus. Er gehörte zum Stab von General Patton Anfang Mai 1945 und war mit ihm hierher in das Tegernseer Tal gekommen. Der erfolgreiche, aber irre Befehlshaber mit dem großen Colt am Gürtel hatte in der Villa eines Nazibonzen residiert, als er am 9. Mai 1945 von seinen Aufklärern erfahren hatte, dass zwischen Achental und Wildbad Kreuth noch eine komplette Division der SS lag, Tausende gut ausgebildete Soldaten unter dem Befehl eines entschlossenen Generals. Patton war damals von der SS und ihrem soldatischen Können nahezu besessen gewesen.

»Clifton, wir haben das falsche Schwein geschlachtet. Diese SS ist der perfekte Armeekörper, nicht so schlapp wie unsere Leute. Das sind großartige Landsknechte, Legionäre, die für den Krieg geboren wurden«, schwärmte der Alte.

George Patton war selbst nach Kreuth gereist, hatte die Kapitulation dieser Einheit entgegengenommen und die Soldaten über ihren General Bochmann fragen lassen, ob sie mit ihm und den Amerikanern gegen die Russen kämpfen wollten.

Da war Clifton schon nicht mehr dabei gewesen. Er hatte im Zuge der Verhöre einen seltsamen Oberst getroffen, einer, der damals abseits der gedemütigten Soldaten gewartet hatte, nur umringt von einer Schar wild aussehender Männer. Das war Wanger gewesen. Er hatte aufrecht im Regen des kalten Mai gestanden, einen gepflegten Oberlippenbart getragen und

Pfeife geraucht. Clifton war auf ihn zugetreten und hatte ihn recht rüde angesprochen. Der Mann hatte ihn ungerührt und auffallend schweigend angestarrt. Clifton hätte ihn auf der Stelle erschießen können. Das wäre damals nicht ins Gewicht gefallen. Es waren Leute von der SS. Männer, die sechs Jahre keine Skrupel gezeigt und amerikanische Gefangene während des Kriegs hinter der Front erschossen hatten. Da machte man nicht viel Aufhebens.

»Wollen Sie in Ihrer Armee Karriere machen, junger Mann?«, fragte Wanger in einem Englisch mit hartem Akzent.

Ausgerechnet im Moment der größten Niederlage hatte dieser Mann die Chuzpe, mit ihm dealen zu wollen. Clifton imponierte das. Nicht weil er dealen wollte. Das versuchten die verdammten Krauts immer, wenn es für sie eng wurde. Es war die Art, wie der Mann sich und seine Truppe anbot.

Wanger hatte im Auftrag Himmlers Kriminelle und Wilderer zu einer Brigade zusammengestellt, um sie in den Kampf gegen Partisanen zu führen. Eine blutrünstige und hemmungslose Einheit, die lediglich mit der harten Hand eines klugen und ebenso skrupellosen Offiziers befehligt werden konnte. Und genau das war Wangers Vorschlag für Clifton.

»Sie werden schon bald nicht mehr die großen Kriege führen. Sie haben die Atombombe. Damit werden Sie immer nur eine finale Lösung erreichen. Aber wir haben in Russland und auf dem Balkan erlebt, dass nicht reguläre Truppen, Partisanen oder Freischärler gegen uns im Vorteil waren, wenn wir sie mit konventionellen Waffen und Kriegsführung schlagen wollten. Erst als wir sie genauso hart und bitter bekämpft haben, konnten wir sie eindämmen. Ihr Amerikaner werdet das bald auch erleben. Für diese Zeit braucht ihr nicht eure gut genährten Wehrpflichtigen, für diese Zeit braucht ihr Söldner.«

Clifton runzelte die Stirn und blickte in die Runde. Diese Männer waren nicht für das Zivilleben gemacht. Diese Männer waren Waffen. Und genau das erzählte er Major Moyse vom

OSS in Wiesbaden kurz darauf. So hatte seine Zeit mit Wanger angefangen.

Jetzt hätte er ihn um Mitternacht treffen können, nicht weit vom Ort der ersten Begegnung entfernt. So hatte es Gertrud gehört. Er sah auf seine Uhr. 00:12 Uhr.

Das Wildbad war während des Kriegs ein Schutzort für Kinder aus den ausgebombten Städten gewesen. In den Jahren zuvor waren der Adel und die Betuchten zum Kuren hergekommen. Das örtliche Wasser sollte Heilkraft haben. In einer Wandelhalle sollte er Wanger finden, so hatte es Gertrud, die längst in der Rechtsmedizin lag, ihm mitgeteilt. Er stoppte den Jeep, langte in seine Kiste, nahm die Pistole heraus und stapfte, den Kragen seines Ledermantels hochschlagend, hinüber zur Wandelhalle. So wie er den Deutschen kannte, wusste der bereits von seiner Ankunft, hatte sich vorbereitet.

Kaum stand Clifton im Trockenen, hörte er ein leichtes Klatschen, das aus dem Schatten einer Ecke kam.

»Dirty Wanker? Sind Sie hier?«

Tatsächlich hörte der Angesprochene nun auf zu klatschen.

Clifton liebte es, Wangers Namen falsch auszusprechen. Der Kraut wusste nicht, dass ›wanker‹ im Englischen ein hartes Wort für Onanierer war.

»Schau an, der Herr Clifton. In Uniform? Ist das etwa ein offizieller Besuch unserer neuen Schutzmacht?«

Clifton war im Begriff, zur Ecke zu gehen, um in Wangers Gesicht zu sehen, doch ein hartes »Stopp« und das universell verständliche Geräusch einer Gewehrentsicherung ließen ihn erstarren.

»Schon winkt auf hohem Bergesrücken
Akrokorinth des Wandrers Blicken,
Und in Poseidons Fichtenhain
Tritt er mit frommem Schauder ein.
Nichts regt sich um ihn her, nur Schwärme

Von Kranichen begleiten ihn,
Die fernhin nach des Südens Wärme
In graulichtem Geschwader ziehn …«

»Wanger, ich brauche keinen deutschen Bullshit. Ich brauche eine kluge Aussage. Sonst sind unsere Pläne hinfällig«, unterbrach ihn Clifton ungeduldig.

»Mein lieber Freund aus den englischen Kolonien. Das ist Friedrich Schiller, nicht Mark Twain. Und das Gedicht, aus dem es stammt, heißt *Die Kraniche des Ibykus*. Es passt gerade hierher.«

»Ja, mag sein. Aber, Wanger, mir sind meine eigenen Leute auf den Fersen und dieser Feinstein mit seinem Krautkollegen …«

Er hörte ein Lachen und roch den Duft einer Zigarre, deren Glut im Dunkeln aufleuchtete.

»Ja, mein lieber Clifton, Ihnen ist der Fall ziemlich aus den Händen geglitten. When the shit hits the fan, sagt ihr doch in den USA, oder?«

»Ja, sehr schön, dass Sie sich auch in unserer Hochkultur auskennen. Wir müssen diese beiden Schnüffler endgültig aufhalten …«

»Wir? Clifton, mein lieber Clifton. Das müssen Sie selbst ausbaden. Wir hatten eine Vereinbarung. Meine Leute kommen aus diesem Land, dafür machen wir Ihre Drecksarbeit vor Ort, wenn Sie das wünschen. Das war unser Deal. Dann kam …«

»Ich weiß. Ich weiß! Es war allerdings nie von einem Raketentechniker die Rede. Es sollten Soldaten sein, harte, unnachgiebige, gut ausgebildete Soldaten und Lagerexperten.«

»Moment, Herr Clifton, ich bin noch nicht fertig. Also, dann kommt unser Katzel. Er braucht Hilfe. Lebt mit einem Jungen im Dreck. Will sich rächen. Ich drehe ihn um. Verspreche ihm eine goldene Zukunft in Syrien. Er häutet für uns. Wir lösen das Problem gemeinsam. Gut, da waren Sie hilfreich. Alle schieben es den Itzigs in die Schuhe. Sie haben Ihre Agenten in Syrien, wir unseren Beweis für die Bösartigkeit dieser Untermenschen. Alles lenkt schön ab von unseren Plänen. Sie werden die große Nummer beim Geheimdienst werden. Wir arbeiten unseren Leuten zu und Ihren Jungs in Washington. Alles lief nach Plan. Dann müssen Sie mit dieser Judenhure Salomea ein neues Spiel beginnen. Da ist klar, dass wir in Schieflage geraten. Herrgott, ihr verdammten Amis könnt nur Krach und Zinnober veranstalten. Und jetzt? Jetzt wird es eng für Sie und ich soll Ihnen helfen?«

»Auch Sie fliegen auf«, drohte Clifton und atmete durch.

»Ich? Ich bin schon gar nicht mehr hier. Ich werde bei meinen Leuten sein. Da, wo ich hingehöre. Aber Sie?«

»Ich will Ihre Leute sehen. Ich will wissen, wer die sind.«

»Meine Leute sind unterwegs. Wie Sie mit den eigenen Kameraden umgehen, also mit diesem Juden Feinstein und seinem Speichellecker Steinmüller, das interessiert mich nicht.«

Clifton lachte bitter auf. »Wenn ich auffliege, sind Ihre Leute in ihrer neuen Heimat Kamelistan sinnlos. Die gehen unter, bevor sie einen Turban gesehen haben.«

Wanger schwieg.

Clifton war, als flüsterte jemand im Schatten, doch der Regen prasselte vehement auf das Dach, sodass er kaum etwas verstand und es seiner einsetzenden Müdigkeit zuschrieb. »Wissen Sie, Wanger, ich kann Sie hier in Deutschland hochgehen lassen. Dann bin ich wieder der große Nazijäger ...«

Aus dem Schatten trat der Alte, ging mit einem schlurfenden Gang auf ihn zu und für einen Herzschlag graute es Clifton vor diesem Mann so, dass sich seine Nackenhaare aufstellten. Als wäre der Teufel selbst auf dem Weg zu ihm. Ein Pferdefuß hätte ihn nicht überrascht.

»Drohen Sie mir nicht. Das hat noch nie einem genutzt.«

Clifton räusperte sich. »Ich erkläre lediglich die Möglichkeiten, die ich habe.«

Wanger schüttelte mitleidig den Kopf. »Sie haben keine Möglichkeiten, Sie haben nur eine amerikanische Maschinenpistole. Sie wissen jedoch nicht, wie viele Gewehrläufe gerade auf Sie gerichtet sind, weil Sie wie alle Amis blauäugig in die Falle getappt sind. Denken Sie, ich wüsste nicht, dass Sie mir die Gertrud auf den Hals gehetzt hätten?«

»Welche Gertrud?«

»Die Dame, die Sie heute Abend aus dem Fenster Ihrer Wohnung gestoßen haben.«

Blut schoss in Cliftons Kopf. Da war jemand stärker, mächtiger und für ihn gefährlicher.

»Junge, ich bin das Chaos, ich weiß alles, ich bin überall. Damit wollen Sie nicht spielen.«

Clifton musste schlucken. Das war ein Tiefschlag. Er hatte Gertrud … Sie war also von Wanger geschickt … Er konnte kaum mehr atmen. Dieser Mann war ihm überlegen. Er hatte nun die besseren Karten.

»Was will Ihre Seite?« Wanger stand jetzt ganz nah vor ihm, aus dem Mund quoll ein schlimmer Atem. Die gelben Zähne verrieten mangelnde Hygiene. Etwas scheint in ihm zu faulen, dachte Clifton unwillkürlich.

»Ihren Raketentechniker«, antwortete er schnell.

Wanger lachte. Mehr schlechter Atem schoss ihm entgegen.

»Ihr Amis wollt immer alles haben, glaubt, gute Dealmaker zu sein. Dealmaker, so sagt ihr doch, oder?«

»Ich will gar keinen Deal machen. Ich will Erfolge. Und ich habe derzeit nichts, was ich meinen Leuten bieten kann. Im Gegenteil, ich habe diese beiden verdammten Schnüffler Feinstein und Steinmüller am Hals!«

Wanger hob den Zeigefinger. »Nicht schreien, Clifton. Wer schreit, hat unrecht!« Er ging einen Schritt zurück, sicherte sein Gewehr und warf den Zigarrenstumpen beiseite. »Gut, Sie sind ein Junge mit Potenzial. Das habe ich immer gern gesehen. Engagierte junge Männer, die an ihre Grenzen gehen wollen. Damit wir weiter im Geschäft bleiben, will ich Ihnen helfen, Clifton. Sie sind ein guter Mann, der nach oben will, nicht wahr? Ich, wir, begleiten Sie gern dahin. Aber ich wäre Ihnen sehr zu Dank verpflichtet, wenn Sie das niemals vergessen würden.«

Clifton ahnte, dass er in dieser Minute bloß eine Chance hatte, und das war, mit diesem Teufel ein Geschäft zu machen. Käme er mit leeren Händen zurück nach München, wäre er verloren. Feinsteins Netzwerk würde ihn zerreißen.

Der Deutsche klopfte ihm aufmunternd auf die Schulter. »Sie bekommen heute fast alles, was Sie wollen, auf einen Präsentierteller gelegt!«

»Ach? So einfach?«

Wanger lächelte. »Einfach ist nur der Tod. Doch Sie fahren gleich mit Ihrem schicken Jeep die Straße nach Glashütte, linker Hand sehen Sie auf einer Wiese eine Holzhütte. Dort bewacht unser Zigeuner Katzelmacher mit einem Judenbengel Ihre Freunde Steinmüller und Feinstein. Sie werden Katzelmacher sagen, dass er die beiden nach bewährter Art von ihrer Haut zu trennen hat. Der Zigeuner wird das tun. Danach befördern Sie das Dreckspack mit einer Salve aus Ihrer MP ins Jenseits. Sie kehren heim, feiern sich als echten Helden, betrauern das schwere Schicksal Ihrer Mitarbeiter, die sich grundlos eigenhändig ohne Waffen gegen diese Bestie und den Pimpf gestellt haben. Aber Sie konnten wenigstens ihre Mörder stellen und vor Ort richten. Ob dieser Katzelmacher etwas mit den Häutungen in München zu tun hat? Wer weiß das schon? Sind ja alle tot.«

»Was ist mit Ihrem Raketentechniker, den Sie den Syrern schicken wollen?«

Wanger schien die Geduld zu verlieren.

»Hören Sie, Clifton, ich lege Ihnen gerade einen Teppich aus und Sie pinkeln darauf. Sie haben von den Briten den verdammten Schnüffler Michalsky ins Hosenbein gesteckt bekommen. Der hat Ihrem Gouverneur etwas von hochwichtigen Raketentechnikern erzählt, um ein wenig Ermittlungsdruck zu kriegen. Dieser verdammte Jude Michalsky weiß genau, dass in meiner Truppe eine Menge Schlächter waren und sind, nur kein verdammter Wissenschaftler. Er will meine Leute haben, aus schierer Rache, weil er als größter Nazijäger der Nachkriegszeit in die Geschichte eingehen will. Raketentechniker? Dass ich nicht lache. Die sind längst alle bei euch oder beim Russen. Ich habe in meinem Bauchladen lediglich Landsknechte, die, ohne zu zucken, den Juden und anderem Gschwerl, wo immer sie sie treffen, die Bäuche aufschlitzen.«

Clifton nickte. Das klang plausibel. Er musste reagieren. »Wie überzeuge ich den Katzelmacher, dass er …?«

Wanger lachte spöttisch auf, entsicherte und lud sein Gewehr durch. »So vielleicht?«

Clifton nickte langsam. »Wo ist Ihre Gruppe?«

»Unterwegs.« Wanger blickte auf seine Armbanduhr. »Sind wir im Geschäft?«

Clifton sah hinaus in den Vorhang aus Regen und nächtlichem Schwarz. Er war müde und gleichzeitig aufgekratzt. Hier und jetzt konnte er sein Schicksal wieder selbst in die Hand nehmen. Keines dieser Schreibtischschweine wie Jaeger hatte draußen im Feld, da, wo getötet wurde, Erfahrung. Er schon. Er war der Krieger. Die Aussicht, dabei zu sein, wenn diesem Feinstein die Haut abgezogen wurde, war verlockend.

»Sie sollten sich aufmachen, wenn Sie Ihren Hauptgewinn ziehen wollen oder Ihren Kopf aus der Schlinge, je nachdem, wie man es betrachtet.« Wanger lachte. »Auf geht's, Clifton, Katzelmacher wartet.«

19

Das Tal machte hinter Wildbad Kreuth eine Kurve, verengte sich nach Westen, trug den Reisenden auf einer Schotterstraße hinauf auf fast tausend Höhenmetern zum Achenpass. Da blieb der Schnee im Winter länger liegen, der Herbst kam früher und auch im Sommer war es in Glashütte immer deutlich kühler als am See. Hier oben befand sich das letzte Haus auf deutschem Boden. Die Schmuggler aus Glashütte hatten die vier Männer hierhergeführt, um auf ein Signal von der österreichischen Seite zu warten.

Zwei französische Grenzbeamte saßen, vom Regen geschützt, einige Kilometer weiter südlich unterhalb des Passes und vertrieben sich die Nacht mit einer Flasche Rotwein. Das war nicht erlaubt. Aber die jungen Männer aus dem Süden Frankreichs konnten der Kälte nichts abgewinnen, die selbst im Mai in den Bergen herrschte. Auf Patrouille zu gehen, kam ihnen erst recht nicht in den Sinn. Es galt, die Militärzeit möglichst unauffällig und unbeschadet abzuleisten. Keiner von ihnen wollte sich auf einem Truppentransporter nach Indochina wiederfinden. Denn Frankreich befand sich seit zwei Jahren in einem Krieg und hatte den letzten kaum verdauen können.

Sie konnten nicht ahnen, dass auf der anderen Seite der Grenze in einer Gruppe ausgerechnet jener Obersturmbannführer der SS in einem nach Schimmel riechenden Flur stand, der das Nachbardorf eines der Grenzer vor fünf Jahren hatte niederbrennen lassen. Vielleicht wäre das für sie ein Antrieb gewesen, hinaus in die Nacht und den Regen zu treten.

»Das erste Signal ist gekommen. Die Franzmänner sitzen in der Stube. Wir gehen um ein Uhr los«, murmelte der Schmuggler, ein vierschrötiger Kerl mit nur einem Auge und einem versteiften Handgelenk.

Die vier hatten ihren ›Proviant‹ sicher verstaut. Die Goldmünzen waren gut versteckt im Gürtel und in der Sohle ihrer Schuhe deponiert, jeder hatte mit Mühe einen kleinen Gummisack mit Diamanten verschluckt. Der Plan war von ihrem Oberst geändert worden. Nun wussten sie, dass sie, kaum auf der anderen Seite, mit einem Lkw einer Brauerei hinunter nach Innsbruck und weiter wieder hinauf zum Brenner transportiert werden sollten. Es sollte in einem Rutsch nach Genua gehen. Morgen Nacht würden sie im Hafen der italienischen Stadt eintreffen, um am nächsten Tag das Schiff nach Latakia in Syrien zu betreten. Vier Männer, die ein neues Leben beginnen wollten. Vier Männer, die die Toten auf dem alten Kontinent zurücklassen wollten.

Sie hatten die Anzüge, die Wanger mitgebracht hatte, trocken in ihren Rucksäcken untergebracht. Jetzt saßen sie im Flur und lauschten den Geräuschen, die von draußen gedämpft hereinkamen. Tausendfach hatten diejenigen, die an der Front gewesen waren, solche Augenblicke erlebt. Vor einem Angriff in einem Graben, einem zerschossenen Haus oder hinter einem Panzer warten. Den Karabiner, die Maschinenpistole fest umklammert, eine letzte Zigarette rauchen, einen Witz murmeln, vielleicht ein Gebet in Gedanken sprechen, sich eine Verletzung oder den Tod niemals vorstellen. Warten. Soldaten warteten immer. Auf das Essen, den Befehl zum Angriff, den Angriff des Gegners, auf den Tod.

Dann aufstehen, losrennen oder manchmal einfach gehen, aufrecht schießen, den Tod bringen. Das war so oft passiert, so gewöhnlich geworden, dass die Frontsoldaten unter ihnen das Warten einfach hinnahmen. Anders der stille Mann. Der las. Blätterte zitternd die Seiten um, versuchte im matten Licht der Glühbirne, die Buchstaben zu erkennen.

Die Tür öffnete sich, der Schmuggler ballte eine Hand zur Faust und bewegte den Arm, als wollte er an einer Straßenbahnklingel ziehen.

»Pack mer's!«, flüsterte er und trat hinaus in die Nacht.

Statt der Schotterstraße, wo sie Gefahr liefen, von einer zufällig vorbeifahrenden Patrouille der Amerikaner aufgegriffen zu werden, folgten sie einem für sie nicht erkennbaren Pfad neben einem Bach, der erheblich Wasser vom Pass hinunter ins Tal brachte. Sie erkannten mühsam seine Konturen, ansonsten Rauschen und Regen. Alle vier zogen die Köpfe ein, ihre breiten Hüte aus Filz hielten bloß notdürftig die Feuchtigkeit von ihren Anzügen ab.

War der Weg anfangs noch befestigt, geriet er mehr und mehr zu einer sumpfig-schlammigen Strecke, die niemand ohne Kenntnis der Gegend würde jemals heil bestehen können.

Eine Stunde trotteten sie dem Schmuggler hinterher, stumm und schwitzend, denn es ging immer wieder steil bergan, manchmal leuchtete er mit einer Bergwerklampe über einen Bach, einen Stamm, einer von ihnen rutschte aus, fluchte gedämpft.

Sie alle atmeten schwer, der Leser keuchte, als sie nun oberhalb des Passes standen und der Schmuggler Richtung Nordwesten zeigte.

»Da liegt die Station der Amis, die wir umgangen haben. Das ist alles unsicheres Gebiet, weil die Grenze fast im Zickzack verläuft. Zweihundert Meter südwärts, dann sind wir in Österreich und müssen dennoch an dem Posten vorbei. Deswegen wartet oben an den Serpentinen der Lkw.«

»Und der Posten mit den Franzosen kontrolliert nicht?«, fragte einer aus der Gruppe.

Der Alte lächelte.

»Es geht bergab in Kurven. Die Franzmänner schlafen. Aber unsere Leute müssen vorsichtig sein. Sie werden den Motor nicht anstellen, sondern nur die Bremse herausnehmen, wenn ihr auf die Ladefläche geklettert seid. Der Horch geht von allein den Berg hinunter. Einer unserer Männer wartet am Grenzhäuschen, wird die Holzschranke nach oben drücken und den Lkw passieren lassen. Wenn er ausgerollt ist, startet der Fahrer und fährt los. Er hat ein österreichisches Kennzeichen. Wenn die Franzosen aufwachen und aus dem Fenster blicken, werden sie glauben, dass er von drüben, aus Achenkirch, kommt.«

Die Männer sahen sich ratlos an, sie waren zu erschöpft, um diesem Plan etwas entgegenzusetzen. Es waren Schmuggler, sie mussten ihr Handwerk kennen.

Der Alte spürte die Zweifel, hob die Lampe, sodass sie sein Gesicht erkennen konnten. »Wir machen das nicht zum ersten Mal.«

Langsam rutschten sie den kleinen Pfad an einer Klamm entlang, die auf die Straße zuführte. Der Lkw war nicht zu sehen. Der Schmuggler pfiff zweimal kurz, wartete, hörte in das Prasseln des Regens und erhielt Sekunden später eine Antwort. Ein Pfiff.

»Mei, der Alois konnte noch nie pfeifen«, grummelte er. »Zwei waren vereinbart.«

Er zögerte. Hielt die Nase in die Luft wie ein Hund, der eine Witterung aufnehmen wollte. Motorengeräusch. Waren das die Amis? Die sollten doch schlafen. In einer kurzen Pause, die der Nachtwind einlegte, horchte er. Stille. Aber etwas stimmte hier nicht. Es war nur ein Gefühl in seinem Bauch, ein Ziehen, das er von früheren Touren kannte. Meist hatte es ihn nicht getrogen. Er lief weiter.

Mehrfach musste er der Gruppe über die Klamm helfen, die unter Felsen das Wasser gen Süden trug und sich erst wieder direkt vor der Straße öffnete.

Da stand er. Ein Horch-Lastwagen. Wunderbar.

Sie duckten sich am Straßenrand, beobachteten den Lkw, bemerkten das Glühen einer Zigarette im Führerhaus.

Der Alte sah, wie die Lkw-Tür geöffnet wurde, konnte jedoch im Schwarz der Nacht nicht erkennen, wer da ausstieg.

»Ich bin's, der Alois«, rief die Gestalt.

Die vier Männer schauten ihren Führer mit aufforderndem Blick an. Worauf warten?

Erst nach quälenden Sekunden hob der Alte die Hand und ging voraus. Die vier rannten zur Ladefläche, kletterten unter Stöhnen hinauf und warfen die Plane hinter sich zurück. Nach wie vor hatte der alte Schmuggler dieses komische Gefühl im Bauch und kaum hatte er die Beifahrertür geöffnet und sich erneut nach hinten gewandt, wusste er, dass ihn das Gefühl auch diesmal nicht getäuscht hatte.

Glashütte, 00:45 Uhr

»Katzel, ich habe mich immer gefragt, was du für einen Vornamen hast. Katzelmacher, okay. Aber bist du der Thomas oder der Hubert? Ist egal. Ich nenne dich einfach Kilroy. Kilroy Katzelmacher. Was meinst du? Oder besser: Kill Katzelmacher. Denn du wirst diese beiden Vögel jetzt töten.«

Clifton stand breitbeinig im Raum, die Maschinenpistole auf die vier Personen gerichtet. Steinmüller und Feinstein hockten noch immer, Katzelmacher saß. Darauf hatte Clifton gleich zu Beginn bestanden, weil er von dessen Kampfkraft gehört hatte. Zu seinen Füßen saß der Junge und blickte mit wütenden Augen zu ihm hoch. Es wäre so einfach, sie alle mit einer Salve zu beseitigen. Doch das hätte den von Wanger zweifellos klugen Plan durchkreuzt. Kill Katzelmacher musste erst die Polizisten töten, dann würde er ihn und den Jungen töten. Nur so konnte er die Geschichte seinen Vorgesetzten gegenüber glaubhaft erklären. Clifton, der Feinstein und den Deutschen retten wollte, die schon tot und ohne Haut in ihrem Blut lagen. Ein schwerer Kampf, Clifton konnte die Täter stellen und töten. Alles wäre wieder auf Anfang. Und das war nicht zu verachten: Wanger hatte ihm den ›Proviant‹ für Katzel mitgegeben. Natürlich waren es weniger Goldmünzen und Diamanten. Es reichte jedoch, um sie dem Riesen zu zeigen und ihm das Angebot zu machen.

»Die Gruppe wartet oben am Pass, hat mir Wanger erzählt.

Vorher erledigst du die Herrschaften da vorn, wie allein du es kannst. Danach gibt es den Proviant. Hier hat der Oberst dir ein Päckchen für die Reise zusammengestellt.« Clifton warf den Gürtel mit den Goldmünzen vor seine Füße.

Der Katzelmacher dachte offenbar nach, während Feinstein zu begreifen schien, dass es um sein Leben ging.

»Gabriel, glaub diesem Mann kein Wort. Er wird, nachdem du seine Drecksarbeit erledigt hast, auch euch töten. Er hat keine Skrupel. Warum sollte er euch ziehen lassen?«, rief Feinstein.

Cliftons Finger zitterte am Abzug. Zu gern hätte er den Juden einfach mundtot gemacht, ihn weggeblasen.

Gabriel erhob sich.

»Bleib, wo du bist«, drohte Clifton.

»Ich brauche mein Messer«, murmelte der Riese und trat auf ihn zu.

Clifton bemerkte in letzter Sekunde, wie Gabriels Linke nach hinten unter seinen Ledermantel langte. Der Junge erfasste es im selben Moment.

Der Schuss aus der MP, der Griff nach dem Messer, das auf den Boden fiel. Der Knall, der Rauch, die Schreie. Isaak, der die Hand nach dem fallenden Messer ausstreckte und wie eine Katze mit all seiner kindlichen Kraft in Cliftons Richtung sprang. Der hatte seine Augen auf den getroffenen Gabriel gerichtet, übersah den Jungen, übersah, wie er vorschnellte, das Messer in Cliftons Unterleib stieß, zur Seite kippte, immer noch den Griff festhielt und so in einer schnellen Bewegung eine handbreite Öffnung in dessen Leib schnitt, ehe er auf den Boden fiel. Clifton schrie auf, wollte den Lauf der MP auf den Jungen richten, wurde vom schrillen Schmerz übermannt und ließ die Waffe fallen. Feinstein war zuerst auf den Beinen, hatte zwar die Hände gefesselt, konnte jedoch mit dem Fuß erst die MP unter einen Schrank kicken, bevor er wie bei einem

Elfmeter mit größter Wucht gegen Cliftons Kopf trat, der mit einem Stöhnen zur Seite fiel und bewusstlos liegen blieb.

»Isaak, öffne die Fesseln. Schnell«, rief Feinstein, aber der Junge rannte zu Gabriel, der schwer verletzt und heftig atmend auf dem Boden bei Steinmüller lag.

»Alles gut, mein Junge. Ist halb so schlimm. Wird schon. Der Gabriel kommt wieder auf die Beine, versprochen.«

»Du musst. Du musst, Gabriel. Wir haben das Gold und die Diamanten. Wir können weggehen. Wir sind reich!«, kreischte der Junge, blickte argwöhnisch zu Steinmüller, rannte zu Feinstein und schnitt ihm die Fesseln an den Handgelenken auf.

Feinstein befreite sofort seinen Kollegen. »Fessel Clifton, ich kümmere mich um Gabriel«, forderte er Steinmüller auf.

Feinstein schob den Ledermantel zur Seite, zog das Hemd aus der Hose und betrachtete die Wunde. Die Kugel war in die linke Bauchseite eingedrungen. Die Eintrittswunde war klein, mit aller Kraft drückte er den schweren Mann auf die Seite, um die Ausgangswunde zu begutachten.

Steinmüller, der sich über den langsam erwachenden Clifton gebeugt hatte, schaute zu ihm. Mit einer unscheinbaren Bewegung schlug er Cliftons Kopf erneut auf den Holzboden, ehe er dessen Hände und Füße fachkundig fesselte.

»Steinmüller, zieh Clifton Jacke und Hemd aus. Ich muss etwas gegen die Wunde pressen. Schnell!«

Isaak schrie und zerrte an dem Ledermantel. Feinstein beugte sich zu Gabriel und flüsterte ihm ins Ohr.

Der Riese hörte mit schmerzverzerrtem Gesicht zu, bevor er sich zu dem Jungen wandte. »Isaak, beruhige dich.« Er griff nach dessen Hand. »Hör mir zu, Isaak. Hör mir zu!«

Der Junge atmete tief ein.

»Geh in die Hütte und hol heißes Wasser und den Verbandskasten, den die Männer dabeihatten. Wir reinigen die Wunde. Ist nicht schlimm. Bring meine Messer aus der Kiste mit.«

Isaak sah seinen Ziehvater mit großen Augen an, verstand, dass er helfen konnte, und rannte los.

Dann waren sie allein.

Der Riese richtete seinen Oberkörper auf, während Feinstein ihm Cliftons grünes Hemd gegen die Wunde hielt. »Wie steht es um den Gabriel?«, flüsterte er.

Sie waren alle Soldaten gewesen, auf die ein oder andere Weise. Da machte man nicht viel Worte.

»Du verlierst zu viel Blut«, antwortete Feinstein. »In einer halben Stunde ist alles vorbei. Wir können dich nicht nach Glashütte schleppen. Du würdest beim Transport schon sterben.«

»Lass mich hier. Gabriel will dir noch etwas erzählen!«

Steinmüller verstand. Er trat zur Tür, drehte sich um. »Ich bin beim Isaak. Du klopfst?«

Feinstein nickte.

»Ich brauche nicht lange«, flüsterte der Riese.

Steinmüller lief zur Hütte und öffnete die Tür. Der Junge versuchte völlig aufgelöst und laut weinend, ein Feuer im Ofen zu entzünden. Steinmüller half ihm, holte für ihn Wasser aus dem Brunnen vor der Tür und setzte sich schweigend an den Tisch.

»Die haben den Erste-Hilfe-Kasten mitgenommen«, rief Isaak, nachdem er verzweifelt in der Holzhütte umhergeirrt war und jeden Schrank geöffnet hatte.

»Isaak, komm, setz dich zu mir. Das Wasser kocht noch nicht«, bat Steinmüller ihn.

Der Junge schaute ihn mit rot geweinten Augen an.

»Erzähl mir von den Männern, mit denen du hier hast leben müssen. Du hast sie doch kennengelernt.«

Der Junge nickte.

Als er zum Schluss von dem Mann mit der Brille berichtete, klopfte es an der Tür.

Feinstein trat ein, nickte Steinmüller zu, der sich erhob und

Isaak über den Kopf strich. »Wir werden sie finden. Du musst bei Gabriel bleiben.«

»Und ihr?«, wollte der Junge wissen.

»Wir gehen. Das kannst du allein. Gabriel will mit dir sein, nicht mit uns«, erklärte Feinstein mit sanfter Stimme.

Steinmüller konnte förmlich verfolgen, wie in dem Gesicht die verzweifelte Hoffnung einer bitteren Erkenntnis wich. Er war noch so jung, aber er hatte so viel Leid gesehen. Wie konnte er jemals wieder Licht in diesem Leben erblicken?

Schweigend brachen sie auf.

Erst als sie mit Cliftons Jeep die Passhöhe erreicht hatten, den Wagen am Straßenrand abstellten, um die letzten Meter bis zur Grenze zu gehen, fragte Steinmüller leise nach. »Was wird aus Clifton?«

Feinstein zuckte mit den Schultern. »Pämp hat dem Jungen viel beigebracht. Wir werden uns darum keine Sorgen mehr machen müssen.«

Hinter der nächsten Kurve stand ein Lkw in einer Straßenbucht.

»Wir lassen ihn zurück?«, fragte Steinmüller ungläubig.

»Wir müssen es so machen. Wenn sich der Junge mit etwas auskennt, dann mit Abschiednehmen.«

»Was passiert jetzt?«

»Pämp hat mir erzählt, dass er von einem Schmuggler aus Glashütte weiß. Sie warten mit einem Lkw kurz vor der Grenze. Dort nehmen sie die Nazis auf, rollen, ohne den Motor anzuwerfen, die Serpentinen hinunter, am Grenzhaus vorbei. So machen sie es immer. Wir werden uns also den Lkw da vornehmen und sie überraschen.«

»Aha«, entgegnete Steinmüller.

»Hast du so etwas im Krieg schon gemacht?«, wollte Feinstein wissen.

Steinmüller wackelte mit der Hand.

Feinstein verdrehte die Augen. »Und wie habt ihr die Welt sechs Jahre in Angst und Schrecken gehalten?«, spottete er.

»Wir sind nicht mehr im Krieg. Das ist nicht die Front. Wir sind Polizisten. Sollten wir das nicht wie Polizisten lösen?«, fragte Steinmüller vorsichtig.

Feinstein schaute ihn wütend an. »Da kommen gleich vier Kriegsverbrecher. Männer, die jahrelang Leid und Tod über Menschen gebracht haben, und ich soll sie wie Polizisten behandeln?«

»Ja, warum nicht?«, erwiderte Steinmüller ungerührt.

»Weil das Bestien sind«, zischte Feinstein.

»Der Ausdruck war von 1933 bis 1945 auch hier sehr populär«, gab Steinmüller zurück.

Feinstein wäre am liebsten geplatzt, aber bevor er etwas erwidern konnte, bemerkte er eine Bewegung auf der anderen Straßenseite, gegenüber vom Lkw.

Steinmüller hatte gute Augen. »Fünf Männer, das sind sie.«

»Das sehe ich.«

»Ich helfe eben gern.«

Feinstein verdrehte erneut die Augen. Für Kommandoaktionen war dieser Klavierspieler nicht zu gebrauchen.

Er überlegte fieberhaft, was er tun sollte. Die Waffe hochheben, auf die Männer zulaufen und sie in Gewahrsam nehmen, die Steinmüller-Variation also? Er könnte gar nicht so schnell reagieren, wie die Gruppe im dichten Wald hinter ihnen verschwinden würde.

Schießen? Er hatte eine MP, die war maximal auf zwanzig Meter treffsicher. Und wenn das nicht die Gruppe war, die er vermutete, sondern einfache Schmuggler? Er musste näher heran. Doch wenn er mit dem Lederstrumpf neben ihm, der den Krieg wohl nur an einer Schreibmaschine verbracht hatte, nach vorn kriechen müsste, bekäme die Gruppe das sofort mit. Also warten.

Sekunden verstrichen.

Jetzt erst öffnete sich die Tür des Fahrerhauses, ein Mann stand auf dem Trittbrett, winkte. Die Männer links erhoben sich, hasteten hinüber, die Bremse des Lkw wurde gelöst. Zuletzt rannte ein alter Mann über die Straße. Es wurde Zeit.

»Forward march«, rief Feinstein und sprintete los, die MP im Laufen entsichernd.

Steinmüller krabbelte über den Schotter, erhob sich und folgte ihm. Es waren vielleicht fünfzig Meter, die sie zu bewältigen hatten. Der schwere Lkw nahm Fahrt auf. Hier hatte die Straße fast zwölf Prozent Gefälle. Feinstein riss die MP hoch, zielte auf die Reifen, im Spurt verriss ihm jedoch der Lauf, die Kugeln spritzten links und rechts neben den Laster. Seltsamerweise überholte ihn Steinmüller, der hatte bloß keine Waffe.

Der Lkw nahm die erste Kurve, wurde stetig schneller, entfernte sich zunehmend. Noch einmal schoss Feinstein verzweifelt eine Salve, als er das Fahrzeug unter sich in die nächste Kehre davonschwinden sah. Es war die letzte Kugel, die den hinteren rechten Reifen durchschlug, dem Lkw die nötige Balance nahm, ihn ins Schlingern brachte. Der Fahrer bremste, jetzt konnte er nur die Handbremse nutzen. Die Ladefläche schwankte bedenklich hin und her und bevor der Wagen in das Schwarz der Nacht entkam, brach er nach rechts aus und kippte einen Hang hinab. Er stieß erst gegen einen Baumstamm. Der Aufprall ließ die Frontscheibe zersplittern, Fahrer und Beifahrer nach vorn hinausfallen. Der Lkw wurde durch die Wucht himmelwärts gehoben, für einen Bruchteil stand das Heck lotrecht in der Luft, ehe es knirschend und quietschend über den Baumstamm weiter in die Tiefe stürzte, bis eine Gumpe, eine gut gefüllte Wassermulde, den Fall aufhielt. Da hatte das Führerhaus die beiden Schmuggler allerdings schon zerquetscht.

Feinstein erreichte die Absturzkante als Zweiter, stand keuchend neben Steinmüller.

Der Gebirgsbach hatte mit diesem Regen viel Wasser aus anderen Zuläufen erhalten, war an vielen Stellen über die Ufer getreten, riss Lehm und Gestein, Bäume und Sträucher mit, die sich an Stellen sammelten, wo das Wasser aus dem Gestein ebenjene Gumpen herausgefräst hatte, manche klein wie Badewannen, manche groß wie Schwimmbäder. Kurz vor solch einer Gumpe hing das Wrack.

Sie blickten einander an, rutschten wortlos den Hang über Sträucher und Stämme hinunter. Es roch nach ausgelaufenem Benzin und Blut. Sie vernahmen Stöhnen und Wimmern, als Feinstein die zerquetschten Körper der Männer passierte. Einer hielt eine Armeepistole in der Hand. Geistesgegenwärtig entriss Steinmüller ihm die Waffe, prüfte sie, kletterte weiter auf das Wrack zu, das nun mit dem demolierten Fahrerhaus im Wasser der Gumpe lag und immer wieder ein Stück tiefer rutschte. Wenige Meter weiter stürzte der Bach fast zwanzig Meter in die Tiefe.

Vorsichtig schob Feinstein die Plane der Ladefläche zur Seite. Es war zu dunkel, um mehr als Konturen zu erkennen. Er musste hineinklettern. Steinmüller signalisierte mit erhobener Pistole, dass er ihn sichern würde, was auf Feinstein nicht beruhigend wirkte.

»Raus, los, alle«, rief Feinstein und tatsächlich schienen sich dadrinnen Männer zu bewegen, bis plötzlich Hektik aufkam.

Schreie. Ein gurgelnder Laut. Steinmüller fühlte Panik in sich aufsteigen. Er konnte nicht schießen. Worauf auch? Da war Feinstein.

Mit einem Ruck wurde die Plane beiseitegeschlagen.

Ein Mann hielt Feinstein, der am Kopf blutete, ein Messer an den Hals.

»So, Waffe runter, sonst schlitze ich dem Juden seine lange Nase ab und die Kehle durch«, rief der Deutsche und Steinmüller erstarrte.

Nicht nur wegen der Drohung. Er kannte diesen Mann. Und der Mann kannte ihn.

»Das sind ja Sie«, rief der Mann und drückte die Messerspitze tatsächlich langsam an Feinsteins Hals. Blut quoll heraus.

»Sie sind doch …«

»Nicht schießen, Steinmüller«, brüllte Feinstein. »Wir wollen das Schwein lebend!«

»Steinmüller? Sie heißen …?«, begann der Mann.

Steinmüller riss die Pistole hoch und schoss. Die Kugel schlug in das linke Auge ein, warf den Angreifer nach hinten.

»Hinter dir!«, schrie Feinstein.

Steinmüller drehte sich um, sah einen gigantischen Fichtenstamm, der wegen des Starkregens von einem Hang gerutscht war und im Bach trieb, auf sich zukommen.

Feinstein sprang von der Ladefläche auf Steinmüller, beide fielen nach hinten in den tieferen Bereich der Gumpe und wurden von den Zweigen der Fichte getroffen, als der Stamm vorbeirollte. Todesangst erfasste beide. Das Wasser war selbst im Frühsommer außergewöhnlich kalt und der Baum, der sich im Wasser auch noch drehte, weil das Gefälle dem Element viel Energie verlieh, wirkte wie ein wildes verletztes Tier, das um sich biss. Mit einem Mal drückte die Fichte sie unter Wasser, während das Baumende mit aller Macht gegen das Wrack prallte und dieses nach vorn zur Kante drängte und die Ladefläche kippen ließ. Der tote Körper des Nazis, den Steinmüller erschossen hatte, klatschte ins Wasser, versank und tauchte erneut auf.

Instinktiv griff Steinmüller nach Feinsteins Jacke. Er wusste ja, dass der nicht schwimmen konnte. Überall rauschte und knirschte es. Steinmüller spürte plötzlich einen stechenden Schmerz, etwas rollte über sein Bein, drückte ihn unter Wasser. Gleichzeitig hielt er Feinstein über Wasser, der, mehr schlecht als recht paddelnd, versuchte, am glitschigen Rand der Gumpe Halt zu finden. Er prustete, wollte schreien. Immer mehr Wasser schob den Stamm nach vorn, aber gleichzeitig drehte er sich zur Seite, drohte die beiden gegen die Gumpenwand zu quetschen. Immer dichter kam er an sie heran. Ihre Schuhe rutschten an der glatten Wand der Gumpe immer und immer wieder ab, ließ sie untertauchen, Luft holen und verzweifelt hoffen, dass sie nicht ertranken. Sie verloren schnell ihre Kräfte. Es war eine Frage von Sekunden. Gerade bemerkte Steinmüller, wie einer der toten Körper, vom Stamm nach unten gepresst, ihm den entscheidenden Halt gab, um sich weiter nach oben an die Felswand zu hieven. Er nahm Feinsteins Hand und kurz darauf standen sie zwar bis zum Hals im Wasser, der Nazi unter ihren Füßen stützte sie jedoch.

Mehr Wasser schoss den Bach hinunter, ließ den Stamm drehen und bedrohlich nahe kommen.

»Wir müssen ihn wegstoßen«, rief Feinstein und presste die Hände wie bei einem Reck gegen den Stamm.

Doch das war aussichtlos, noch stärker drehte er sich zu ihren Körpern. Feinstein jaulte auf. Ein Ast stieß gegen seinen Bauch, riss die Jacke auf und spießte sich in seine Haut. Er schrie und Steinmüller zog seine Beine nach oben, presste sie mit aller Macht gegen den Stamm, der ein klein wenig nachgab. Es war genau dieser Schubser, der die Fichte stärker gegen das Wrack drückte.

Für einen Moment erblickte er einen Mann, der auf der Ladefläche stand und bereit war, zu ihnen in die Gumpe zu springen. Er hatte die MP von Feinstein gefunden. Lud durch. Riss die Maschinenpistole hoch. Ein letzter Tritt gegen den Stamm. Das war es.

Er hatte nun den Drall, die Kraft und stieß mit dem anderen Ende gegen das Heck des Lkw. Das Letzte, was Feinstein und Steinmüller wahrnahmen, waren die überraschten Gesichter zweier Nazis, als sie über die Kante mit dem Wrack und dem nachtreibenden Stamm in die Tiefe stürzten.

20

München, 20. Juni 1948

Regina war glücklich. Sie saß im Ballsaal des Bayerischen Hofs und schaute den jungen Menschen beim Tanzen zu. Es war nicht ihre Musik. Aber das spielte keine Rolle. Ihr Neffe lebte. Das war das Wichtigste.

Über zwei Wochen hatte er in einem Armeehospital in Garmisch-Partenkirchen gelegen und sich von den Ereignissen in Kreuth erholt. Jetzt tanzte er schon wieder mit Salomea einen feinen Swing. Die amerikanische Verwaltung hatte zur Feier des Tages eine kleine Party organisiert. Das war umso erstaunlicher, als gerade heute für die Deutschen ein solch wichtiger Tag war.

»Was genau passiert da draußen, Harald?«, fragte sie Steinmüller, der, an einen Stock gestützt, neben ihr stand und das lachende Paar mit großer Freude beklatschte.

»Seit heute Morgen bekommt jeder deutsche Bürger sein Kopfgeld, das sind vierzig Mark. Deswegen die Schlangen in der Herrnstraße.«

Regina hatte einen Taxifahrer zu Steinmüllers Wohnung schicken lassen, um ihn dabei sein zu lassen.

Es war ein regnerischer Tag, als die Münchner am frühen Morgen ihr altes Geld abliefern mussten, um neues in einem Kurs von zehn zu eins zu tauschen. Vieles wurde anders.

Der Polizeipräsident hatte ihn in Abwesenheit befördern lassen, Birmoster war seit vier Wochen im Militärgefängnis in Landsberg und heute würde ihnen Staatsanwalt Cooper berichten, was sie in der Hütte in Kreuth gefunden hatten. Doch nun war Feiern angesagt. Eine kleine Truppe Soldaten spielte auf und diverse Offiziere tanzten mit ihren ›deutschen Fräuleins‹, darunter war, auf speziellen Wunsch Steinmüllers, auch Marga Sareiter. Sie würde mit ihrem Mann aus dem

Mittleren Westen in wenigen Tagen in ein neues Leben aufbrechen.

»Der Stock macht Sie älter, sehen Sie bloß zu, dass Sie ihn loswerden«, spottete jemand hinter ihm und als er sich umdrehte, blickte er in das kantige Gesicht des Staatsanwalts Cooper und in das Grinsen des dicken Samuel van Raay.

»Frau Schiff, darf ich Ihnen diesen Fußlahmen für ein kleines Aufklärungsgespräch entführen?«, fragte Cooper Regina, die das huldvoll genehmigte, nicht aber, ohne um einen Scotch zu bitten.

»Natürlich, kommt sofort«, antwortete Cooper.

Sie setzten sich in einen kleineren Raum an einen Tisch, auf dem leere Gläser standen, und van Raay, der Kommissar für Flüchtlingsfragen, zog aus seiner Aktentasche eine Flasche Frankenwein hervor.

»Wollt ihr etwa ohne mich trinken?«, rief Feinstein, der jetzt verschwitzt vom Tanzen in der Tür stand.

»Herein, der eine humpelt, der andere lässt sich von Fichten in Gebirgsbächen liebkosen. Komische Leute habt ihr hier«, spottete Cooper in Richtung van Raay.

Der goss lachend den Wein aus dem Bocksbeutel in die Gläser. »Ja, diese Verbindung aus einem Ex-Wehrmachtssoldaten und einem jüdischen Deutschamerikaner ist selbst für mich gewöhnungsbedürftig.«

»Wir sind Polizisten«, erwiderte Feinstein leise und sah zu Steinmüller, der nur nickte.

»Wir haben die Ermittlungen beendet«, eröffnete Cooper das Gespräch.

Feinstein und Steinmüller, die beide aufgrund ihrer Verletzungen die letzten Wochen in der Erholung isoliert gewesen waren, hatten Dutzende Fragen.

»Also, fangen wir mit der Hütte an. Als die Franzosen euch fanden, konnte einer von euch noch von diesem Pämp und Clifton berichten, ehe er schlappgemacht hat. Ich tippe auf

Feinstein. Wohl zu sehr von der lieben Tante verhätschelt«, stichelte Cooper, betont auf Jovialität bedacht.

»Vermutlich. Harald ist hart wie Kruppstahl …«

Steinmüller verdrehte die Augen.

»Eine Streife unserer MP und eine Unterstützung der Landpolizei fand Folgendes vor.« Cooper zog aus seiner Aktentasche Fotos hervor und legte sie auf den Tisch. »Ich möchte betonen, dass dies alles topsecret ist. Das betrifft erheblich unsere Staatsinteressen.«

»Tote Nazis?«, fragte Feinstein spöttisch.

»Ja, tote Nazis und ihre Unterstützer bei der US Army. Diese Geheimhaltung gilt auch für dich, van Raay. Das ist nichts für deine neuen Freunde in Israel, okay?«

Wenige Tage nach den Ereignissen von Kreuth war der Staat Israel gegründet worden und kurz darauf schon in einen Krieg mit den Nachbarn geraten. Van Raay hatte zuvor Tausende von Displaced Persons von München in das für sie so geheiligte Land schicken lassen. Er galt nun für die Amerikaner als inoffizieller Vertreter des jungen Landes.

Feinstein und Steinmüller schauten sich die Bilder an.

»Die beiden Sergeants, die in die Hütte gekommen sind, haben den toten Gabriel Pämp vorgefunden, der an seiner Schussverletzung verstorben war. Er saß – das sieht man hier – aufrecht auf einem Stuhl und schien aus dem Fenster zu blicken. Neben ihm hockte unser Freund Clifton. Ihm fehlte die Gesichtshaut … hier …«

Steinmüller und Feinstein wichen instinktiv zurück, als sie das Foto sahen.

»Und der Junge?«, fragte Feinstein.

»Von ihm fehlte jede Spur«, antwortete Cooper. »Wir nehmen an, dass er unter Pämps Anleitung die ›Behandlung‹ an Clifton vorgenommen hat, weil Pämp angesichts der Verletzung nicht mehr dazu in der Lage gewesen ist. Die Soldaten bezeugen beide, dass Clifton beim Auffinden gelebt hat, bei

Bewusstsein war, jedoch keinerlei Aussagen mehr hat machen können, weil ihm die Zunge fehlte. Kurz darauf ist er in der Hütte verstorben.«

Feinstein schüttelte den Kopf. »Was für ein Tod!«

Cooper lachte bitter. »Unser Mann hat einiges auf dem Kerbholz gehabt. Nach unserem Wissenstand hat er Willibald Protzner, den Archivar aus dem Präsidium, getötet. Außerdem soll er eine Geliebte, Gertrud Schaflitzl, aus einem Fenster im Stadtteil Lehel geworfen haben. Das ist aber ungesichert. Es war gut, dass Sie vor seinem Tod noch mit Pämp gesprochen haben. Wir wissen inzwischen sehr genau, dass die ersten beiden, Dietrich Sareiter und Hans Sollbacher, Abtrünnige der Gruppe um Oberst Wanger waren. Wir haben Ihren alten Kollegen Anian Birmoster erfolgreich befragen können. Er gehöre lose zu dieser Gruppe, hat er uns gesagt. Demnach tötete Wanger eigenhändig vor den Augen seiner Leute Sollbacher und Sareiter, zog Pämp hinzu, ließ sie häuten. Das schien den Zusammenhalt aus Angst oder aus Bewunderung der anderen zu stärken. Sie töteten anschließend weitere Verräter, nämlich Gunda Koch und Klaus Recker, mit einer Luftmine in Bogenhausen. Alle Morde wurden einer jüdischen Verschwörung in die Schuhe geschoben, um Unruhe in München zu stiften und von den eigenen Absichten, nämlich der Flucht, abzulenken. Clifton hat diese Männer unterstützt.«

Feinstein blickte ihn durchdringend an. »Warum?«

»Wir fanden in der Hütte zwei kleine Diamanten und eine Goldmünze, die in seinem Mund lag. Wir vermuten, dass diese Gruppe ihn mit hohen Summen aus einer gemeinsamen Beute bestochen hatte. Clifton hat Geld gebraucht. Das wissen wir. Er hat mit seinen Geliebten ein kostspieliges Leben geführt.«

Steinmüller lachte bitter. »Natürlich, das hat der Herr Clifton alles selbst ausgebrütet, hat die Pässe besorgt, die Schmuggler ausgesucht. Das glauben Sie nicht ernsthaft, Herr Staatsanwalt!«

Cooper sah missmutig zu ihm. »Wir haben keinerlei Erkenntnisse und darauf spielen Sie ja unhöflicherweise an, dass Clifton in diesem Fall mit Wissen übergeordneter Stellen der Regierung der Vereinigten Staaten agiert hat. Das möchte ich mit aller Entschiedenheit zurückweisen. Die Vereinigten Staaten werden niemals mit Häschern und Kriminellen aus Diktaturen zusammenarbeiten. Wir sind das Land der Demokratie, die leuchtende Stadt auf dem Hügel, ein Leuchtturm der Rechtstaatlichkeit!«

Feinstein schüttelte den Kopf. »Ich glaube, dass wir hier eine pragmatische Lösung haben wollen. In Berlin dreht uns der Russe den Strom ab. Wir brauchen neue Freunde. Da ist man nicht wählerisch. Und dann … dann will man nicht …«

»Prost«, rief van Raay dazwischen. »Tote Nazis, ersoffen und zerquetscht in einem Gebirgsbach. Wenn das kein Grund zum Feiern ist!« Er hob das Glas.

Cooper trank und legte noch einmal jovial die Hand auf Feinsteins Schulter, zog ihn ein wenig von den anderen beiden weg. »Ich habe meine Direktiven direkt vom Geheimdienst CIA erhalten und will mir nicht diesen ohnehin schon verregneten Sonntag durch impertinentes Nachfragen eines Krauts verderben lassen.«

Feinstein verstand.

»Ich weiß, dass Politik und Verbrechensbekämpfung nicht gut zusammengehen«, fuhr Cooper fort. »Doch es ist immer nur eine Annäherung. Schau nach Nürnberg, zu den Prozessen. Da versuchen wir das Unmögliche. Verbrechen gegen die Menschlichkeit. Ich bin Jurist. Das ist selbst für mich Neuland. Aber auch wenn wir jetzt Fehler machen. Jagen werden wir sie dennoch. Du und dieser Steinmüller, da kann etwas Neues, etwas Gutes entstehen. Der Gouverneur hat ein Auge auf euch.«

Feinstein nickte. Dieser Steinmüller war neben Salomea sein einziger Lichtblick.

Sie stießen noch einmal an, kurz darauf verließ der Staatsanwalt mit einem militärischen Gruß den Saal und die anderen Männer traten wieder zu Feinstein.

»Ihr müsst ihn verstehen«, meinte van Raay. »Ich weiß, dass ihr enttäuscht seid. Vor vier Tagen haben sich die Russen aus dem Kontrollrat in Berlin zurückgezogen. Die werden Berlin blockieren. Da sind sich alle sicher. Dann wird es in Deutschland sehr ungemütlich. Wenn die Amis verschwinden, wollen sie nicht als Helfer der Altnazis in die Geschichte eingehen. Vor allem wollen sie Leute haben, die hierbleiben für sie und gegen die Russen kämpfen.«

Feinstein lachte bitter auf.

»Ach, Samuel, das ist alles Lug und Trug. Altnazis – dass ich nicht lache. Uns ist das egal geworden. Wir haben ein paar von den Großen gehängt, ein paar folgen. Amerika braucht Verbündete. So schnell können wir gar nicht Shalom sagen, wie Deutschland als braver Alliierter an unserer Seite gezählt wird.«

»Wanger, was ist mit dem?«, fragte Steinmüller leise.

»Syrien, sagen meine Leute in Tel Aviv«, murmelte van Raay.

»Klar, der ist gut angekommen«, bemerkte Feinstein sarkastisch.

»Eine schlechte Nachricht habe ich vom Michalsky.«

»Passt ja ganz gut, Samuel. Versaue uns ruhig die Feier«, spottete Feinstein.

»Ihr habt drei Nazis getötet. Es waren aber laut Gabriel Pämp und dem Isaak vier Männer. Einer ist davongekommen.« Van Raay atmete tief durch.

»Wissen wir, wer das war?«, fragte Feinstein, das Grauen ahnend.

Van Raay sah zu Steinmüller, der den Blick sofort zu verstehen schien. Das war nicht für seine Ohren bestimmt. Noch waren sie nicht auf Augenhöhe. Noch war er ein Polizist auf Probe, sozusagen.

Steinmüller trat an das andere Ende des Raums und zündete sich eine Zigarette an.

Van Raay holte drei Blätter aus seiner Akte. »Den habt ihr nicht gekriegt«, murmelte er, während Feinstein Text und Bilder überflog.

Kurz darauf wischte er sich übers Gesicht. »Ausgerechnet den! Josef ... der Arzt ...«

Van Raay legte den Finger auf den Mund. »Marcus, wir werden auch den fassen. Morgen kommt ein Freund aus Österreich zu mir ins Büro. Du solltest ihn kennenlernen. Guter Mann. Er heißt Simon. Simon Wiesenthal.«

Feinstein nickte resigniert. So nah waren sie an der Bestie dran gewesen.

»Wir sind nicht besiegt. Es sind Ratten, die sich jetzt überall verstecken. Wir werden sie aufstöbern. Wir werden sie finden. Du wirst bei der Jagd dabei sein. Vielleicht hilft dir der junge Freund da drüben. Er macht den Eindruck, als sei er einer der wenigen Guten.«

Feinstein nickte. »Das ist er. Ohne ihn wäre ich längst tot.« Tatsächlich war Harald Steinmüller irgendwo da unten in der Gumpe, als ihnen das Wasser bis zum Hals gestanden hatte, zu einem besonderen Menschen für ihn geworden.

Van Raay klopfte Feinstein auf die Schulter. »Dieser Wanger ist auf der Flucht. Wir sind uns sicher, dass er wieder deutschen Boden betreten wird, um weitere Altnazis auf der Rattenlinie in den Nahen Osten zu führen. Seid also wachsam.«

Steinmüller schaute aus dem Fenster des Ballsaals, draußen sprinteten Menschen mit Regenschirmen über den Promenadeplatz. Eine neue Zeit hatte begonnen. Sie waren noch jung. Feinsteins schlechte Stimmung wollte er nicht teilen. Zum ersten Mal seit drei Jahren spürte er ein Gefühl des Optimismus in sich.

Er nickte gedankenverloren und trank einen tiefen Schluck

des Silvaners, ehe er seinem Chef die Hand auf die Schulter legte. »Wir haben viel erreicht, Feinstein. Du und ich. Das ist erst der Anfang.«

Feinstein musste lachen. »Komm, Salomea wartet«, rief er. »Wir feiern.«

Steinmüller nickte. Gemeinsam traten sie aus dem Raum, Steinmüller blieb kurz vor dem Ballsaal stehen, weil Salomea dort im Gespräch mit Regina vertieft war.

Die Tante hob wie bei einer Präsentation die Hände, lächelte großzügig.

»Wenn du so auftrittst, folgt etwas Schlimmes. Das war immer so«, spottete Feinstein.

»Junger Mann, du bist nicht in der Position, das älteste und damit erfahrenste Familienoberhaupt der Feinsteins in irgendeiner Weise zu desavouieren. Es obliegt mir …«

»Tante Regina, was ist dein Wunsch?«

»Gut, ich mache es schnell. In diesen Zeiten muss ja immer alles schnell gehen. Ihr, Salomea und du, heiratet in Deutschland und kommt nach New York City in die Flitterwochen. Derweil wird für Salomea in München eine Praxis für die armen Geisteskranken eingerichtet.«

Salomea verdrehte die Augen. »Eine Praxis für angewandte Psychiatrie und Psychoanalyse.«

»Oder eben so«, kommentierte Regina den Einwand mit hochgezogenen Augenbrauen.

»Du heiratest – hier?«, fragte Steinmüller erstaunt.

Feinstein nickte. »Ja, ich habe Salomea gestern gefragt. Es wird ja auch Zeit …«

Steinmüller sah lächelnd zu Salomea, die unwillkürlich über ihren Bauch strich.

»Ein Bubele, hoffentlich«, sagte Regina.

Steinmüller gratulierte formvollendet Salomea und umarmte Feinstein. »Ihr verdammten Juden zeugt im Land der Täter ein Kind. Großartig!«

Feinstein lachte laut auf. »Und du wirst der Taufpate!«

»Darüber reden wir noch. Ich kann doch nicht gleich mein Kopfgeld für Babysachen ausgeben.«

»Komm«, rief Salomea, »wir tanzen und trinken uns in die Besinnungslosigkeit. Regina wird uns später ins Bett bringen.«

»Herzele, das wird dein Mann übernehmen müssen. Du bist schwanger, du trinkst warmes Wasser.«

Kaum hatte sich Regina umgedreht, streckte Salomea ihr die Zunge heraus, was bei Feinstein einen Lachanfall auslöste, der sich verstärkte, als er bemerkte, wie sich Regina den armen Steinmüller vornahm.

»Und was machen wir, Harald? Ich habe da so Ideen ...« Aufreizend blickte sie zu Steinmüller, strich mit einem Finger über seine Wange, die sofort errötete.

»Regina, bitte. Der Junge kann mit deiner offensiven New Yorker Art nicht umgehen. Wir sind in Bayern.« Feinstein lachte erneut.

Regina tat erstaunt. »Der junge Mann weiß mehr, als wir alle denken, nicht wahr, Harald?« Sie lächelte dunkel.

»Geht schon mal voraus. Ich müsste mich frisch machen«, entschuldigte sich Steinmüller eine Spur zu hektisch.

Er eilte zu den Toilettenräumen. Die Reinigungsdame war verschwunden, nur der Tisch mit den Groschen und ihrem Stuhl stand verwaist dort. Er begab sich in eine der Kabinen. Die Panik war zurückgekehrt. Gerade jetzt. Er suchte verzweifelt nach der Dose mit dem *Pervitin*, als er hörte, wie eine weitere Person in den Raum trat. Er hielt die Luft an. Ein Zweiter. Er konnte das besondere Geräusch einer Prothese vernehmen.

Der Stuhl wurde genommen, über den Boden geschleift.

In seiner Panik versuchte er, die Klinke hinunterzudrücken, aber es war sinnlos. Der Stuhl war von außen dagegengestellt worden.

»Einen schönen Tag wünsche ich Ihnen, Harald Steinmüller. Wir kennen uns. Ich bin der Oberst Wanger. Sie haben mal für mich Klavier gespielt. Auf dem Kameradschaftsabend. Ich stehe hier mit einem Freund von Ihnen. Dem Kurt. Dem Kurt, mit dem Sie für unseren geliebten Reichsführer SS 1943 in Posen so wunderbar Klavier gespielt haben. Warum ich das weiß? Das habe ich vom Kameraden Bolke erfahren, jenem Mann, dem Sie so kaltblütig in Kreuth zwischen die Augen geschossen haben.«

Der Stuhl wurde beiseitegeschoben.

»Kommen Sie, Sie sind doch auf unserer Seite!«

Anstelle eines Nachworts

Er steht da, die Hände hinter dem Rücken verschränkt, die Schuhe von der Fürsorge. Einen Pullunder über dem Hemd, darunter die kurze Hose, die einmal zu einem Anzug seines Vaters gehört hat. Der Sohn eines Arbeiters ohne Arbeit. Vor seinen Füßen eine Tafel. *Zur Erinnerung an meine Schulzeit 1932.* Er ist elf Jahre alt. Im Hintergrund ist seine Schule zu sehen, die Mittelschule in der Ahrensburger Straße, die im heißen August 1943 in den Angriffen der mit dem alles sagenden Namen bezeichneten ›Aktion Gomorrha‹ zerstört wurde. Dabei sind 35.000 Menschen, Kinder, Frauen, Babys, Alte und Soldaten, Nazis und Widerständler, Fanatiker und Mitläufer, Kriegsgefangene und KZ-Insassen, verbrannt, verpulvert, qualvoll erstickt. Da ist dieser Junge längst erwachsen gewesen und hat selbst mit Millionen weiterer Deutscher den Krieg in andere Städte getragen.

Das ist Harald, mein Vater. Ein Mann, der kaum über den Krieg geredet hat, der seinem Vater, einem Westfrontüberlebenden, versprechen musste, niemals in den Krieg zu ziehen, weil der Willy, ein Schiffsschreiner aus Anklam in Mecklenburg, dort so Grauenvolles erlebt hat, dass er es seinem Sohn nie hat beschreiben können, es aber von ihm fernhalten wollte. Doch er schaffte es nicht. Er drohte ihm, nicht die Tür für ihn zu öffnen, sollte er sich zur Wehrmacht melden. So drohte er, wie sein Vater, mein Urgroßvater, der mit achtzehn Jahren in Frankreich 1871 von einem Bajonettstoß Wundbrand davontrug und das linke Bein verlor. Auch er wollte seinen Sohn nicht gehen lassen für die ›Deifel in Potsdam‹. So blieb mein Großvater Willy nach dem Krieg in Hamburg, kehrte nie wieder heim nach Anklam.

Mein Vater kam 1945 nach Hause, voller Läuse, krank und geschwächt, und mein Großvater, von seinem Sohn enttäuscht, sich an seine Drohung erinnernd, ließ ihn nicht in die Baracke hinein, in die sie als Ausgebombte nach Blankenese umquartiert worden waren. Mein Vater wurde später von den Briten zum Polizisten ausgebildet.

So bin ich der erste Mann in der Linie meines Vaters, der seit Beginn des 19. Jahrhunderts in keinem Krieg überleben musste. Der nur erfahren hat, was Krieg mit Menschen macht, selbst Jahrzehnte nach dem Horror.

Dieser schmale Junge schaute mich in den Jahren, in denen ich dieses Fotoalbum hervorholte und in dem sein Leben auf wenigen Bildern versteckt ist, immer an. Auffordernd – für mich. So kommt dieser Harald jetzt zu einem Kriminalroman. So wird der junge Kerl aus Barmbek Dienstpartner eines jüdischen Besatzungssoldaten in München. Trifft auf den Katzelmacher. Ist eine Figur, größer als das Leben.

Lust auf weitere Lektüre?

Marcel Huwyler
Frau Morgenstern und das Böse
ISBN 978-3-89425-628-9
Auch als E-Book erhältlich

Scharfzüngig und herzerfrischend bösartig

Das Recht ist nicht immer gerecht – davon ist die pensionierte Lehrerin Violetta Sternenberg überzeugt. Daher übt sie sich regelmäßig in Selbstjustiz und bringt auf kreative Weise Übeltäter um. Als sie erwischt wird, tritt das geheime Schweizer Killer-Ministerium »Tell« mit ihr in Kontakt. Das Angebot: Sternenberg wird die Haftstrafe erlassen, wenn sie im Gegenzug Auftragsmorde ausführt. Die Rentnerin sagt begeistert zu. Als sie einer riesigen Verschwörung auf die Spur kommt, muss sie alle Register ihres mörderischen Könnens ziehen.

»Schön schräg und sprachlich hochwertig. Das hat definitiv Potenzial. Und der Autor ist zu jeder Schandtat bereit ...«
Erla Bartmann, Bayerischer Rundfunk

grafit

Willkommen in der Agentur für unliebsame Angelegenheiten

Sunil Mann
Der Schwur
ISBN 978-3-89425-676-0
Auch als E-Book erhältlich

Erpressung – Aberglaube – Prostitution

Marisa Greco und Bashir Berisha wollen mit einer eigenen Detektei durchstarten. Ermittlungserfahrung haben die alleinerziehende Flugbegleiterin und der albanische Türsteher zwar nicht, aber sie sind ein gutes Team – und haben keinen Plan B. Für die Nigerianerin Joy sollen sie einen Rollkoffer entwenden. Darin: Joys Ticket in die Freiheit – der Pass, den ihre Zuhälterin einzog. Die Zeit drängt, denn auch Joys kleine Schwester befindet sich auf der beschwerlichen Reise nach Europa. Sie darf auf keinen Fall in die Fänge der Menschenhändler geraten, denen Joy seit Jahren ausgeliefert ist.

grafit